藏龙诀

卬山诡陵

3

申示山人 著

北京联合出版公司
Beijing United Puhlishing Co.,Ltd.

**图书在版编目（ＣＩＰ）数据**

藏龙诀 . 3, 邙山诡陵 / 申示山人著 . -- 北京：北京联合出版公司 , 2018.7（2023.8 重印）

ISBN 978-7-5596-1965-5

Ⅰ . ①藏… Ⅱ . ①申… Ⅲ . ①长篇小说－中国－当代 Ⅳ . ① I247.5

中国版本图书馆 CIP 数据核字 (2018) 第 072999 号

**藏龙诀 . 3, 邙山诡陵**

作　　者：申示山人
出 品 人：赵红仕
责任编辑：李　红
封面设计：吴黛君

北京联合出版公司出版
（北京市西城区德外大街83号楼9层 100088）
北京新华先锋出版科技有限公司发行
涿州汇美亿浓印刷有限公司印刷　新华书店经销
字数146千字　787毫米×1092毫米　1/16　17印张
2018年7月第1版　2023年8月第2次印刷
ISBN 978-7-5596-1965-5
定价：59.00元

Contents

目 录

1

2

# 第一章 阴阳葫芦

话说这一天，我和马骝商量好一起去南城古玩市场逛逛，看能顺便淘到点儿什么值钱的古玩把玩把玩。要是细心去淘，总能淘到几件令自己满意的好玩意儿。还别说，我那本奇书《藏龙诀》就是在这里淘到的。这个南城古玩市场很大，什么陶器、瓷器、玉器、雕件、古籍书画等各种各样的古玩都有，懂行情的人还知道在哪里可以做黑市买卖，也就是所谓的贩卖文物。这种生意见不得光，必须有熟人才行。

正值周末，南城古玩市场人头攒动，人们三五成群，或站着看热闹，或蹲着把玩器件，或红着耳根子讨价还价，热闹非凡。

就在我们准备去看一些玉器摊子的时候，我忽然瞥见不远处有个老人站在那里，此人的神情有点儿古怪，跟其他看热闹的人不同。只见他的年纪约莫有六十多岁，皮肤黝黑，戴着一顶草帽，一身农民装束打扮，胸前抱着一个灰色布包，正四处张望，但又不像在等人，有点儿不知所措的样子。

我连忙拉了一下马骝，朝老人那边努了努嘴，示意马骝看过去。

马骝有点儿不知所以，忙问道："什么情况？"

我说道："你看那个老人，是不是有点儿古怪？"

马骝这才看出问题来，说道："看样子是有货要出手呢。走，咱们上去会会他，说不定能搞到什么好玩意儿。"

我一把拉住马骝，道："先别冲动，静观其变，说不定他是在等其他买家呢！"

马骝说道："等什么买家，一看他就是不懂行情的人，这种买卖怎么可能这样在光天化日之下做？我看他就是个'瞎摸子'，可能摸到了什么好东西，想来古玩市场卖，但不知道怎么出手。"

"瞎摸子"是这里的黑话。意思是指那些无意中摸到一些古董冥器，但不知道该怎么处理的人。比如有人在山上种地的时候，无意中挖到一些古董冥器；也有人在造屋子的时候，挖到一些金银财宝。但由于法律意识不全，或产生贪念，这些人会把宝物带到古玩市场上，进行黑市买卖，一般会获利颇丰。如此看来，眼前这个老人确实有点儿像"瞎摸子"。

马骝对我说道："斗爷，你对这行还不太熟悉，碰到这种情况，入手必须要快，不然被人捷足先登，那就会与宝物失之交臂了。别看这个市场买卖规范，经营合法，其实是卧虎藏龙之地，不知有多少人在觊觎着这些'瞎摸子'出现呢！"

说话间，我们已经快步走到了那个老人的跟前，马骝立即一脸笑容道："老师傅，看您这样子，是等人，还是想找厕所呀？"

老人发现有人靠近，立即一副警惕的样子，双手抱紧胸前的灰色布包。他看了看马骝，又看了看我，然后摇了摇头，并没有出声。

马骝不急不慢，抽出根烟递过去，道："老师傅，我们不是坏人，不用怕。我们是来买东西的，也做点儿……那个买卖，您是不是有好东西要出手？"

老人接过马骝的烟，但并没有放进嘴里，用半信半疑的眼光看着我们问道："你们真的是做买卖的？"

马骝指了指我，笑道："这位斗爷是我的老板，我陪他来这里寻些宝器。"说着，马骝看了看四周，"这里人杂，说话不方便，咱们到那个饭店去聊聊吧！"

老人似乎发现我们并非是坏人，便跟着我们走进不远处的一家饭店。这个钟点还未到吃饭时间，饭店里面一个客人也没有。马骝走到柜台前，跟坐在柜台的一个服务员耳语了几句，然后带着我和老人进入一个包间。

我和马骝每次来南城古玩市场淘宝，都会来这家店谈生意或吃饭，一来二去地，饭店的人也认得我俩。对于做生意这事儿，我可是佩服马骝的，他那张嘴油滑得很，要是不说粗口的话，真的能把树上的鹩哥给哄下来。

大家坐下后，马骝拿起水壶给老人斟了杯茶，并给老人点燃烟。马骝的这一套令老人觉得自己倍受尊重，脸上的表情渐渐舒展开来。虽然如此，但胸前的那个灰色布包还是抱得很紧。

马骝趁机问道："老师傅，不知怎么称呼您呢？"

老人回答道："我姓张，大家都叫我老张。"

马骝又问道："听张师傅的口音，好像是河南那边的人，对吗？"

老张点点头道："没错，河南张家村人。"

马骝拍了一下手掌，喜道："河南是个好地方啊，那里人杰地灵，是华夏文明的摇篮呀。我以前在那边做过生意，收了不少好货，但听说最近几年打击买卖的力度强了，很多人都不敢在那儿做了，想必老师傅那么远到南城这儿来，也是因为这个原因吧！"

老张说道："那不是嘛，抓得很严，有些啥好货都要往外跑，这不，来回一趟，好几百块车费就没了。"

马骝笑道："要是货好的话，那区区车费也不值什么钱。我看您大老远跑到这儿来，手里的货应该还不错吧？"

老张一脸自信道："那当然，这货肯定很好。"

我一直没有说话，这时忍不住插话道："再好的货，掖着藏着也没用啊，赶紧拿出来让我们瞧瞧吧！"

马骝接话道："对对对，要是货好，这位斗爷绝不会少你的。"

老张没有说话，把灰色布包慢慢放在台上，然后小心翼翼地打开，一共打开三层，里面的东西才露了出来。那是一个四四方方、青铜制作的盒子，长不过八寸，宽不过五寸，看工艺应该是唐宋年间的作品，盒子的顶部刻有一个八卦图，盒身也刻有火焰纹，光看这个盒子，就知道此物有点儿来头。

我和马骝对视了一眼，彼此都对这个东西产生了兴趣，但我们都没有表露出来。我对老张说道："张师傅，这是一个很普通的青铜盒子而已，难道盒子里面还有宝贝？"

老张点点头道："没错，宝贝就在盒子里面。"说着，他慢慢打开了青铜盒子。

我和马骝都睁大眼睛，仔细盯着盒子，只见盒子一打开，里面露出一个黑褐色的东西，仔细一看，原来是个三寸左右的小葫芦。老张拿起那个小葫芦，递给我说道："请老板过目，看能值多少钱？"

我接过来仔细观看，只见这个小葫芦是用木头制成的，带一寸左右的藤，光泽很好，水浸纹理清晰，金线明显，外黑里黄，摸起来能感觉到质地温润、细腻、柔滑，很有手感。在上部的葫芦肚，用小篆体刻有一个"阴"字，下部的葫芦肚刻有一个"阳"字。

我把小葫芦放在鼻端前嗅了一下，立即闻到一股淡淡的清香，心中不禁为之一震，能够散发出如此淡淡清香的木头，就只有一种，那就是金丝楠木。而这个小葫芦从颜色来看，也绝对是用金丝楠阴沉木做的。

阴沉木俗称乌木，在中国民间流传有"纵有珠宝一箱，不如乌木一方"和"黄金万两送地府，换来乌木祭天灵"等俗语，从这当中可知阴沉木身价不菲。

我深谙这个小葫芦的价值，但我没有表露声色。一般的金丝楠木是黄褐色，而这个小葫芦是外黑内黄，而只有在地下埋藏四千年以上，才会有此色。而且，葫芦上面刻有"阴阳"二字，很明显这个东西不是为普通人所用的，有可能是道家的东西。据传，在唐僖宗时期出现过一个阴阳葫芦，乃是当朝国师杨筠松的随身佩戴之物，相传此物能辨阴阳、造福禄，是个宝物。但知者甚少，见者也无几人，后世更无所闻。我也不确定这个是不是唐朝国师佩戴的阴阳葫芦，但这个东西绝对是一件宝贝。

葫芦与仙道的关系非常密切，也跟风水、医卜有关。有诗为证："墙头梁上画葫芦，九流三教用功夫，凡往人家皆异术，医卜星相往来多。"在古书《列仙传》上，铁拐先生、尹喜、安期生和费长房这些传说中的神话人物，都与葫芦有关，以致后来葫芦成为成仙得道的标志之一。

一旁的马骝也看出这阴阳葫芦的价值，在桌下偷偷对我伸出了一个大拇指，示意这东西是个宝贝。我把阴阳葫芦递给马骝，按捺住内心的兴奋的同时，也按捺住了良心道："这个嘛，只是个普通的工艺品，材质是不错，但太小了，没什么观赏性，不过作为饰物来佩戴的话，还算可以吧！"

马骝附和道："嗯，这个东西确实小了点儿，但做工不错，也算值点儿钱吧！"

老张听我们一唱一和都说他带来的东西小，不值钱，有点儿着急了，道："二位老板，我这葫芦虽小，但肯定是个宝，那些戒指、耳环啥的也是很小个儿吧，但价钱不也贵得很吗？二位老板要是没心要，我就不在这里耗时间了。"说着，伸手过来就要夺回阴阳葫芦。

我连忙伸手拦住，然后顺手拿起水壶给老张倒满杯中的茶水，对他道："张师傅，您别着急，先喝口茶，我看您大老远跑到这里来，也够辛苦的，这价钱嘛，好商量，绝对不会让您老人家吃亏的。"

老张缩回手，拿起水杯喝了口茶，问道："那……那你们能出多少？"

这时候，服务员拿上来几盘下酒菜和两瓶啤酒，我连忙给老张递过去一瓶啤酒，道："这个价钱好说，来，先喝两口润润喉。"

老张摆摆手道："我不喝啤酒的。"

我问道："那白酒合适吗？"

老张笑嘻嘻道："这里有没有二锅头？我就好这个酒。"

我立即让服务员拿来一瓶二锅头，给老张斟满了一杯，然后对他说道："这里的二锅头也很有名的，张师傅要多喝两杯呀！"

老张喝了一大口，一边吃下酒菜，一边说道："那当然，二锅头这酒假不了，就好比这个宝贝，应该就是唐朝时期的东西，至今至少也有一千多年吧？唐朝的东西用工精细、物料上乘，所以，我这个东西肯定是个宝贝。"

我心想，这老头还是懂些文史的，便点点头道："这看起来确实像是唐朝的东西，不过嘛，恐怕这青铜盒子比那木头葫芦还值钱呢！"

马骝因为要开车，便没有喝酒，夹了一点儿下酒菜放进嘴里，然后竖起食指道："这样吧，我们给你一万块，如何？"

老张呷了口酒，咂咂嘴后连连摇头道："不不不，这太少了，太少了……我这宝贝肯定不止这个价。你看看做工，你们转手一卖，肯定也值个十来二十万。"

我说道："我想您老人家心中也有个价，您不妨说出来听听。合适的，咱们就合作；不合适的，咱们也好商量。"

老张慢慢扬起一个巴掌，接着又扬起另外一个巴掌，道："十万整。一分不要多，一分不能少。"

我和马骝对视了一眼，老张对自己的东西看来还是很有信心的，开出这个价，也说明他略懂一点儿这个阴阳葫芦的价值。不过，也只是略懂，也许十万块对他来说算比较大的数目，但他的这个价真算不了什么，甚至可以说开得太低了。要知道，这东西随便转手卖出去，都能赚个好几倍的钱。要是碰到个有缘的主，那就更不用说了，分分钟可以凭此一夜暴富。

这时，马骝刚想说话，我看他是想再凭他那三寸不烂之舌讨价还价，便伸手制止，然后对老张说道："这个价格有得商量，不过，这个东西您是怎么得到的？能跟我们说说吗？"

老张微微瞪大了眼睛，似乎弄错了我的意思，用鼻子"哼"了一声，吐着酒气道："这东西是老祖宗传下来的，不是偷，也不是抢来的。要不是我急需钱救命，我还不卖呢！"

我笑了笑，连忙解释道："张师傅您误会了，我不是这个意思。俗话说，凡事都有因果，凡物都有出处。虽然说，买者不问出处，卖者不问姓名，但是今天我买了这个东西，也想知道一下它的来头哇！"

　　马骝也说道："没错，这东西虽说是您老祖宗传下来的，但也不能见光，我们不弄清楚来由的话，也很难做交易。"

　　老张听了我和马骝的话，尴尬一下道："哟，我还以为你们是怀疑我这宝贝是偷的、抢的呢。好吧，既然你们想知道，那我就跟你们说说吧！"

　　老张又呷了口酒，吐着酒气，开始一五一十地讲出这个阴阳葫芦的来历。

# 第二章　鬼岭藏宝

张家村是个有几百年历史的古村落，这里民风淳朴，至今还保留着很多古老风俗。在村口南面，就是秦岭山脉的余脉，著名的黄土丘陵地邙山，自古有"生在苏杭，死葬北邙"的谚语，也是中国埋葬帝王最多的地方。其中靠近张家村的地方有一峻岭，因形如鸡冠，故名鸡冠岭；又因神秘莫测，活人有进无出，故又被当地人称为"鬼岭"。

阴阳葫芦就是老张的爷爷在鬼岭摸到的。老张的爷爷叫张许才。虽然摸到宝，但张许才并不是盗墓贼，而是个赌徒。由于输了家当，欠了一屁股债，便到处寻思着去哪里弄点儿钱。有人跟他说，不如去鬼岭摸宝，要是摸到的话，不仅还了债，说不定还能东山再起，把之前输的都赢回来。

张许才自己也知道鬼岭藏有宝藏，听老一辈的人说，以前有人在鬼岭摸到宝，从此一夜暴富，生活无忧。对于鬼岭藏宝的故事，张许才可以说是耳熟能详。据说这鬼岭藏的宝藏，跟唐朝的一个国师和两个太监有关。

相传在唐朝年间，左神策军中尉刘行深和右神策军中尉韩文约，因进宫当差，绝了后代，但位极人臣。为了福泽同胞弟兄的后人，便请来一个风水先生择了一处佳穴，虽为墓穴，但其实在里面藏了大量搜刮而来的奇珍异宝。不过，墓穴的具体地址没有人知道，因为传说这个墓穴是当时专门掌管皇家风水地理事宜的大唐国师杨筠松选的，而且刘行深还请来了一些奇人异士，为墓穴设计机关暗道，防止后人为盗取墓中财宝而毁了墓穴风气。

　　此故事一直流传至今，但不知道是传偏了，还是怎样，有的人说那墓穴并不是那两个太监的，而是大行皇帝唐懿宗的；还有一个更无法考究的版本，是说那墓穴其实是杨筠松自己的。具体是哪一个，没有人知道，但大多数都倾向于这宝藏是刘、韩两个太监藏的。大家只知道墓穴就在鬼岭中，宝藏也藏在山中，但具体位置在哪里，无从得知。一直以来也有不少人去过鬼岭摸宝，但都一无所获。至今来说，真正摸到宝的寥寥无几，不少人还为此丢了性命。

　　当地还流传着这样一首歌谣："鸡冠鬼岭藏金银，阴阳八卦在无形。从来只有鬼神到，不见半个活人行。"意思很明了，这不是活人去的地方。几百年下来，因去鬼岭摸宝而丢了命的人不计其数，所以那地方既神秘莫测又令人恐惧。

　　不说远的，就说最近，张家村里就有两个胆大之徒不信邪，一个叫张来金，一个叫张来银，是堂兄弟关系。这两人都跟张许才一样，是个赌徒，欠债之后就打起了鬼岭上宝藏的主意，于是决定去摸宝。临出发前，这两个人都喝了些酒壮胆，带上镰刀、火枪等工具，便深入鬼岭中去。结果宝没摸到，哥哥张来金却不见了人影，而弟弟张来银回来的时候，浑身破烂，血迹斑斑，满脸惊恐之色，嘴里一直在呢喃着，也不知道他说些什么，更不知道他经历了什么，最后成了一个疯疯癫癫的人。从此以后，鬼岭更加令人恐惧了。

虽有前车之鉴，但人被逼到了绝路，什么事都能做得出来。张许才想着，自己父母早就过世，有个大姐又早已嫁人，甚少来往，自己又三十有八了，但还尚未娶妻，这真的是孤家寡人、烂命一条，有何惧怕？

俗话说："人穷鬼也怕。"张许才长得瘦骨嶙峋，脸无三两肉，阳气称足也没有三两三钱三，鬼见了估计都嫌弃。所以他只留下一把镰刀，然后变卖了家里的一切——无非是些破烂铜烂铁、胶鞋破布之类的——总之能卖的统统都卖掉。换来些钱后，便买了一只烧鸡和一斤白酒，当晚就吃饱喝足。他想，反正这一趟凶多吉少、有去无回，干脆断了自己后路，解了后顾之忧，做个饱死鬼更加痛快。

于是，第二天一大早，张许才便身背镰刀，孤身一人来到鬼岭摸宝。他在山里转了很久，也没有发现什么宝藏，但也没有传说中的那么恐怖。这下，张许才便毫无顾忌了，放开了胆子，往岭中深处走去。

张许才不懂得观山辨位、分金定穴之法，但他也不是一个劲儿在山里瞎转，他想起一个老人说过的话，说凡是有宝气之地，其顶上必有光晕萦绕。所以哪里比较光亮，张许才就往哪里钻。但走着走着，张许才就发现情况似乎不对劲儿，好像又走回了原来的地方。他吓了一跳，难道这就是传说中的"鬼打墙"？他听老人说过这种"鬼打墙"的厉害，鬼岭中就传说有"鬼打墙"，要是碰到"鬼打墙"，那几乎等于走不了了，会被活活困死在其中。

张许才吓出了一身冷汗，心想这次死定了。他一边走，一边做记号，希望能用这个方法走出去。但是，不管他怎么做记号、怎么走，依然都走回了起点处。这下，张许才彻底慌了。就这样在山里来回转悠了两天，没有半粒米下肚的张许才饿得有点儿支撑不住了，靠在一棵参天大树下，望着眼前那似乎无穷尽的丛林叹息起命运来。心想，这次真的是"瞎子算卦"——算不出自己为什么会瞎了，还以为做个饱死鬼快活，没想到到头来宝藏没摸到，却撞上了"鬼打墙"，变成了饿死鬼，真是造孽啊！

正当叹息之际，一只大野兔突然从眼前的草丛里蹿了出来。只见这只大野兔有七八斤重，全身红褐色，双耳很长，但后腿似乎受了伤，跳动起来不灵活。张许才一个激灵，心里直念南无观世音菩萨，这真是注定他张许才不该做个饿死鬼，这不，吃的送上门来了。虽然没见过这么大只的野兔，而且毛色还是红褐色的，也不知道此物是精是怪，或是其他物种，但张许才都是一只脚要踏进鬼门关的人了，如此机会岂能放过？管它是什么，抓来吃了再说。刚想挣扎起身，扑向那只野兔，不料，从野兔蹿出来的那片草丛里，突然冒出一条大蛇来，看样子是在追那只野兔。只见这条大蛇有两米多长，碗口般粗，浑身金黄发亮，但最令人恐惧的是，这条怪蛇竟然长着两个蛇头，那两条芯子来回吞吐，非常吓人。

张许才吓得立即躲在大树后面，卸下身上的镰刀，紧握在手里，但不敢轻举妄动。村中的老人曾经说过，在山上如果看见双头蛇，必定会遭殃。张许才虽然没读过什么书，但对于这些老一辈的话却是不怎么相信的。相反，他把目标从野兔身上转到了双头蛇身上。心想，要是把这大家伙抓回去，也算是摸到一个宝哇！因为当地蛇价很贵，一条一斤重的金环蛇就可以抵十头猪的价钱，眼前这条大蛇起码有十多斤重，而且是双头蛇，比金环蛇肯定还要值钱，如能弄回去，估计能买下半个赌场啊……

但是张许才一想到这里有"鬼打墙",刚燃起的希望又瞬间被浇灭,就算抓到了蛇,又如何走出去呢?不过转念一想,这总比等死强啊,从来都是富贵险中求、生死由天定,是死是活就看老天爷如何安排了。

张许才深呼吸一下,便蹑手蹑脚跟了上去。那条双头蛇似乎不知道后面有人跟着,只顾一直追前面那只大野兔。张许才追踪了一段路,也不知道现在身在何处,只感觉汗流浃背,身体有点儿虚,再这样下去,就算双头蛇躺在地上任他抓,估计也抓不起来了。

正在这个时候,野兔突然跳进了一堆非常茂密的草丛里不见了,那条大蛇也跟着钻了进去,也消失了。张许才心生疑惑,便慢慢摸过去,小心翼翼地用镰刀把草丛拨开后,一个山洞赫然露了出来。不用说,野兔和双头蛇应该是进洞了。

再仔细看这个洞,只见洞口有两米多高,一米多宽,呈拱形状,不难看出,这个洞应该是人工挖出来的。要不是看见野兔和双头蛇钻了进来,任谁也想不到这茂密草丛中,竟然会藏有一个山洞。

难道这就是藏宝洞?

张许才按捺不住心中的兴奋,整个人顿时精神起来,立即提起镰刀,想也没想就钻进洞里。洞里不算潮湿,脚下的路也很平坦,越往里走,空间就越大,同时光线也变得越来越暗。张许才从怀里拿出火折子,借着火折子那暗淡的火光,一步一步往里面走去。

越往里走,洞内的空间就越大,感觉里面好像真的藏有宝藏一样。走着走着,火光中突然现出一张人脸,张许才吓了一大跳,连忙举着火折子看了看,原来是一尊石像。只见石像被立在洞壁上,被一些泥土掩盖了下半身,只露出上半身来,石像身披盔甲,看起来像个武将。

在这个神秘的洞穴里发现了这样一尊石像，就算是傻子都知道这里不是寻常之地，更何况是张许才这种赌徒。这个时候，张许才就像在赌场拿到了一手好牌一样兴奋，瞪大那双眼睛，生怕错过了什么似的，然后慢慢接近石像。

正当张许才兴奋之际，石像的两只眼睛突然动了一下，张许才以为自己眼花了，举高火折子仔细瞧看，这一看不要紧，却把张许才吓得跌倒在地上。这哪里是什么石像、武将，分明是一具干瘪的尸体，而披在尸体上的那"盔甲"竟然是一层层蛇皮！在尸体的眼耳口鼻里，不断有小蛇探出头来，然后沿着尸体慢慢爬下来，很快，周围就聚集了一堆小蛇。

张许才连忙爬起身来，跟跟跄跄地往洞口跑去，别说什么摸宝、抓蛇了，跑慢了一些，估计就被啃个精光。但越倒霉越见鬼，一急就出事儿，张许才跑了几下，脚下就不知道被什么绊了一下，立即摔了个狗吃屎。低下头一看，妈呀！地上不知什么时候多了两具尸体，刚才进洞的时候，张许才压根儿没发现这两具尸体，此时突然冒出来，真的被吓个半死。只见两具尸体都已经干瘪，变成了紫黑色，其中一具还抱着一个铜箱子，张许才刚才好像就是被这个铜箱子绊倒在地上的。

这个时候，张许才也来不及想了，急忙爬起身来，看见那个铜箱子上了锁，知道内有乾坤，便使劲儿掰开尸体的双手，抱起那个铜箱子就往外跑。跑出洞外后，张许才想沿着来时的路往回走，但不知怎么就找不到来路了，也不知道走到哪里了，直到前面出现一条山涧，他方停了下来。

喝了几口山泉后，张许才这才仔细打量起从山洞抱出来的那个铜箱子。只见这个铜箱子四四方方，和一个小抽屉一样大，上面挂有一把铜锁。张许才捡起一块石头，把铜锁砸开，打开铜箱子一看，顿时兴奋不已。只见铜箱子里面放有一堆拇指头般大的碎金银，数了数，金的有七十二个，银的有三十六个。在金银旁边，还有一个更加小的箱子，箱子只是合上了，并未上锁，打开一看，里面装有一个小葫芦。这个葫芦只有几寸大，散发出阵阵幽香，上面还刻有"阴阳"二字，也不知道是做什么用的。

张许才以为自己是在做梦，连忙往脸上抽了两大嘴巴子，疼！张许才这才相信自己真的无意中摸到宝了。正所谓人逢喜事精神爽，张许才摸到了宝，顿时也不觉得累和饿了，喝了一肚子泉水后，就沿着山涧往下走。他知道水往低处流的道理，跟着山涧一直往下走，应该就能走出去。也不知走了多久，他终于走出了鬼岭，回到了张家村。

张许才摸到了宝，不仅还了债，还一下子富裕起来了，买了田地，又娶了妻，传遍村里村外，无限风光。至于那个阴阳葫芦，张许才没有卖，而是留了下来，说要作为传家宝，一代代传下去，同时也证明他张许才是张家村第一个从鬼岭摸到宝的人。

老张从小就听爷爷讲他年轻时摸宝的故事，也知道家里有个传家宝，要不是老伴儿身体不适等钱救命，老张也不会急着要把传家宝卖掉。虽然这传家宝并不是什么金银玉器、翡翠珍珠，但毕竟是个古物，应该也值些钱。由于当地最近在搞普查，在买卖方面抓得很严，老张想起前几年曾经在南国古玩城工作过，于是便带着传家宝南下，坐火车来到南国古玩城。由于第一次做这种买卖，老张一时也不知道该如何出手，正茫然之际，刚好碰见了我和马骝前来搭讪。

听完老张讲的故事后，我和马骝都感到非常惊讶，看来鬼岭真是个宝地呀！我心里明白，真的在鬼岭中摸到宝了，看来这个鬼岭藏宝的传说应该有八成是真的。

我一拍桌子，对老张说道："张师傅，这个东西我们买了，十万整，一分不多，一分不少。马骝，这钱你先出，回头咱们再算。"

老张先是被我拍桌子的举动吓了一跳，随即一听我出十万块买下他的传家宝，顿时一脸惊喜，举着酒杯道："谢谢老板，谢谢老板……来来来，咱们喝一杯。"

马骝以茶代酒，碰了碰杯后试探着问道："张师傅，这鬼岭，您老人家熟悉不？"

老张放下酒杯，打了个酒嗝儿，然后说道："谈不上熟悉，年轻时也跟人去摸过宝，啥也没摸着，也不敢深入岭中腹地，怕碰到'鬼打墙'出不来。"说到这里，他看了看我和马骝，问道："难道，你们也想去鬼岭摸宝？没错了，我看二位老板也并非普通人，但这摸宝嘛，就甭想了。"老张一边说，一边摇头摆手，"这鬼岭，去不得，有去无回的……"

马骝笑笑道："我也只是好奇而已。但是要是有机会的话，我也想去鬼岭看看，这传说的鬼岭是如何的神秘莫测呢！"

我也接口道："是啊，刚才听了你爷爷摸宝的故事，我还真的很期待去见识一下这个鬼岭呢！"

老张又是摇头又是摆手，对我们道："二位老板，我就奉劝你们别去了，真的不是吓你们。十多年前，就有四个自称是探险队的人去鬼岭探险，是外国人，一个个长得牛高马大的，探险队可够厉害了吧？装备齐全，经验丰富，但结果你们知道咋样吗？四个进山，一个都没有走出来，一个都没有哇！这是真人真事，不是我老张信口开河、胡说八道，当时好像也有人去找过，结果也没找着，鬼岭那么大，这丢几个人，那还真的如大海捞针呢！"

我心里明白，鬼岭在当地早已不是什么山岭，而是真正的鬼岭。因为几百年下来，这些恐惧早已根深蒂固，令当地村民非常忌讳，所以老张才叫我们别去。不过，对于我和马骝来说，经历过那么多离奇恐怖事件后，早已没有什么地方令我们感到恐惧了。而对于那些所谓的鬼神之说，更不值一谈。

做完交易后，我和马骝用车把老张送去了火车站，并再三叮嘱他要把那十万块收好，如果还有好宝贝，记得联系我们。老张把钱捂实了一点儿，满脸笑容，一个劲儿点头说好。

送别了老张，在回去的路上，马骝突然对我说道："斗爷，我们这样做，算不算是破了规矩？"

我一头雾水道："你这话是什么意思？"

马骝笑了笑道："你之前不是说过吗？我们不是盗墓贼，不做文物交易，现在买了这个东西，还不是破了戒？"

我说道："没错，我是说过，我们不做文物交易。但是，这被我们碰个正着，当然要入手，这东西落在我们手上，它还是个宝，但要是落在别人的手上，估计很快就变成钱了。"

马骝说道："嗯，你说得也有道理……但是，我们也是人哪，我们也要生存啊，这生存就需要钱啊！没钱，咱们怎么活下去？怎么去拯救世界？"

我拿出那个阴阳葫芦，在眼前晃了晃，然后说道："我明白你的意思，那你觉得这个东西值多少钱？"

马骝说道："那可值钱了，反正没有一百万我们就不能出手。我知道有些外国人比较好这些风水之物，到时等我找到这样的买家，肯定能狠狠敲他一笔。"说完，放声大笑起来。

我摇摇头道："这个不行，我们不能为了一点儿利益，让宝物落入洋人手里。我觉得呀，这东西肯定值钱，虽然是老张的传家宝，但是也是一件文物，要是有研究价值的话，我们应该让相关人士去研究研究，这样对我们和历史都有价值。"

马骝听我这样一说，立即来了个急刹车，瞪圆眼睛道："斗爷，你胡说什么鬼？这上交国家，对我们有什么价值？难道他们会给我们一百几十万？最多是一千几百再加一面锦旗，你信不信？你别忘了，那十万大洋可是真金白银呀，都是从我口袋里掏出来的，这亏本生意我马骝打死都不答应……"

我知道马骝的性格，跟他说生意利益还行，说历史价值那等于扯淡，我对他解释道："我说给相关人士研究研究，并不是将这东西拱手相让。这东西值不值钱，我和你都心里有数，老张也只是说了他爷爷是怎么摸到这个东西的，但对于这个阴阳葫芦，我们并不知道它的出处，所以，我们必须要找人弄清楚这个东西的来历、出处。而且，就算把这阴阳葫芦上交上去也未尝不可，因为我们的目的不是这个东西，而是鬼岭。自古邙山多帝陵，这鬼岭又在邙山范围之中，如果还没有被人盯上的话，你自己想想吧！"

马骝重新开动车子，笑嘻嘻道："还是斗爷你想得长远哪……没错，哪天咱们去鬼岭摸它个遍，哈哈，一夜暴富指日可待呀……不过，话说回来，这个阴阳葫芦，你打算找谁来研究研究？"

我说道："这个星期天，关老道不是要做大寿吗？我们过去贺寿，顺便叫他看看，他是道中之人，应该知道这个阴阳葫芦的来历。"

马骝拍了拍额头说道："你不说我都忘记关灵跟我们提过这事儿。但是，那老家伙要是像上次一样，想把东西据为己有怎么办？"

我说道："上次我们命悬一线，要不是他指点明路，我们也不可能活下来。但这次我们又不求他，他凭什么想据为己有？"

马骝突然苦笑了一下，摇了摇头，叹息一声道："哎，还别说，他想要总会有理由的，反正我有一种不祥的预感，这阴阳葫芦估计又要易主咯……"

# 第三章　考古队

当我和马骝到达关家的时候，已经是晚上八点多钟。宴席早已结束了，宾客们也离开了，只剩下几个灯笼和一地的鞭炮屑在迎接我们。

我对马骝说道："糟了，看来我们只能吃剩饭剩菜了。"

马骝对我嬉笑道："斗爷，能有剩饭剩菜吃也不错了，就不知道你那个灵儿会怎么处置你呀！"

我骂道："你大爷的，你还好意思说，要不是你，我们早就到了。"

今天早上醒来的时候，我突然发现马骝不见了。我们说好今天要去给关老道贺寿的，由于路途遥远，所以要早点儿出发，但马骝一大早就不见了人，打他手机，却一直处于关机状态，真是急死我了。

一直等到中午时分，马骝才一额头汗跑回来，我立即冲着他劈头骂道："你大爷的！你不想去给关老道贺寿也不用放我鸽子呀，打你手机又关机，耍我是吧？"

马骝笑嘻嘻道："不是不是，哪里敢耍你呀？斗爷，我是出去谈生意了。这手机昨晚忘记充电了，这不，出去不久就没电了。"

我说道："我看你就是在狡辩……你不知道今天是什么日子吗？你还去谈生意？"

马骝沉下脸来说道："不就是那个关老道生日嘛，何必那么紧张呢？说白了，你就是想早点儿见到你的灵儿吧？我说你也真是的，喜欢人家就直接表白啊，何必暧暧昧昧、扭扭捏捏的，搞不好还让人误会你有问题呢。"

我一下子被马骝说得无话反驳，只好坐在沙发上用抽烟来掩饰内心的尴尬。我和关灵的感情一直都处在朦胧状态，谁也没有戳破那层窗户纸。关灵曾经对我说过，她的家教很严，不允许她随便谈恋爱，特别是她的爷爷关谷山，对我这种"不务正业"的人印象不是那么好。我自己也明白，要是论门当户对，我还差一大截。但我不是因为这样而不敢主动表白，其实我也不知道自己在害怕什么，我敢说我金北斗是个天不怕地不怕的人，但一涉及情情爱爱这些，我的脑袋就变得一团糟。

马骝似乎看见我脸上的表情在不断变化，立即坏笑道："哈哈，不会被我说中了吧？斗爷，这么年轻，就出现问题啦……"

我拿起一个抱枕扔过去，说道："你才有问题，你以为个个都像你啊，一点儿都不含蓄。"

马骝笑嘻嘻道："看你说的……需要我猴爷教你两招，把关灵这个小妖精俘虏回来吗？"

我瞪了他一眼说道："去去去，别打岔……赶紧说正经事，你老实交代，这么早去做什么生意？"

马骝喝了口水，也拿出根烟抽上，然后一脸认真地说道："是这样的，我有个朋友看中了那个阴阳葫芦，你知道开价多少吗？"

我立即坐直身子，问道："多少？"

马骝伸出拇指和食指，比画了一下说道："八十万。"

我没有感到吃惊，这个数也只是市场价，要是遇到喜欢的人，估计得上百万。不过，我内心也开始觉得有点儿对不起老张了，这一老实巴交的农民，只因为等钱救命而贱卖了这样一个宝贝，真的是亏大了。

马骝对我说道："斗爷，你只要点点头，这八十万就到账了。"

我沉思了一下，说道："等我们弄清楚这阴阳葫芦的出处，再做考虑吧。眼下之急是赶到关家，不然后果不堪设想。"

马骝嘀咕起来，但见我不同意，他也不敢擅做主张，只好跟我收拾好东西前往关家。其间关灵打过几次电话来催促，我都用堵车这个理由搪塞过去了。

一路上，马骝都在说服我尽快把那阴阳葫芦出手，免得夜长梦多，还说做人不能贪心，八十万已经够了……我对这事儿没怎么上心，任由马骝自言自语。

正当我们站在门口谈话的时候，关灵从里面走了出来，一看见我和马骝，立即皱起眉头对我们说道："怎么那么迟呀，客人都吃完饭走了……"

马骝笑道："迟到总比没到好呀！"

我对关灵说道："真是抱歉，这路途遥远，我们也提前出发了，但一路来多处堵车，我们也是没办法。"

关灵接过我们手中的贺礼，说道："没事，进屋吧，我爷爷正惦记着你们呢！"

我和马骝对视了一眼，心想这关老道怎么会惦记我们，这其中肯定有诈！马骝小声对我说道："斗爷，等下小心那个葫芦啊，别又被骗去了，这可是值……"马骝又在我面前伸出拇指和食指比画了一下。

我点点头道："行了行了，今天就算他拿刀架在我脖子上，我也不会让给他的。"

说话间，我们进了屋，来到大厅。只见饭桌上还有几位客人没走，他们正围着关老道在谈话。坐在关老道左边的是一个五十多岁、穿着得体的男子，此人头发斑白且稀疏，属于那种地中海头，下巴还留有一撮山羊须，谈吐举止好像是一个教授。在关老道右边，是一个四十岁左右的男子，方脸寸头，戴着厚厚的黑框眼镜，这人只顾着吃饭，没怎么说话。另外还有一男一女，都是二十岁出头的年轻人，看起来好像是那个教授的学生。

看见我们进来，关老道连忙站起身来，对身边的那几位客人说道："他们终于来了。"

我和马骝对关老道说了些祝贺话语，然后坐了下来。关老道向我和马骝介绍了那几位客人，原来那个地中海头的老头真的是个教授，而且是考古专家，名字叫唐天生。方脸寸头，戴眼镜的那个叫陈国文，同样是个教授。另外那个年轻的男子叫肖建，女子叫穆小婷，都是他们的学生。

关老道介绍完他们后，也向他们介绍了我和马骝。大家举杯寒暄几句过后，那个唐教授先开口说道："听闻金先生和孙先生懂风水之术，晓寻龙探宝之法，是吗？"

马骝一听别人叫他孙先生，便摆摆手道："叫我马骝吧，这孙先生听起来不习惯。"

那个叫穆小婷的女子听马骝这样一说，忍不住笑道："马骝？这不是粤语中猴子的意思吗？"

唐教授连忙伸手示意了一下，穆小婷立即捂住嘴巴不敢说话，但还是忍不住憋笑起来。她的样子很清纯可爱，笑起来的时候还有两个小酒窝。

　　马骝摆摆手笑道："哈哈，没事没事，小妹妹说得没错，我是广东人，这'马骝'在粤语中本来就是猴子的意思嘛！"

　　我对唐教授说道："教授，要说到通晓风水之术，这当今世上，非关道长莫属呀，我等后辈只是略懂皮毛，不足挂齿。"

　　关谷山摆了摆手，笑眯眯道："哪里的话，哪里的话……"

　　唐教授说道："金先生谦虚了，关道长刚才提起你们两个，说你们非常厉害，连他老人家找不到的东西你们都给找到了。既然关道长都这样说，那你们肯定是有功夫的。我和关道长是多年的朋友，你们也别见外。我们做考古的，有时候会纸上谈兵，所以也经常来请教关道长，这些年来，真的是受益匪浅哪！"

　　关谷山说道："老道只不过山野之人，懂些青乌之术，唐教授高抬了。"

　　那个叫陈国文的男子打量了我和马骝两眼，语气带有轻蔑的意思说道："两位年纪轻轻，真的有如此能耐？真看不出来啊！"

　　马骝说道："我马骝没什么本事，不过这上山下海还是有一手的，但要说到真本事，得数我们斗爷最厉害了。"

　　陈国文看了我一眼，嘴角一歪，说道："竟然还称爷了呀……"

　　我对他说道："这都是江湖人给我金北斗的面子，随便给个称呼而已，教授不必介意。"

　　陈国文问道："岂敢介意，那请问斗爷，你有何本事？不妨亮出来，让大家开开眼界如何？"

我连连摆手道："不不不，我那些本事难登大雅之堂，有关道长在此，我等小辈岂不是在关公面前耍大刀，孔子面前卖文章吗？"

陈国文冷笑了一下，又问道："那你们是学考古学或者道学的吗？"

我摇摇头说道："我们都是半路出家，没学过考古，也没有学过道学，还望陈教授多多指教呀！"

陈国文再次冷笑了一声，道："我还以为有多厉害呢，原来也只不过是半路出家的呀！既然这样，那么这一趟，估计用不上你们了。"

我和马骝你看我，我看你，听得一头雾水。我看了眼坐在旁边的关灵，关灵对我和马骝说道："他们有事要我爷爷帮忙，但我爷爷年事已高，就向他们推荐了你们两个。"

关谷山看着我说道："没错，老道虽然上了年纪，但阅人无数，我知道你应该懂得一些藏龙之术，但我不知道你是从何学来的。这藏龙之术早已失传，如今你有幸得之，何不道出一两句，让大家开开眼界？"

我心里微微吃了一惊，这老家伙果然厉害，看出了我懂藏龙之术。但我知道财不可露的道理，只好装作一无所知地说道："恕晚辈才疏学浅，孤陋寡闻，关道长说的什么藏龙之术，我也是第一次听见，不知道这是什么法术？"

关谷山乜斜着眼睛看着我，问道："你当真不懂藏龙之术？"

我点点头道："当真不懂。何谓藏龙之术？还请关道长赐教。"

关谷山捋了捋下巴的胡须，清了清嗓子，看了一遍众人后才说道："有传说，青乌之术分为三种：一种是寻龙之术；一种是赶龙之术；最后一种就是藏龙之术。所传下来的青乌之术，主要是讲寻龙之术，而赶龙之术和藏龙之术早已失传。相传杨公有'赶龙鞭'，会赶龙之术，但也是闻者多，见者少。至于藏龙之术，至今早已失传。法自术起，机由心生，机关微小，却'牵一发而动全身'。但凡藏龙者，必设下机关阵法，大局者，能设几千里，凡人只能窥见一斑，而不能识全貌；小局者，也能设几十里，即观全貌，也难窥探其中奥秘。此乃藏龙之术也。"

听到这里，我暗自兴奋起来，心想：难道我那本《藏龙诀》就是失传了的藏龙之术？应该没错了，几乎所有的古代机关，在《藏龙诀》里面都有描述。虽行文简陋、术语繁多，但道理就在其中，只要弄懂一二，也能推演全局。

唐教授忽然问道："关道长，那您刚才为什么会说金先生懂得藏龙之术？"

关谷山盯着我，似笑非笑道："如果金先生不懂藏龙之术，传说中的血太岁怎么可能会被他找到？"

我抱了抱拳，笑笑道："关道长此言差矣，找到血太岁并非我一个人的功劳，大小姐和马骝兄弟也功不可没呀！"

陈国文忽然冷笑道："那么说，你们是全凭误打误撞、阴差阳错才找到血太岁的咯？"

马骝刚想说话，我连忙拦住他，然后对陈国文说道："正是如此。所以嘛，我们也帮不上什么忙，真是令大家笑话了。"我语气虽然客气，但在心里早就骂人了。这个陈国文，真是狗眼看人低，装出一副学者气派，对我们冷嘲热讽，真是令人讨厌。这要是在其他场合，我早就一巴掌扇过去，打他一个清醒了。

这时，唐教授叹了口气说道："哎，既然金先生这样说，那么我们也不勉强了，因为这一趟差事非常危险，本想找个懂天星风水术的人一起去，现在看来，这任务是完成不了咯。"

马骝连忙问道："你们说了半天，究竟是要去干什么？"

唐教授说道："既然说开了，我也就说出来吧。我们有个考古任务，是要去一个叫鸡冠岭的地方，寻找一座古墓。但这鸡冠岭并非普通山岭，它在邙山之中，但又神秘莫测，在当地有'鬼岭'之称，从来都是有进无出。我们查过资料，这鬼岭有可能暗藏五行八卦阵，不懂天星风水术的人，进去后也只有死路一条。"

我和马骝一听"鸡冠岭"三个字，都吃了一惊，互相对视了一眼，心想原来已经有考古的人看中了鬼岭的宝贝。既然这个地方被列为考古任务，那么再去捣鼓，恐怕就有些难度了。如果被他们先找到，那鬼岭里的宝藏估计就会被清空了。

我连忙问道："教授，那你们知道这座古墓的主人是谁吗？"

唐教授摇摇头说道："根据我们的调查，只知道这座墓应该是唐朝时期的，但还未能确切地知道墓主人是谁。不过，有三个版本可以作为参考：一个是唐朝太监之墓；一个是唐朝国师之墓；最后一个是唐朝皇帝之墓。不管是谁的，能隐藏在鬼岭里那么久，而不被世人发现，这座古墓肯定非同寻常。"

唐教授说的跟老张说的没两样，要想弄清楚墓主人是谁，也只能进入鬼岭，找到古墓才能获悉。我和马骝早已商量好要去鬼岭，但现在被眼前的考古队这样一揽，先前的计划就泡汤了。

马骝皱着眉看着我，想说话但又不知道怎么开口。我明白他想说什么，对他使了个眼神，示意他不要慌张，然后我对唐教授说道："唐教授，你说的那个鬼岭，附近是不是有个村叫张家村？"

唐教授有点儿惊讶道："没错没错，你是怎么知道的？"

我笑笑道："我有个朋友在那里，曾经听他说过鬼岭的故事。"

唐教授笑了笑，道："原来如此，我还以为你去过这个地方呢！"

我说道："要去鬼岭，最好能找到一个当地人做向导，这样的话，就能够节省很多时间，而且能知晓一些机关陷阱，避开不必要的麻烦。"

唐教授点点头道："你说得没错，要是有个人做向导，我想我们这次行程会相对顺利很多。但是，即使这样，我们还是需要找一个懂天星风水术的人做领队，因为鬼岭地形复杂，就算是经验丰富的探险家进去，也未必走得出来。也正是因为这样，它至今还是保留原始森林之貌，未被开发。"

我忽然想到什么，便说道："虽然我不懂什么天星风水术，但是我可以给你们推荐一个人。"

# 第四章　道家法宝

大家一听，都纷纷看向我这边。唐教授更是大为惊喜，连忙问道："此人是谁？"

我指了指坐在旁边的关灵，说道："就是关道长的孙女儿，我们的关灵关大小姐。"

关灵一看我指着她，脸色都变了，拍了我一下道："金北斗，你搞什么呀？别胡说八道，我怎么可能……"

未等关灵说完，唐教授立即拍了拍手掌，笑道："哎哟，我真是老糊涂了，竟然忘记关道长的孙女儿也懂风水之术。"

关谷山脸色一沉，连连摆手道："不行不行……我这个孙女儿学艺不精，不能担此重任。"

我对关谷山说道："关道长您大可放心，您的孙女儿得到您老人家的真传，正所谓名师出高徒，她的厉害我是领教过的，足以胜任此事。"

关灵抿着嘴唇，脸开始涨红了起来，一双精灵的眼睛盯着我，眼神中带有埋怨又夹杂着不解，想说话但又不知道怎么开口。我对她点了点头，示意她放心，然后我说道："虽然关大小姐懂天星风水术，但毕竟是个女孩子，这个鬼岭除了地形复杂，还有不少毒蛇猛兽，你们又是知识分子，想必很难应付。所以，我给你们推荐另外一个人，就是我这位马骝兄弟。别看我这位兄弟身体瘦小，他可打得一手好弹弓，百发百中，跟打枪没两样。"

马骝听我这样一说，立即嚷嚷道："喂喂喂，斗爷，你这是存心害人啊？先是拉关灵下水，现在又轮到我……"

我对马骝说道："先别急，我也会去的。干这种事，我们兄弟俩什么时候分开过？所谓孟不离焦，焦不离孟呀！"

"金先生要是能亲自去一趟，那真的太好了，我们真是感激不尽啊！"唐教授满脸惊喜道，说着把脸转向关灵那边，"关小姐，不知道你意下如何？"

关灵看了看我，又看了看自己爷爷，咬了咬嘴唇说道："这件事……我不敢自作主张，需要我爷爷做主了。"

大家于是看着关谷山，关谷山抬起头，看着我说道："你这娃儿，真是心机狡猾啊，看来我不答应都不行了。不过，有你在她身边护着，我也没什么顾虑了。但还是啰唆一句，一定要注意安全，这鬼岭并非普通山岭，千万不能大意。"

我点点头道："您老人家放心好了，我金北斗用性命担保，您的孙女儿绝对会安全回来的。"

这时，马骝忽然笑笑道："那个……唐教授，那这个活儿，不知道有没有什么国家补贴、酬劳什么的呀？"

唐教授点点头道："当然有的，绝不会亏待大家的。"

马骝又笑嘻嘻地问道："那不知道有多少呢？"

唐教授说道："要是找到古墓，完成工作，酬劳是每人三万。但是，这次考古非比寻常，其中的凶险大家也清楚，而你们又是属于外招人员，所以保险就……"

马骝扬起手，打断道："这个我明白，我们就相当于是临时工，对吧？"

唐教授有点儿尴尬地笑了笑，表示默认。

我说道："古语有云：'命由天定，运由己生。'我们既然答应了这事儿，就算出了什么意外也不会赖你们的。倒是你们这些做考古的，不知道能不能吃苦，像这些娃娃，别爬两下山就走不动了。"

穆小婷和肖建立即坐直身子，肖建对我说道："金大哥，别看我们年轻，我们都是农村出来的，能吃苦的。"

穆小婷也说道："没错，我们绝对不会拖大家后腿的。"

唐教授对我说道："这点你放心，我们有外出考古的经验，跋山涉水不是问题。"

接下来，关谷山吩咐家人重新开了一桌酒席，大家一边吃一边计划如何去鬼岭寻墓。酒足饭饱之后，唐教授等人有事先行告退，并约定大家星期一就出发去鬼岭。我和马骝没什么事儿，便在关家留宿一夜。

关灵为我们整理好一间客房后，忽然问我："斗爷，我知道你也懂天星风水术，为什么不直接承认，还要推我出来？"

我还没说话，马骝就笑开了，道："哈哈，关大小姐，这你也不懂斗爷的用意啊？他说是跟我孟不离焦，焦不离孟，其实他不舍得的还是你呀！要不是这样，你爷爷肯让你跟我们一起走吗？"

关灵看着我冷笑道："呵，他还有这样的头脑呀……"

我笑笑道："没错，但马骝只说对了一半。据我了解，这鬼岭并不是那么简单，唐教授说鬼岭暗藏五行八卦阵，这个并非空穴来风。因为当地流传着这样一首歌谣：'鸡冠鬼岭藏金银，阴阳八卦在无形。从来只有鬼神到，不见半个活人行。'这就说明了鬼岭的厉害。我虽然懂点儿天星风水术，破解个五行八卦可能还行，但是这个可以隐藏千年而不被世人所见的古墓，肯定是机关陷阱遍布周围，所以这时肯定需要你的'穿坟术'来破解这些机关。另外，我要不是这样做，我也找不到其他理由来让你跟我们走。"

关灵听我说完后，皱起了眉头，有点儿惊讶道："斗爷，你还真是有头脑呀……不过，你是怎么知道这些的？是你那个亲戚说的吗？"

马骝大笑道："哈哈，他哪里有什么亲戚？都是骗人的。"

关灵看看马骝，又看看我，不解道："这是怎么回事？斗爷，你赶紧给我从实招来。"

我于是把收购阴阳葫芦的经过跟关灵说了一遍，然后从背包里拿出那个阴阳葫芦，对关灵说道："我想，如果知道了这个宝贝的出处，那么对我们去鬼岭寻墓会有很大的帮助。"

关灵接过阴阳葫芦，仔细端详起来，表情却越来越古怪。我看见她这样，忍不住问道："怎么了？"

关灵皱着眉说道："斗爷，这东西我以前见过！"

我和马骝都感到一阵惊讶，不约而同问道："你在哪里见过？"

关灵说道："你们也知道我爷爷是做什么的，他老人家特爱收藏这些稀奇古怪的东西，我之前偷偷溜进他的藏宝阁，就见过这样的东西。"

马骝咂了咂嘴，看了我一眼，道："不会吧？这东西还成双成对？那现在单了一只，不是没那么值钱了吧？"

我没理马骝，向关灵问道："那你知道这东西的来历吗？"

关灵摇摇头道："不知道，这个估计要问我爷爷了。要不，拿给他老人家看看？"

关灵刚说完，马骝突然一手把阴阳葫芦抢了过去，然后摇摇头道："这不行，不行不行……这东西要是经过他老人家的手，估计是有去无回了。还记得上次那个青铜鬼头吗？连我马骝这么精明的人，也被你爷爷把那宝贝骗去了……"

关灵听马骝这么一说，立即尴尬起来，一时也不知道该怎么回应。我看见这样，连忙对马骝说道："一个青铜鬼头，换来我们三个人的命，你还想怎样？还记得我在车上跟你说的话吗？赶紧把葫芦拿过来！"

"斗爷，那个鬼岭那么凶险，能不能找到其他宝贝很难说呀，但眼下咱们有这个宝贝，可值这个数！"马骝攥紧葫芦，对我说道，又伸出拇指和食指比画了一下，接着说道，"可以给咱们换上一套顶级的好装备了。"

关灵虽然也知道这个宝贝值钱，但看见马骝摆出这样的手势，也忍不住一脸惊讶道："这东西值八十万？"

马骝立即笑道："没错，八十万，今早谈的价钱，最新报价，说不定这会儿还会涨呢！这样吧，大小姐，要是你爷爷能出到这个价，我马骝二话不说，直接让给他老人家。"

我有点儿不耐烦了，对他道："你别废话了，赶紧拿过来。要不这样，这东西咱们都有份，掰断算了，你一半，我……"

还没等我把话说完，马骝立即叫道："别别别，这掰断了哪还值钱……给你就是了……"说完，把阴阳葫芦递给我。

这时，关灵忽然意识到什么，皱了一下眉，说道："马骝，你刚才说什么？今早谈的价钱？你们今天之所以迟到，估计不是堵车，而是因为这个吧？"她一边说，一边伸出手来，突然以迅雷不及掩耳之势的速度揪住我的耳朵说道："好你个金北斗呀，竟然敢欺骗老娘，害我等你等了足足一天，要是被我爷爷知道你如此不尊重他老人家，你知道后果有多严重吗？"

我突然有种被人揭穿谎言的羞耻感，脸红耳热起来，只好尴尬笑道："轻点儿，轻点儿，先放手……你听我解释，这完全不关我的事，都是这只泼猴，一大早不见了人，我是等他才迟到的。"

马骝幸灾乐祸般笑道："斗爷，这不能全怪我呀？这宝贝你也有份，你还跟我说，这宝贝非常值钱，叫我尽快找个好买家出了。啊，你还说，生日年年有，不必急一时，关老道大寿可以迟点儿去，因为过去也只不过是送点儿贺礼、吃顿饭、做做样子罢了，但这宝贝放久了就不好，夜长梦多呀……"

我被马骝气得哭笑不得，骂道："你大爷的，你这只死猴子，我什么时候对你说过这样的话？"

关灵揪着我的耳朵，我感觉力度增加了不少，只听见她骂道："金北斗啊金北斗，你这家伙真是没点儿良心，我爷爷好歹也救过你们两个的命，今天是他老人家大寿之日，你们却来做做样子了事？"

我大叫冤枉，但一时也解释不清，忽然一眼瞧见马骝在一旁捂嘴偷笑，真是气不打一处来，我双手抓住阴阳葫芦，对他说道："你他妈还在笑，赶紧给我解释清楚，你要是圆不回来，我就掰断它，就算我金北斗做了一次亏本生意！"

马骝见我这般架势，立即紧张起来，连忙伸手制止道："别别别，斗爷，别冲动！冷静冷静……你这一掰，就是八十万啊！再说打者爱也，大小姐这摆明是爱你的呀！既然不想享受她对你的爱意，那我给你解释清楚就是……"然后他对关灵说道，"大小姐，刚才我说的全是废话，不，是屁话，是我马骝胡说八道，冤枉了斗爷。他没说过这样的话，他非常尊重你爷爷，也非常爱你，你就看在我们三人几次出生入死过，大人有大量，放过斗爷一马吧。我马骝对灯火发誓，要是斗爷以后敢骗你，我就把他这个北斗揍成漏斗、熨斗，再不烟斗也行，只要大小姐你喜欢。"

关灵被马骝逗得"扑哧"一声笑了出来，松开了揪住我耳朵的手，对我说道："叫北斗的人，听见了没？"

我搓着耳朵说道："好女不跟男斗，好男不想欠揍……"

刚说到这里，门外突然响起了脚步声，我立即收口没说下去。接着，只见关谷山拄着龙头拐杖走了进来，先是扫视了我们三人一眼，然后对我和马骝说道："今天招呼不周，两位多多包涵呀！"

我连忙站起身说道："哪里哪里，老道长客气了，我们吃饱喝足，还在这里借宿，真的多有打扰了。"

关谷山摆摆手道："不打扰不打扰，多些人多些热闹。"

我忽然想起什么，便说道："对了，关道长，我们这次来为您老人家贺寿之余，还有件事情想请教一下您老人家。"

关谷山眉头一扬，问道："哦？什么事情？"

我拿出那个阴阳葫芦，递到他面前说道："不知道您老人家有没有见过这样的东西？"

关谷山一见此物，脸色立即大变，接着一手夺过去仔细打量起来，然后又放在鼻端前嗅了嗅，顿时兴奋得眉飞色舞，连手也开始有点儿抖。我真的生怕他一个不小心，把阴阳葫芦掉在地上给磕破了。

关谷山满脸惊喜地对我问道："这……这东西是从哪里弄来的？"

我急忙说道："这是我家亲戚的传家宝。我看见这么有趣，又是一件古玩，就借来把玩把玩而已。"

关灵和马骝同时看着我，似乎都想不明白我为什么要撒谎。我当然有自己的想法，上次吃了一次亏，把青铜鬼头让给了关老道，这次我说是亲戚的传家宝，估计关老道想要也难以开口了吧！

果然，关谷山皱了皱眉，又问道："你那个亲戚跟道家有何渊源？"

我说道："我也不清楚，他说这是祖上传下来的。他还说，这个葫芦是他的太公从鬼岭那里摸来的。"

关谷山皱起了两条白眉，喃喃自语："这东西怎么会出现在鬼岭的呢，难道……"

我连忙问道："道长，您是不是知道这东西的来历？"

关谷山将了将下巴的胡须，道："这东西名叫阴阳葫芦，是用几千年的金丝楠阴沉木制作而成的，是道家的一种法宝。自盘古开天辟地，便有星峰龙穴，阴阳二气，妙运其间，地灵人杰。但说到要改命扶抑，通关调候，此阴阳葫芦就大有用处。据说此物能分阴阳、辨纯杂、配雌雄。把葫芦立于穴上作法，可开阳成局，配水得法，合得雌雄，必是吉地。而这只是其一，它还能调节阴阳之气。凡是从事风水者，多为他人寻龙点穴，久而久之，难免会被天地之邪气缠身，所以，这个阴阳葫芦就可以用来调节自身阴阳之气。"

我心想，这个阴阳葫芦原来还有这个功能，果然是个法宝啊，便再问道："那这个阴阳葫芦，是何人传下之物？"

关谷山说道:"据传,这是唐朝国师杨公杨筠松的随身佩戴之物,但自从杨公遇害,此法宝便消失不见了。"

我心想,我猜得果然没错,这真的是杨公的法宝,那从价值来看,就远远不止马骝说的八十万那么少了。对于不识之人来说,这阴阳葫芦也许只是块木头疙瘩或者工艺品而已;但对于识货之人来说,这几千年的金丝楠阴沉木,就值不少钱;而对于学道之人来说,这阴阳葫芦可以说是无价之宝了。

这时,关灵忽然说道:"爷爷,你的藏宝阁不是也有一个这样的葫芦吗?"

关谷山摇摇头道:"那只是我叫人做的赝品,现在这个才是真的呀。但这只是其中一件法宝,杨公还有一条'赶龙鞭',那个法宝才厉害,再加上赶龙之术,可以说寻龙捉脉,移山填海,不在话下。"

我知道民间有一个传说,说杨公有三宝:一是他从皇宫里盗出的"无字天书",二是白鹤仙师点化他后送给他的"赶龙鞭",三是一盏"铁灯盏"。因为要想读"无字天书",就必须点起"铁灯盏"。但其实这些都是民间误传所致,真正的三宝是三部风水秘籍,分别是《天秘诀》《撼龙经》和《一盏灯》。还有说,这三本书并不全是杨公所著,其中《天秘诀》一书是唐代另一位风水大师邱延翰所写。孰真孰假,也无从考究。

我不解道:"关道长,赶龙鞭不是因为民间误传,说《撼龙经》的'撼'字与'赶'字音相近,而传出'赶龙鞭'的吗?难道真有此物?"

# 第五章　赶龙鞭

关谷山点点头道："民间传说杨公有三宝，'无字天书''赶龙鞭'和'铁灯盏'。其实说到法宝，真正的三宝是'赶龙鞭''寻龙尺'和我手上的这个'阴阳葫芦'。当中虽有误传，但的确有'赶龙鞭'一物。'赶龙鞭'又称'赶山鞭''赶龙杖''玉龙杖'，一千多年前，杨公就曾经用'赶龙鞭'把一条龙脉赶走，但杨公死后，这些法宝便下落不明。"

马骝一听，连忙问道："那这个'赶龙鞭'长什么样子？"

关谷山说道："这个法宝很少人见到，传下来的有好几种说法，有的说是一条十三节龙鞭；有的说是一根玉龙杖；还有的说是竹节鞭。不过以老道看嘛，这个'赶龙鞭'既然被称为鞭，而又叫作杖，有可能就是这三种叫法的合称。竹节鞭有十三节，故被人叫成'十三节龙鞭'；玉龙杖为昆仑之玉，杖带龙头，故也被人叫作'赶龙杖'。"

关于杨公的"赶龙鞭"之说，我在一些古文书籍里也有看到过，至于这法宝的由来，还有一段故事。

传说有一天，杨筠松路过一个村庄，因天色已晚，便在一户人家里借宿一晚。谁知到了三更之时，外面突然雷鸣电闪，狂风大作，倾盆大雨瞬间袭来。等到第二天出门一看，村里的大多数屋舍被毁，田地被涝，小孩啼哭，大人悲愤，柴犬昂头狂吠，鸡鸭四处乱跑，犹如人间惨剧。

虽说天灾难防，但杨筠松观看村庄周围的地势，前有龙潭气聚，后有虎峰镇靠，此处并非凶煞邪地，为何会有如此灾难？一打听，才知道这场大雨并非天雨，而是龙潭里的蛟龙作恶，下的腥风血雨。

据村民所述，在三年前，原本平静的龙潭里突然出现了一条蛟龙，经常半夜三更兴风作雨，祸害村庄，搅得人心惶惶，不得安宁。村民于是请人来抓蛟龙，然而蛟龙没抓到，人却被吃掉了，最后无人敢逞英雄了，只能任凭那条蛟龙为非作歹。

杨筠松听完，顿时来气，发誓要抓了此恶龙，还村民一个安宁。大家都劝杨筠松不要意气用事，以免遭遇不测。杨筠松便对村民说，他自有办法抓得此恶龙，不必担心。

又到了三更时分，杨筠松孤身一人来到龙潭边上，此时那条蛟龙正在潭中盘旋迂回，搅得龙潭一片浑浊。忽然看见有人到来，立即竖直身子，张牙舞爪扑了过来。杨筠松手执宝剑，口中念念有词，用宝剑在空中画了道符，然后把宝剑往空中一抛，顿时化作万道金光，把蛟龙罩住，蛟龙被金光一照，竟然浑身发软，跌落地上。

杨筠松收回宝剑，挑出蛟龙的龙筋，蛟龙痛楚万分，竟然开口说出人话："小龙本乃昆仑白蛇，因偷得昆仑山黄龙真人的修炼之法，得以修炼成龙，云游时见此龙潭每逢子时便发生气，于是落入潭中，兴风作浪，图个愉快。今日不知仙师驾到，自知罪孽深重，望仙师手下留情，留一条活命，必定痛改前非，守护山河，保风调雨顺，造福百姓。"

杨筠松见蛟龙有悔改之心，便只抽了一半龙筋，放它回去。蛟龙点头致谢，转身钻入龙潭里，不一会儿便嘴含一物浮出水面，对杨公说道："此乃黄龙真人的法宝，名曰玉龙鞭，真人早已算到我会有失去半条龙筋的命劫，说如有高人降伏我，玉龙鞭便要赐予此人。果然如此，今日仙师施展法力，把我龙筋抽去一半，此乃命也。仙师若把我的半条龙筋烧成灰，放入玉龙鞭中，七七四十九日后，便可得到一件厉害的法宝，凡天下龙类，不管山龙、水龙、黑龙、青龙，统统都得听命于仙师。"说完，放下口中宝物，便消失在龙潭里。

杨筠松半信半疑，但还是按照蛟龙说的话，把龙筋烧成灰，灌入玉龙鞭中，待七七四十九日后取出，果然能寻龙捉脉，移山填海，确实是一件非常厉害的宝贝，"赶龙鞭"一物便由此而来。

关于"赶龙鞭"，还有一则这样的民间传说。

据说古时候的赣州有"九蛇聚一龟"的天然风水格局，能出小帝王，是做皇都之地。何谓"九蛇聚一龟"之说呢？古时候的赣州城就好像一个硕大的金龟趴在那里一样，是一个通天龟形，所以赣州又有"龟城"的别称。赣州古城有三条大龙脉，大龙脉再分三支，共九支小龙脉，杨公称它们为九蛇，故被称为"九蛇聚一龟"。但赣州最后没有做成雄踞南方的皇都，是因为传说九蛇中，有一条蛇没有来相聚，风水格局不成所导致的。等杨公知道后，立即用"赶龙鞭"设法把它赶去相聚，但为时已晚，古城气数已尽，就算九蛇相聚，也已错过了帝王格局，这也是杨公的一大遗憾。

当然了，这些都是经过民间流传，多被神化的故事，不能信以为真。但要说存不存在"赶龙鞭"一物，我相信是存在的。这"赶龙鞭"是一件宝物，这肯定不容置疑，但只是没有传说的那般神化，只不过这件物体被杨公所拥有，才有了它的价值而已。这跟现在的明星效应是同一个道理。

这个时候，只听见关谷山叹息一声，说道："唉，我年轻时，曾经找到一些关于阴阳葫芦和赶龙鞭的线索，但寻找多年，最后还是什么都没有找到，所以后来就叫人做了个赝品，自我欣赏罢了。但没想到呀，有生之年竟然让我见到这个阴阳葫芦的真面目，真是人生之一大幸呀……"

我看见关老道那个爱不释手的样子，开始有点儿担心了，心想这老家伙又不知道使出什么招来得到这个阴阳葫芦了。果然，他看着我笑笑道："阿斗呀，你要不帮我出出面，看你亲戚能不能把这个阴阳葫芦让给我？"

我看了一眼马骝，马骝也看着我，露出一丝无可奈何般的苦笑，好像是在说："我就说了吧，看你这次怎么解决。"

我挠了挠头，说道："关道长，这个嘛……毕竟是我家亲戚的传家宝，也不知道他的想法，我这次借来把玩，也只是想辨个真假而已。"

关谷山说道："这虽然是传家宝，但是毕竟是道家之物，就算你的亲戚拥有，也起不了什么作用呀，到头来也只不过是一块木头疙瘩而已。你看我说得有理不？俗话说，亲生子不如近身钱。当今世道，唯钱财不可缺也，你说是不是？"

我点点头道："没错，关道长您说的也是一个道理，但是……"

关谷山摆摆手说道："就别但是了，这东西先放我这里，你回去跟你那个亲戚说说，就算帮老道一个大忙，怎样？"

关谷山这么一说，我也不好意思拒绝，更加不知道该怎么接话。这时，关灵帮口道："爷爷，你这样有点儿强人所难呢，你让斗爷回去怎么交代？"

关谷山看了孙女儿一眼，脸色一变，说道："你这丫头，胳膊肘朝外拐呀，就不能帮爷爷说句好话吗？"

关灵还想说点儿什么，我连忙制止，免得她把真相说出来，然后我对关谷山道："关道长，这样吧，你先开个价，我回去好跟亲戚说说，看他主意如何吧。"

关谷山捏着阴阳葫芦，看了看，然后说道："我看呀，这给个八万也应该是个不小的数目了吧？"

马骝一听关老道开价八万，顿时气急败坏起来，说道："哎哎哎，等一下，等一下……老道长，这东西听您刚才这样一说，可以说是无价之宝呀，你竟然如此小瞧它？开个什么八万？我们买来也都要十万块了……"

关谷山一听，两条白眉立即皱起来，盯着马骝问道："啊？你说什么？这东西是你们买来的？"

马骝知道自己泄露了真相，连忙捂住嘴，心虚地看了我一眼。此时我也一脸尴尬，顿时觉得心跳加速，心想这次完了，不知道怎么圆回来了，刚才说的那些什么亲戚家的传家宝，统统都变成谎话了。关谷山万一觉得我是在骗他，那我和关灵的感情估计就要泡汤了，这可如何是好呢？

这时候，关谷山把目光移到我这边，问道："阿斗，你刚才说这东西是你亲戚的传家宝吗？怎么你这个马骝兄弟说是买来的？你不会是在戏弄老道吧？"说完，用力杵了一下手中的龙头拐杖。

我整个人怔了一下，连忙强颜欢笑道："不是不是，怎敢戏弄您老人家……"

关谷山盯着我的脸，一脸威严问道："那这是怎么回事？"

我转念一想，急中生智道："是这样的，老道长，这阴阳葫芦的确是我家亲戚的传家宝，不过我和马骝也正打算买下来而已……"

关谷山半信半疑道："那既然如此，就更加好办了，我给你家亲戚十万块，这东西就让给我吧！"

看见关谷山没识破，我心里稍微松了口气，刚想说话，马骝却突然说道："这可不行，我在外面问过价，您老人家知道这东西值多少钱吗？一百万！"马骝对关谷山竖起一根手指，然后继续说道，"这外面随便一个价都开出一百万，你这区区十万块，也未免太过小看这阴阳葫芦的价值了吧？"

我心想，马骝真会坐地起价，之前一直说开的是八十万，现在一张口就说一百万，估计这个数目足以把关老道震住吧。但我这样想的确幼稚了，这个关谷山真的是一个"老狐狸"，只见他不慌不忙说道："这阴阳葫芦的价值，老道我当然知道。听你这样说，是不肯让给我了，是吗？"

我因为碍于和关灵的关系，多多少少都有点儿忌讳这个老家伙，但马骝本来就跟关谷山有仇，加上在商言商，他肯定不会相让，而且刚才也是因为他说漏了嘴，才出现这样的局面，所以他绞尽脑汁也想把主动权拿回来。

只见他对关谷山说道："我马骝从来不做赔本生意，您老人家要是能出一百万，我肯定二话不说让给您。而且，看在关大小姐的面子上，我还可以给您个八折，如何？"

关谷山被马骝这样一说，顿时感觉颜面无存，他"哼"了一声，刚想发作，一旁的关灵连忙拉着他的手说道："爷爷，马骝说的也有理，他是做生意、做买卖的，肯定是利字当头，您就别跟他一般见识了。所谓买卖不成仁义在，今天是您的大寿之日，咱们就别因为这东西伤了和气。"

我也帮口道："大小姐说得没错，买卖不成仁义在，这阴阳葫芦我们估计也买不成，因为我家那亲戚还没答应卖不卖呢，所以……"我伸出手，想拿回那个阴阳葫芦。

关谷山扬起手，但是没有把阴阳葫芦还给我，而是毫不客气地塞进了衣服的口袋里，嘴角突然露出一丝狡黠的笑容，对我说道："阿斗，我问你，你跟马骝的感情如何？"

我不知道他这样问是什么意思，便点点头道："我们是大学同学，而且经历了那么多，现在也如兄弟一样亲了。"

关谷山又问道："那你跟灵儿的感情又如何？"

一听关谷山问出这个问题，我的心立即"扑通"跳了一下，这老家伙为什么这样问？有何用意？我抬起头看了眼关灵，刚好她也看过来，四目相接，我看见关灵的脸上带有一丝娇羞，目光含情，似乎也在等我回答这个问题。

我支支吾吾道："这个……我们当然是好朋友……"

关谷山忽然大笑起来，对我说道："真的只是好朋友那么简单？老道虽然上了年纪，但是心静眼明，我知道你们都心有对方，你也算跟我们关家有缘。这样吧，我把灵儿托付给你，然后那个葫芦就算是礼金了，你意下如何？"

关灵一听爷爷这样说，脸"唰"的一下红了起来，娇嗔道："爷爷，你怎么能这样……"

这突如其来的一幕令我慌了手脚，一时也不知道该如何回答。我从来没想到，会那么快就跟关灵发展到这一步，更从来没想到，这个关谷山竟然会为了一个阴阳葫芦，把唯一的孙女儿给"出卖"了。

马骝也未料到关谷山还有这一招，一时也无对策，只好对我苦笑一下道："我说了吧，这阴阳葫芦肯定要易主的，现在你相信我了吧！"说着，他摇了摇头，笑道，"姜还是老的辣，这招防不胜防呀，高，真是高！斗爷，我只好恭喜你了！那一半阴阳葫芦，算我马骝给你和关大小姐的贺礼吧！"

此情此景，我都不知道自己应该高兴还是不高兴，你说高兴吧，价值百万的宝贝就这样没有了；你说不高兴吧，脾气古怪的关谷山竟然认同了我和关灵的感情。

这个时候，关谷山拍了拍我的肩膀，说了句"就这么定了吧"，便退出了房间。关灵低下头，细声说了句"你们好好休息一下吧"，然后也走了，剩下我和马骝两人如冰雕般伫立在原地。

# 第六章　外国专家

第二天一大早，我和马骝、关灵三人前往火车站，与唐教授他们会面。这次去鬼岭探墓寻宝，可以说是光明正大地去的。虽然如此，但有考古队在身边，就算有宝贝，我们也不好下手。不过，这趟行程也算是为国家的考古事业出点儿力吧！

当我们来到约好的地点时，只见唐教授、陈国文、肖建和穆小婷四人已经在等我们了。大家见面后寒暄了几句，我看见人齐了，便呼叫大家准备出发。

唐教授连忙说道："等一下，还有一个人没来。"

我问道："这不是都到齐了吗？还差谁没来？"

唐教授笑笑道："一个外国专家。"

我心想，这中国的地方，中国的古墓，还需要用到外国专家来帮忙？中国的考古不会落后成这个样子吧？虽然说，中国的考古总会存在有局限的地方，确实需要国外懂行的专家来支援，但现在只是寻找一座古墓而已，难不成洋鬼子还会天星风水术？那为什么还要请我们来？

我刚想说话，唐教授忽然扬手一指，道："来了。"

只见不远处有一个女人下了车，四处张望了一下，好像是看见了唐教授，然后往我们这边走了过来。等走近一看，我才发现这个外国女人长得非常漂亮，身材高挑，婀娜多姿，高高的鼻梁上架着一副蛤蟆镜，一头微卷的黄发垂至肩上，身上穿着一套休闲运动装，上衣的领口有点儿低，露出白皙而高耸的胸口，背上还背着一个橙色的登山包。不管怎么看，这个外国女人都不像一个考古专家，而像一个明星或模特出游。

马骝在我耳边细声道："斗爷，这洋妞长得跟模特儿一样漂亮啊，但就是身高高了点儿，难搞啊！"

我压低声音骂道："你这家伙，脑袋里装的都是些什么鬼东西？"

马骝笑嘻嘻道："看你说的……不要想歪，我只是说她身材那么高，又长得漂亮，难以对付而已。"

我问道："你干吗要对付人家？"

马骝再把嘴巴凑近一点儿我的耳朵，说道："你不知道，我懂点儿相人术，有口诀说，邪正看眼鼻，真假看嘴唇。这洋妞看上去有点儿邪气，怎么看也不像什么专家。到时要是发生点儿什么事，我怕自己难过美人关，下不了手哇！"

我嗤笑道："看，牛都被你吹天上去了。就一个洋妞而已，还能在咱们的地盘上造反了不成？还说懂什么相人术，我还懂算卦呢，要不咱俩在街边支个摊子，你看相，我算卦，说不定还落得个潇洒自在呢……"

旁边的关灵拿手肘撞了我一下，白了我们一眼，低声骂道："喂，你们两个闹够了没？"

这时，只见那个外国女人操着一口还算流利的汉语对我们打了个招呼："大家好，我叫米娜，来自美国。"

唐教授逐一介绍了我们给米娜认识，然后指着我说道："这位金北斗先生，就是我们这次考古的领队，他非常有本事的，有他带我们去，我相信这次考古任务肯定能完成。"

米娜"哦"了一声，饶有兴趣地盯着我，从上到下看了一遍，然后点点头道："金先生长得不错哟，你们中国有个成语叫什么……一表……一表人才，对，一表人才。"

我心里美滋滋的，心想这洋妞还挺会说话的嘛，接着又听见她说道："但是，这年纪很小哟，跟你之前说的好像不一样，真的是我们要找的那个什么'穿山道人'吗？"她说这句话时，是看着唐教授说的。脸上的表情一眼就能看明白，她是在怀疑我的身份。

唐教授笑笑道："金先生不是'穿山道人'，不过你放心，他是'穿山道人'推荐给我们的，'穿山道人'年事已高，早已退出江湖了。他向我们推荐了金先生和孙先生两位……啊，还有他自己的孙女，这位关灵小姐，她得到'穿山道人'的真传，懂天星风水术，肯定能助我们一臂之力找到古墓。"

米娜看了关灵一眼，脸上的表情半信半疑。她把脸转向我这边，再次用怀疑的表情看着我，问道："那请问这位金先生，你有什么本事？"

我歪了歪嘴角，不屑道："不知道米专家想要看我金北斗哪样本事呢？"

米娜眨了眨眼睛，一本正经说道："当然是寻找古墓的本事。听说，这次去的地方叫鬼岭，凶险难测，如果你们没有本事，就别逞强，会丢掉性命的。这是我给你们的一个忠告。"

我心想，又是这些吓唬人的说辞，难道我金北斗还比不上你这个洋妞？便说道："既然你也知道鬼岭凶险难测，那你又有什么本事能保住自己的命不丢？"

米娜"哼"了一声说道："我请你们来的目的，一是要寻找古墓，二是要保护大家的性命。我出的钱要花在对的人身上，明白吗？"

这个看起来如明星、模特般漂亮的考古专家，说话竟然如此盛气凌人。我没理她，对唐教授说道："唐教授，这请我们来帮忙的钱，不是考古队出的？"

唐教授有点儿尴尬道："这个嘛，我们考古所经费紧张，这次考古，这位米娜专家也有出资，所以……"

站在一旁的陈国文忽然插话道："谁出资不是一样，你们有本事的话，肯定能拿到钱；要是徒有虚名、装模作样，到时就不是钱不钱的问题了，恐怕有钱也没命花。"

唐教授说道："金先生，米专家也是为了大家的安全，才想了解清楚的。我知道你们这些高人，都是真人不露相，关道长能推荐你们，那肯定有过人之处，你就尽尽地主之谊，给外国友人上一课，把本事亮一亮，也好让大家信服呀！"

唐教授这样一说，大家都一起看着我。肖建对我说道："没错，唐教授说得很有道理。金大哥，你就把本事亮出来，好让我们这些学考古的学习学习呀！"肖建刚说完，旁边的穆小婷也接口道："是呀是呀，金大哥，你就给大家上一课，同时也给中国考古争光呀！"

在这个情景下，看来我不亮一下本事是不可能了。于是我装模作样地咳嗽了两声，清了清嗓子，然后对他们说："这寻找古墓嘛，在阴阳风水学上叫作寻龙。这'龙'又分为四方：东方青龙，西方白虎，南方朱雀，北方玄武。简单来说，靠近水的山叫青龙、玄武，不靠近水的山叫白虎、朱雀。寻龙，首先要看的是这条'龙'的形和势，也就是说，这个地方能不能藏风聚气。古人造墓，都会用到分金定穴之术，懂分金定穴之术，就可以确定古墓的具体位置和棺椁的安放位置。"

说到这里，我看了众人一眼，除了关灵外，其他人都听得一脸认真，但又似乎一头雾水，不知我在说什么。其实这些寻龙知识都是我最近从书上学到的，也未曾验证过真假，但结合《藏龙诀》这本书来看，当中的一些术语也能弄懂几分，在这些人面前掉一下书袋，还是不成问题的。

我没理他们，继续说道："这寻龙点穴，分金定穴，说白了就是五字真言：龙、穴、沙、水、向。用寻龙之术找到古墓之后，才只是个开始，如何进入墓中，这才是正题。古人造墓，为了死者不被后人侵扰，为了墓中的财宝不被盗墓者盗走，就必定会设下机关陷阱。一般有伏火流沙、连环翻板、伏弩悬剑、毒气毒物、机关巨门、铁水浇筑、虚墓疑冢，有些还会留下绝命咒语。如何破解机关，进入墓中，这就牵涉许多东西。有一本书中说道：'莫道凡人不识仙，奇门九地与九天。阴阳五行又八卦，藏龙有术法无边。'"

我刚说完，唐教授就对我连声赞道："厉害厉害！金先生果然是真人不露相啊，我们考古队这次真有福气了，有你带领我们这支队伍，我就放心了，这次任务肯定能完成。"

米娜拍了拍手掌，点了点头道："果然有点儿本事，这样看来，金先生对寻龙这方面应该是经验十足了，那我们也就放心了。"

未等我开口说话，只见马骝昂首挺胸说道："那当然，我们斗爷没有三两三，哪敢上梁山？"

我赶紧瞪了马骝一眼，示意他别出声。我知道米娜这话是什么意思，表面是在称赞我，实质话里有话。马骝这样一说，无疑是承认了我们是经常盗墓的，要不然，何来经验十足之谈？

果然，米娜露出一丝狡黠的笑容，她刚想说话，我连忙抢着说道："哎，也谈不上什么经验十足，只不过是多看了两本书，懂些理论而已，在教授面前掉书袋，真是献丑了。要说到对古墓经验十足嘛，那这个人非唐教授不可咯！"

唐教授连连摆手道："哪里哪里，金先生过奖了，过奖了……"话是这样说，但对我的恭维还是挺乐意接受的。

这时，米娜也没再为难我，只是对我笑了笑，然后把目光移到了马骝身上，问道："那这位……孙先生，是吗？请问孙先生又有什么本事呢？"

马骝看见米娜问自己有什么本事，立即得意起来，整理了一下装束，然后学着我刚才那般举动，咳嗽两声，清了清嗓子才说道："你问我马骝的本事呀？那可三天三夜说不完，现在我就简单说两句吧。"马骝昂首挺胸道，"我马骝，纵横江湖十多年，各种困难敢当先，手持弹弓走天下，牛鬼蛇神让一边。"

听马骝这样一说，我和关灵都忍不住笑出声来。关灵一边笑，一边揶揄道："你这家伙，还会作打油诗呀，看来肚子有点儿墨水哦。"

马骝笑嘻嘻道："怎样？斗爷，大小姐，我的诗还不错吧，够不够气势？"

我笑道："那你得问问专家了。"

米娜笑了笑，想必她也听懂了马骝的打油诗，便问道："你是说，你的弹弓很厉害，是吗？"

马骝说道："那当然，美女专家想要见识见识吗？"

米娜问道："哦？怎么见识？"

马骝四处张望了一下，忽然发现几十米外有个垃圾桶，桶边刚好有一个易拉罐，于是指着那个易拉罐说道："大家看好了呀，那个易拉罐就是靶子。"

马骝一边说，一边从身上拿出弹弓，只见他一扬手，开弓速度极快，还没看清楚，就听见"啪"的一声响，那个易拉罐被击中，但是没有飞出去，而是在地上打起转来，转了好一会儿才停止。

肖建立即拍着手掌叫道："好厉害的弹弓呀！马骝大哥，你的眼法真准！我以前也玩过弹弓，打中易拉罐容易，但是要把易拉罐打旋转，这就很难办到了。"

马骝得意地笑道："哈哈，想不到你小子还懂这个。"

这时，米娜轻蔑地笑了笑，摇了摇头道："呵，这都是些小孩儿的玩意儿，根本起不了什么作用。我们这次任务非常艰巨，你就一把弹弓，怎么能保护我们？"

马骝一听米娜说他的弹弓是小孩儿的玩意儿，立即急了，叫道："哼！你这洋妞懂个屁，什么小孩儿的玩意儿，这可是老子的武器，就算遇到老虎豺狼这些猛兽，我用这弹弓就能把它们制伏。"

我也帮口道："米专家，你可别不信，马骝这弹弓功夫，可谓是百发百中，指哪儿打哪儿，你说要打左眼，他绝不会打右眼，他还能两弹齐发，分别命中目标。你要是不信，我现在就叫他露两手给你看看。"

米娜摆摆手道："不用了，既然他自己要跟来，如果出了什么事，可别怪我没事先做个提醒。"

马骝往地上吐了一口口水，一脸不悦道："去去去，到时谁出事还不知道呢……"

这个时候，关灵对米娜说道："这位米专家，你问完他们两个，应该轮到问我了吧？"

米娜笑了笑，摇摇头说道："刚才听唐教授的介绍，说你是'穿山道人'的孙女儿，我就不用问你了，我知道你是有本事的。"

关灵轻轻一笑道："那，真是要谢谢你那么看得起我呀，要不然我也不知道该怎么向你展示我的本事了。"

马骝忍不住低声骂了一句："真是狗眼看人低。"

我细声道："沉住气，别急。你别看她现在那么傲慢不逊，到时进山后，一定会低声下气求我们的。"

似乎为了缓解尴尬的气氛，唐教授连忙招呼大家赶紧出发。这一趟路程有点儿远，中途还要转车，估计要两天时间才能到。

在火车启动后不久，唐教授忽然拿着一卷东西来到我身边，对我说道："金先生，我有些事要和你商量一下。"

# 第七章　变　天

　　我不知道唐教授要商量什么，便点点头示意他坐在马骝旁边。只见唐教授坐下后，把手中那卷东西打开，原来是一幅手绘的地图。地图上绘有几处山峰，形如鸡冠，不用说，这个应该就是鬼岭的地图。

　　唐教授说道："你们看，这是鬼岭的地图，经过之前的考察，我们认为那座古墓应该在这个位置。"说着，用手指了指地图上一个打了红叉的地方。

　　我说道："既然你们都知道古墓的方位，为何还要我们帮忙？"

　　唐教授摇摇头道："这只是我们判断的位置而已，不一定就对。而且，就算我们找到了古墓，这墓中机关重重，我们也难以下手。稍有不慎，就会毁了古墓、毁了历史呀！"

　　我拿起地图，仔细看了起来，但这种纸上谈兵的活，我还真是不怎么在行。看来看去，我也没看出什么头绪来，于是把地图放下，对唐教授说道："唐教授，不瞒您说，这寻龙点穴，必须要亲自攀山越岭，观山辨水，才能获悉古墓所在的位置。而在这一张地图上寻墓，恐怕没有人能做到。"

唐教授脸上闪过一丝尴尬，笑笑道："金先生言之有理，我们这些搞研究的人不懂什么寻龙点穴，以为可以在地图上找到大概的位置，真是有点儿贻笑大方了。"

关灵说道："我们理解教授您的心情，虽然说不能在地图上找古墓的位置，但有这张地图在手，也加深了我们对鬼岭的地形认识，这对我们寻找古墓还是有帮助的。"

唐教授点点头道："嗯，关小姐说得有道理。那就不打扰你们了，要是有什么问题的话，可以随时来找我。"

等唐教授回到他自己的位置后，我们三人相视一笑，之后谁也没去看那地图，而是天南地北胡侃起来。

有话则长，无话则短。两日后的傍晚，我们终于到了目的地，一行人下了火车后，在县城里休息了一晚，第二天天刚亮便坐车抵达鬼岭附近的张家村。

张家村是个古老的村庄，屋舍错落有致，明清时代的建筑风格至今还有所保留。往村庄的南边望去，那里就是著名的黄土丘陵地——邙山。而在邙山的右侧边，有几座山峰高耸入云，雾气缭绕，远远那么一看，形状就好像一个大公鸡的鸡冠。不用说，这个应该就是鸡冠岭，也就是人们传说中的鬼岭。

我走向村头的一户人家，想打听一下老张的住处，刚走到门前正准备敲门，忽然看见屋舍旁边的一条小路上有个农民正挑着两个木桶走了过来。定眼一看，此人不是别人，正是老张。

我和马骝连忙迎了上去，我招呼道："哎，张师傅，早哇！"

老张可能没想到会突然见到我，怔了一下，然后笑脸相迎道："哎哟，我还以为是谁呢，原来是二位老板来了。"

马骝也笑道："张师傅，这么早挑着两个木桶去哪里呀？"

老张晃了晃木桶，笑道："这人不吃，猪要吃呀，这不，一大早就要伺候它们了。"说着，忽然瞧见我身后还有一帮人，老张的脸色顿时变了变，道，"你们来这里要做啥？他们又是什么人？"

我说道："他们都是国家地质队的人，想对鬼岭做一番地质勘查。你看见那个外国人没有，这次是中外联合的任务，非常重要。"

老张半信半疑道："那二位老板，也是他们的人？"

我连忙摆摆手道："不不不，我们不是他们的人。不过，他们也需要我们的帮忙，所以才请我们一起去鬼岭。我打听到内部消息，他们地质队需要一名当地的向导，带他们进入鬼岭。这不，我就想到张师傅您了。"我一边说，一边凑近过去，轻声说道，"这地质队有的是钱，只要带他们去，就能得到两万块。您说，这钱不赚白不赚哪！"

老张脸上露出一丝惊喜，但仍然觉得我的话不是很可信。见此，我便从身上掏出两万块现金来，偷偷塞给他，说道："这钱我也帮您领了，现在交给您，等下您就带我们去一趟鬼岭吧。"

一旁的马骝看在眼里，并没有说穿，只是对老张说道："那个……张师傅，您要是不愿意的话，那我们只好在村里再找其他人了。"

老张也不傻，立即把两万块塞进口袋里，连连说道："我当然愿意去。真的谢谢二位老板惦记呀，给我带来这么好的差事。不过……"老张说到这里，欲言又止。

我问道："不过什么？"

老张说道："这鬼岭的凶险，你们不知道，我怕因为一时好心，带你们进去，变成害了你们哪！"

我说道："这事你不用担心，正所谓命由天定，就算你不带我们进去，以地质队的工作精神，他们也一定会自己去的，如果让他们自己胡乱进山的话，这样才是害了他们。你就把我们带进山里，也不需要进入岭中腹地，绝对安全的，放心吧！"

老张也觉得我说得有道理，点点头说道："那是那是……那好，我先回去收拾一下，然后再带你们进山吧。"

等老张走远后，马骝对我笑道："我屌，斗爷，你可真大方啊，自掏腰包，一出手就是两万块，是不是觉得良心过意不去，想做点儿补偿啊？"

我瞪了他一眼道："难道你的良心过意得去？"

马骝说道："做生意本来就是这个样子，我们也没骗他。况且，这价钱是他自己开的，怨不了我们哪！"

我说道："话是这么说，但一个老实巴交的农民，碰到你这样的马骝精，就算他自己不开价，也卖不了什么好价钱。原本我想等那东西转卖出去后，再分点儿给老张的，现在那东西没了，也只好用这样的方法补偿一下自己的良心吧！"

马骝摇了摇头，笑道："斗爷呀斗爷，你真是现代版唐僧啊，十世修来的好人，就你这人品，我马骝佩服到五体投地、六神无主、七……"

我一摆手，道："得了得了，我看你是故意兜个圈子来讽刺我是吧？"

马骝一脸坏笑道："不敢不敢……"

就在这时，老张回来了，只见他头戴一顶草帽，身穿一件破旧的军色上衣，脚上踏着一双解放鞋，腰间还挂着一把柴刀。他来到我面前说道："咱们出发吧！"

我于是招呼大家，一行人便跟着老张往鬼岭走去。约莫走了半个小时，大家才来到鬼岭脚下。抬头望去，只见鬼岭雾气缭绕，若隐若现，山体呈龙形虎势之象，气势足以震慑众人，也难怪古人会选择这里来造墓藏宝。

老张指着旁边的一条山路说道："进山只有一条路，而且这条路不好走，大家要多加小心。"

这鬼岭是一片原始森林，可谓山路崎岖，茅草成林。虽说有条路，但是不知道多久没人走过了，杂草荆棘丛生，要不是有老张在前面找路开路，我们根本寸步难行。大家走了一个多小时后，已经累得汗流浃背、气喘吁吁。我看见这样，便叫大家原地稍作休息。

这时候，唐教授忽然问老张："老师傅，这鬼岭出土过什么宝贝吗？"

老张摇摇头道："鬼岭一直传说有宝藏，但至今也不见谁找到过，更别说出土了。你们要是想去寻找宝藏的话，我劝你们还是别去了，这鬼岭凶险莫测，多少人进去了，最后都出不来，葬身在这鬼岭里。"

唐教授笑笑道："我们不是去寻找宝藏，我们只是对鬼岭做个地质勘查而已。"唐教授说起谎来，表情也是一本正经。这个所谓的"地质勘查"是我提出来的，毕竟说要去寻找古墓、寻找宝藏这些话的话，会引起不必要的猜测。

老张只是"哦"了一声，但从他的表情来看，似乎并不怎么相信唐教授说的话。我忽然想起什么，便把老张拉到一旁轻声问道："张师傅，这个地方距离你爷爷摸到宝的地方还有多远？"

老张说道："远得很呢，这才是山口，他是在那边的山林中。"说着，用手往远处的山峰指了指。

我看了看，那也确实够远的，如果像现在这样走，估计要走上一两天时间才能走得到。要是走得顺还行，不顺的话，没几天工夫，是根本走不到那里的。现在想想张许才当时进山摸宝的情形，真的是豁出去了才有这般勇气。

歇了一阵后，大家再次出发，又走了将近一个小时，前面出现了一片茂密的树林，老张突然停下脚步对大家说道："我就只能带到这里了，再往前走，就是我们当地人认为的禁区了。里面的树林非常凶险，我年轻时进去过，但也不敢深入，现在都这么多年过去了，估计更加难走了，你们要多加小心哪！"

告别了老张，大家便沿着眼前的山路慢慢往树林里走去。走着走着，天突然暗了下来，我抬头看了看，立即感觉到有点儿不对劲儿。只见原本万里无云的天空中，不知几时开始浮出一层层乌云，而且越聚越多，几乎把整个鬼岭的上空铺满了，伴随着呼啸的山风，顿时令人感到一阵恐惧。

关灵对我说道："斗爷，这看样子是要变天了，咱们要赶紧找个地方躲一下。"

我点点头，皱起眉道："这样的变天，可不是什么好兆头哇……"

大家听我这样一说，都不免担心起来，唐教授也皱起眉头，看着天空说道："我查过当地的天气预报，这几天都没雨的呀，怎么会突然变天了？难道那么快就撞上了古人设置的机关陷阱，用呼风唤雨来对付我们？"

马骝忽然神秘兮兮道："依我看哪，这不是什么机关陷阱，而是我们触犯了这鬼岭的神灵，它们要来惩罚我们……"

我连忙瞪了马骝一眼，说道："你别在这里胡说八道，搅乱军心，这只不过是一座山岭而已，何来鬼神之说？这变天有可能是天气变化所致，大家不用太过担心。"

我说是这样说，但心里也没底，这好端端的变天，肯定不是什么好兆头。如果从科学角度来分析，那的确跟气候等因素有关；但要是从其他方面来解释的话，就不得不令人往鬼神方面联想了。

马骝说道："斗爷，话不能这样说，我们现在身处的地方不是普通的山岭，而是被传了一千几百年的鬼岭，有无鬼神之说，那还真的谁也不敢保证呢！"

我说道："我们都是受过教育的人，别一有不对劲儿就往鬼神身上推，这样只能是自己吓自己。"

我们一边争论，一边往前跑，想找个山洞或者什么能避雨的地方落脚。但跑了一段路，也没有找到。这个时候，乌云已经把整个鬼岭笼罩了起来，山风呼啸起来如同鬼哭狼嚎，雷声也开始变得震耳欲聋，天边的火蛇时隐时现，像有妖魔鬼怪出现一样，令人心惊，整个鬼岭仿佛进入了一个恐怖的时空里。

在一个响雷过后，大雨开始倾盆而下，唐教授等人立即跑到一棵大树下，想借此来躲避一下大雨。我一看这样，心里直骂这些人真的是死读书，连这点儿户外安全知识都不懂，这雷雨交加的时候，竟然跑去树下躲避，真是寿星公吊颈——嫌命长了。

我连忙拉住往前跑的关灵和马骝，大声对唐教授他们说道："别往树下躲，被雷劈死都不知道咋回事了……"

话音刚落，一道闪电突然亮起，紧接着一个巨雷响起，不远处的一棵参天大树突然被雷击中，整棵树顿时被拦腰劈断，冒出一阵烟火。我们都被吓了一跳，唐教授他们这才意识到危险，连忙呼叫其他人离开。

大家往前又跑了一段路，终于看到一片草甸，虽然杂草丛生，还有不少荆棘，但远离了树林，至少没那么危险。我连忙从背包里拿出一顶简易帐篷，找了个相对平坦的地方，叫马骝、肖建和陈国文三人帮忙把帐篷搭好，然后一行人快速钻进帐篷里躲雨。雨越下越大，似乎没有停止的意思，帐篷被雨水击打得啪啪直响，大家都担心帐篷会被打散架。

然而这种担心还是发生了，一阵狂风袭来后，整个帐篷立即被吹了起来，在空中打了几个旋转后，跌落在了一棵树上。大家暴露在风雨中，连话也说不了。我连忙抱紧了关灵，将她保护起来。只见狂风暴雨之下，大家一片慌乱，穆小婷被吹得摇摇晃晃，脚下忽然一个打滑，跌倒在地上。这山势陡峭，稍有不慎，就有可能会出意外。

马骝离穆小婷比较近，立即扑过去拉住她，把她扶起来。我在风雨中示意大家手挽着手，坐在地上围成一个圈儿，避免再次有人滑倒。这种情况下，我也毫无办法，只能听天由命了。

就这样被风雨吹打了将近十分钟，雨势才慢慢有所减弱，但我们一个个都早已淋成了落汤鸡般模样。虽然不知道这是天意还是其他原因，但这刚进山就有如此遭遇，想必接下来的路程会更加艰辛。

我抹了一把脸上的雨水，问道："大家都没事吧？"

众人一起摇了摇头。

这时，米娜从背包里拿出一条毛巾，抹了抹脸和头发，埋怨道："你们中国的天气，真是糟糕透了……"

马骝听她这样说，立即不爽了，道："我屌，什么我们中国的天气糟糕？难道你们美国三百六十五天都出太阳的吗？"

米娜"哼"了一声道："在我们国家，就从来没遇到过如此糟糕的天气。"

马骝冷笑道："那就好笑了，也许这就是我们中国老天爷的待客之道，碰到某些人的到来，必须来场风雨为其洗礼，去其污秽，以免玷污了这里的圣洁。"

米娜停下手中的动作，瞪着马骝，叫道："你这话是什么意思？"

我看见这样，连忙说道："都别嚷嚷了，这下场雨还被你们扯到国家问题上来了，你们不烦我听着都来气。好了好了，各自换套衣服，收拾好自己的东西，继续出发吧。"

唐教授附和道："金先生说得有道理，咱们不要说这些无关痛痒的话题，大家一条心，同心协力找到古墓，完成考古任务，这才是重中之重。"

虽然大家都被这场大雨淋湿，但幸好背包都有防水功能，里面的东西没有弄湿。大家于是找地方换了套干衣服，简单收拾了一下，然后沿着眼前草甸往前走去。

雨后的鬼岭，空气虽然变得异常清新，但雾气却越来越浓，而且所到之处都湿漉漉一片。过了草甸，前面又是一片幽深的原始森林，然而刚走进森林没多久，肖建突然从后面大声惊叫起来："糟了，小婷不见了！"

# 第八章　暗　洞

大家连忙停下来一看，果然发现队伍中少了穆小婷。刚遭遇了暴雨袭击，现在又突然有一个人失踪了，确实令人感到非常恐惧。

唐教授一脸焦急和担心，问道："小建，你刚才不是跟小婷走在一起的吗？怎么会不见了呢？"

肖建说道："是啊，她一直跟在我身后，我刚才回过头来就突然发现她不见了。"

唐教授看了看四周，自言自语道："这好端端的怎么会突然不见了呢……"

我说道："她可能是要去方便，不好意思说而已。教授你别着急，咱们走回去找找看吧！"

大家于是往回走，一边走一边大喊穆小婷的名字。这要是去方便，我们这么喊叫肯定能听得见的，但是喊了好久，却没有任何回应。这样一来，穆小婷的失踪似乎不是我们想象中的那么简单了。

这时候，马骝突然一脸警惕道："糟了，恐怕鬼岭的咒语要应验了！"

唐教授连忙问道："什么咒语？"

马骝说道："这鬼岭有句咒语，叫'鸡冠鬼岭藏金银，阴阳八卦在无形。从来只有鬼神到，不见半个活人行'。传说只要这咒语一应验，这人走着走着，就会突然消失不见的。"

我说道："你这家伙又在唯恐天下不乱，这只是当地的一句歌谣而已，什么时候变成咒语了？"

马骝说道："这么恐怖的歌谣，不是咒语是什么，要不然那穆小婷怎么会突然失踪了呢？"

我一时也不知道怎么反驳马骝的这个问题。确实，鬼岭"有进无出"的传说流传了好几百年，老张也曾经说过，许多人进入鬼岭摸宝后，就再也没有出来。这些人就这样莫名失踪不见了，后面来搜救的人也没有发现任何失踪者的尸骨，他们就好像凭空消失了一样。

"那……那现在怎么办？"肖建焦急地说道，然后看向我，"金大哥，你一定要帮我找回小婷啊……"说完，又自责起来，"都是我的错，早知道我让她走在我前面，这样我就能看到她，就不会出事了……"

我安慰他道："你别着急，大家会找到小婷的。"

马骝接话道："没错，我们不会抛下任何人的，这生要见人，死要……"马骝说到这里，立即意识到不妥，连忙吐了口口水改口道，"呸呸呸，我看这女娃是个有吉相的人，一定不会有事的。"

关灵也安慰道："这突发的事情，谁也没料到，别太过自责，马骝说得好，小婷吉人天相，不会有事的。"

米娜问道："那我们现在怎么办？"

我说道："肯定要把人找到才能继续寻找古墓。"

米娜看着我，撩了一下头发，说道："要是找不到呢？我不是在说坏话，只是这突然神秘失踪，估计短时间内很难找到。"

我对她说道："我知道你想说什么，但我金北斗今天就在这里搁下一句话，再难找也要找！我们中国人讲究仁义道德，绝不会见利忘义、放弃任何一个人！"

唐教授立即对米娜使了个眼色，似乎叫她别再说话，然后他对我说："没错，小婷是我的学生，她的失踪，我这个做老师的也有责任，我们不能放弃搜救。"

大家于是再次进入树林里搜寻。我做过分析，穆小婷失踪的地方是在草甸到另一边的树林这一片地方。但是草甸就那么一块平缓的地带，虽然不能说一眼看尽，但是也藏不了人。所以我们推测穆小婷有可能是在树林里失踪的。但是怎么失踪的呢？这个问题我一直想不明白，如果说是被动物拖走了，那又找不到拖动的痕迹，而且大家都是一起走的，就算被动物袭击了，也不可能连半点儿动静都没有。

大家就这样在树林里苦寻了一个多小时，还是没有发现穆小婷的身影。等回到草甸边上，大家已经累得筋疲力尽了，一个个坐在地上喘息。

马骝把我拉到一边，说道："斗爷，现在怎么办？你看那个唐教授，累得脸色都白了，再这样折腾下去，搞不好人没找到，他这条老命就给报销了。"

我抹了一下额头的汗水，望着眼前的草甸说道："马骝，我问你，你说这人怎么会失踪得如此神秘？"

马骝一脸苦笑道："你这不是脱了裤子放屁吗？我要是知道，咱们还像瞎头苍蝇般乱找吗？"

我忽然想起什么，便说道："马骝，二万五千里长征不是要过草地吗？据说这草地积水，泥泞不堪，到处是泥沼，浅处没膝，深处没顶，堪称'魔毯'。你说眼前这片草甸，会不会也暗藏泥沼？"

马骝看了看草甸，说道："也不是没有可能，但要是那女娃失足掉落泥沼里，那怎么一点儿动静都没有？总不会一下子就沉下去吧？除非踩到一个地洞，那就有可能。"

我听马骝这样一说，一下子想到了些什么，连忙说道："没错，如果草甸下藏有暗洞，那完全有可能突然就失踪不见了呀……"

刚说到这里，突然有一个声音从远处传来，若有若无，仔细去听，那声音有点儿空洞，好像是从草甸的地底下传上来的一样，而且听起来像是在喊救命。这个时候，大家都听见了这声音，顿时兴奋起来。

肖建一个骨碌从地上爬起来，兴奋叫道："是小婷的声音！一定是小婷在喊救命！"说着，什么也不顾了，循着声音的方向就跑了过去。

我想叫住他已经来不及了，急忙跟了上去。如果我的猜测没错的话，这看似平缓的草甸下应该藏有暗洞，肖建要是不小心，肯定会中招。

唐教授在后面喊道："肖建，你要当心啊，别跑太快……"

这个时候，肖建哪里听得进去，像疯了一般往南面跑去，好几次跌倒了又爬起来继续跑，还一边跑一边叫着："小婷，小婷，你在哪里？我来救你了……"然而跑了没多远，肖建像是突然一脚踩空了一样，连惊叫声都还没发出，整个人瞬间从地面消失不见了。

我一见这情景，大吃一惊，连忙拦住大家，叫道："都停下来！别再往前走，这地方有暗洞！"

马骝吃惊道："斗爷，真的被你说中了，这草甸果然有暗洞！"

唐教授看着肖建掉下去的地方，脸色都白了，大声喊着肖建的名字。

忽然，那边传来肖建的叫喊声："教授，快来救救我，救救我……"

唐教授立即激动道："快！咱们快过去救人！"说着，就要迈步过去。

我连忙拉住他，道："教授，你别急，等我和马骝过去看一下情况，你们几个在原地待着，千万别擅自行动。"

唐教授显然有点儿慌乱，说道："不不不，我要去救我的学生……我要去救我的学生……"

马骝急了，道："你这样怎么过去救人？搞不好人没救到，就把老命给赔了。"

关灵和米娜也过来劝说，但唐教授那个牛脾气，怎么劝说都不听，硬要去救他的学生。陈国文看不过眼了，走过来一把抱住他，叫道："哎呀，教授，你也不看看你自己多大年纪了，还较什么劲儿，你这过去，万一出了什么事，谁担当得起？你就别为难我们了，救人这事就让他们这些年轻人来干吧！"

我对陈国文说道："你把唐教授看好，别让他过来。"

陈国文点头应道："行行行，你们放心，赶快过去救人吧！"

我和马骝各自掏出一捆绳索来，把一端绑在腰间，然后拿出工兵铲，一边探路，一边蹑手蹑脚走过去。距离肖建掉下去的地方还有几米远，我和马骝立即放慢了脚步，慢慢靠近过去。

只见前面的草丛里，有一个一米宽左右的暗洞，要不是被肖建踩中留下了痕迹，根本看不出这里竟然会暗藏这样一个陷阱。我趴下来，朝洞里看了看，里面黑咕隆咚的，根本看不到什么，我喊了几声，下面立即传来肖建的叫声。

这时，马骝把手电筒开了，往洞里一照，只见这个暗洞有十多米深，一些藤蔓沿着洞口长了进去，也幸好有这些藤蔓，肖建才没掉下去。

他用双手抓着那些藤蔓，吊在空中，眼看就支撑不住了，我连忙把绳索抛下去，然后和马骝一起把他拉了上来。

肖建坐在草地上，大口大口地喘息起来。唐教授在陈国文的搀扶下，和关灵、米娜一起走了过来。陈国文板起脸来，对着肖建骂道："你呀你，叫你别鲁莽行事了，就是不听，看我回去怎么收拾你……"

唐教授摆摆手道："算了算了，人没事就好，别说他了，他也吓得不轻。"

我也帮口道："情急之下，难免出错，下次注意就是了。"

肖建坐在地上，表情木讷，也不知道他有没有听进去。突然，他好像想起了什么似的，一下子爬起身来，又往南面跑去。不过这次跑起来没有之前那么鲁莽，相对慢了很多。

唐教授被气得直指肖建后背骂起来："你这个兔崽子，不要命啦！赶紧回来……注意脚下，注意呀……小心点儿，别那么快呀……"看他那样子，真的是替肖建操碎了心。

马骝跟着骂道："这家伙怎么那么犟啊？再掉下暗洞，老子可没那个闲工夫再去救他。"

我心里也一阵焦急，看来这家伙真的不要命了。不过，从他一直以来的表现来看，他对穆小婷应该是有好感的，说不定两人私下还是情侣。这情感驱使之下，估计换作任何人也会这样做。

这个时候，肖建已经跑出了几十米远。我连忙对马骝说道："走，咱们跟上去看看。"

马骝有点儿不情愿，道："这小子都不惜命，还那么紧张他干吗？"

我说道："他也是因为急着去救那女孩儿才那么鲁莽拼命而已，别忘记了咱们是带队的，不能丢了队员。"

关灵走上来对我说道："斗爷，我跟你去吧。马骝可以留在这里保护教授他们。"

我点点头："也好，那马骝你就留在这里保护他们。"

说完，我也不管马骝同不同意，拉着关灵立即往肖建那边追去。追了一阵，只见肖建突然趴在草地上，好像发现了什么，对着地下呼喊起来。等我和关灵赶到后，肖建立即激动地指着地下的一个暗洞对我说道："小婷，是小婷！她在下面，赶紧救她上来……"

我也感到非常激动，看来穆小婷真的被马骝说中了，吉人天相呀。我连忙趴下来，对着暗洞下面喊道："小婷，我是金北斗，你现在情况怎样？有没有摔伤？"说着，我拿出手电筒照下去，这个暗洞跟肖建掉下去那个一样，也有十多米深，但没有藤蔓，手电筒的光照在一摊淤泥上，而穆小婷正好躺在淤泥里。

这时，下面传来了穆小婷微弱的声音："我……我受伤了，不能动……"声音听起来有气无力，似乎受了很严重的伤。不过，从这么高的地方跌下去，能捡回一条命也算是万幸了。

肖建对我说道："金大哥，小婷一定受了很重的伤，我要下去把她救上来。"

我摇摇头道："不，不是我说你，你做事太鲁莽、冲动了，这下面又不知道是什么情况，你经验又不足，贸然下去会很危险。"

肖建急了："那……那怎么办？小婷她在下面很难受……"说着，双眼都红了起来。

我说道："你放心，我下去救她。"

关灵一听，立即看着我，皱起了眉头。我拉着她的手，说道："没事的，不用担心，等下我下去之后，肖建留在这里，然后你就回去把他们几个带过来，不然单凭你俩的力量，可能拉不动我们。"

关灵点了点头，从背包里拿出一把匕首给我，说道："你拿好这个，要多加小心。"

我接过匕首收好，检查了还绑在腰间的绳索，然后开始下洞。我吩咐肖建和关灵拉住绳索慢慢往下放，不能太急。不用多久，我双脚终于触到了暗洞的地底。我于是对着洞口连续开关了两次手电筒，这是我们之前商量好的信号，表示我已经安全着陆了。

我举起手电筒照了一下，只见这个暗洞有十几平方大，周围都是砂岩，而且被侵蚀的痕迹很深，看起来应该是砂岩被流水侵蚀后所形成的暗洞，并不是那种人为设置的陷阱。

在不远处的地方，我看见穆小婷躺在淤泥里一动不动，我立即走过去，突然感觉脚下一软，顿时吓了一跳，难道还有陷阱？我立即抽回脚，仔细一看，原来刚才踩下去的是一摊淤泥，软绵绵的，还散发出一股臭气。估计是这里的砂岩长年累月被侵蚀，加上周围的泥土流入洞中，久而久之才形成的泥潭。表面看起来像泥土，但是踩下去才知道是淤泥。

我不敢大意，生怕这泥潭是个陷阱，便想找个东西去试探一下泥潭的深浅。于是拿出关灵给的那把匕首，插进泥潭里。这把匕首有三十多厘米长，这样一插，竟然还没到底。

我拿起手电筒照了照四周，突然发现后面的洞壁脚下好像散落着一些枯枝，等走近一看，不禁吃了一惊，这哪里是什么枯枝？分明是一具人骨！难道说，传说中在鬼岭失踪的那些人，死在了这里？

# 第九章　尸　体

只见那具尸骨已经腐烂了，骨头呈黄灰色，远看还真以为是枯枝。再看骨架，已经散落一地，不完整了，看来死亡时间有点儿久，应该是以前来鬼岭摸宝的人，不小心掉落到这里。在尸骨旁边，还有些腐烂的东西，可能是随身物品，但已经看不出原样了。

我对着尸骨拜了拜，说道："对不起了，前辈，今天要借您的骨头用一用了。"说完，我捡起一根大腿骨，回到泥潭那边，把骨头插下泥潭里，竟然差不多把整根大腿骨浸没。我一连试了好几个地方，都差不多是同样的深度，看来这个泥潭并不是什么陷阱，这下就放心了。

把骨头放回去后，我小心翼翼地走到穆小婷身边。叫了几声后，穆小婷微微睁开眼睛，看见是我，立即松了口气，说道："你终于来救我了……"

我不敢乱动她，怕加重她的伤情，于是问道："我来救你了，别害怕，告诉我，你哪里受伤了？"

穆小婷摸了摸脑袋，道："头有点儿晕……"说着，用手撑着地，想坐起来，我连忙劝道："别动别动，你这样做会弄疼伤口的。"

穆小婷说道："没事，我能起来的。"看见这样，我只好帮忙扶着她，让她坐直身子。

这时，洞口上面传来了肖建的叫喊声："小婷，你没事吧？金大哥，小婷怎么样了？"

我喊上去："放心，小婷没事。"接着我又问穆小婷。"有没有跌伤哪里？能不能站起来？"

穆小婷摇摇头道："好像没有，只是脑袋被磕了一下。"说着，慢慢站起身来。看见这样，我心里终于放下了一块大石头，看来穆小婷的伤势并不严重，有可能是刚好跌落在泥潭里，加上背包又缓冲了一下，所以才保住了性命。

我说道："那好，等他们来了之后，就会把我们拉上去的。"我一边说，一边把她的背包背上，然后扶着她慢慢走过泥沼。

这时候，洞口传来了人声，还有几支手电筒照下来，看样子应该是关灵带着唐教授他们过来了。我于是冲着洞口喊道："马骝，抛一条绳索下来。"

马骝应了声，把绳索抛下来，我接住绳索，绑在我和穆小婷的腰间。然后两人一起来到洞壁边，我问穆小婷："可以吧？"

穆小婷点点头："可以。"

我向马骝打了一下信号，然后我扶着穆小婷的腰，在大家的帮助下，终于逃出了暗洞。我虽然是下去救人，但也有一种死里逃生的感觉。这个草甸表面上看起来没什么，但其实底下早已被侵蚀得千疮百孔，而且这些暗洞非常深，要是跌落下去，没有被人发现的话，肯定会跟那个摸金前辈一样葬身洞底。

大家离开草甸，回到林子里。穆小婷换了套衣服，喝了点儿水，身体也没什么大碍。问起她是怎么掉下暗洞的，穆小婷说，她在后面走着走着，也不知道什么情况，突然脚下一空，连叫也来不及叫，就掉进洞里晕死过去，等她醒来后，才大声呼喊救命。

唐教授听完后，双手合十道："真是感谢菩萨保佑呀……"

马骝得意道："是吧是吧，我都说了嘛，我马骝看人那是一看一个准儿，这女娃吉人天相，肯定不会有事的。这不，大难不死，必有后福哇！"

我们之前回来寻找穆小婷的时候，也从这暗洞旁边经过，但是谁也没走过去仔细查看，因为谁也没料到这平缓的草甸上竟然会藏有如此恐怖的暗洞。

这个时候，已经是中午时分，大家吃了点儿干粮，休息了一阵，然后继续往山里面走去。此时天色不算很好，林中的雾气好像被人触发了机关一样，越来越浓，十米开外的地方，已经看得不是很清楚。

关灵一边走，一边对我说道："斗爷，这雾气这么浓，会不会又是什么不好的征兆？"

我说道："这个鬼岭地形独特，植被茂盛，刚才又下了场暴雨，雨量充沛，湿度又大，出现这样的浓雾也属于正常。不过，这种情况不利于我们行走，大家要多加注意，多留意一下身边的队员，防止再次失踪。"

大家穿梭在迷雾中，有种分不清东南西北的感觉，越走越令人不安。这时，唐教授走到我身边，拉住我说道："金先生，这雾气确实有点儿奇怪，咱们要不等雾气散去，再作打算？"

我说道："我看这雾气一时三刻也不会散去，如果现在不走出雾气的包围，恐怕等到天色晚了的时候，会更加难走。我听老张说过，这鬼岭终年都是雾气缭绕，但雾气聚集最多的地方，只有眼前这片特殊的林子，过了这里，应该就没有那么多雾气了。"

米娜插话进来道："可是现在这样走，有可能会迷失方向的。"

我说道："是啊，但是我们不可能在原地等待着雾气散吧，况且这雾气一直都存在，估计也散不去，我们还是试着走走看看吧！"

大家于是又继续向前走。这个树林的树木长得特别高大，一些百年巨杉直径可达两三米，高达百米，如擎天巨扇，甚是壮观。而且缠在树上的野藤非常多，估计拉着野藤跳来荡去也没有问题。

在绕过几棵巨杉后，关灵突然拉住我，细声叫道："斗爷，你看那边！好像有人！"

我立即顺着关灵指的方向看过去，只见浓雾之中，隐隐约约可以看见有一个人挂在树上，似乎正在荡秋千。突如其来的情景令众人吃了一惊，大家连忙蹲下来，连大气都不敢出，生怕惊动了那人。

马骝摸出弹弓，道："我屌，这荒山野岭的，怎么会有人在荡秋千？会不会被我们碰到了传说中的野人？"

我说道："你以为这里是神农架啊，哪有那么多野人传说？何况野人传了那么久，但至今谁也没有见过真的野人。"

马骝说道："这鬼岭都是原始森林，你看那些树木，高大得离谱，这有野人出没也说不准呀。"

唐教授在身后说道："会不会是那些来摸宝的人？"

我说道："不管是什么人，既然被我们碰到了，总要打个招呼。马骝，给他一弹弓，试试情况吧！"

马骝目测了一下距离，摇摇头道："斗爷，雾太大了，这个距离不行，要再往前一点儿。"说着，弯下腰往前跑去。

我对关灵说道："你跟教授他们在这里等等，我过去帮一下马骝。"

关灵叮嘱道："你们要小心点儿。"

我点点头，摸出匕首，快速跟上马骝。往前走了十来米，我们立即趴在地上，此时距离那个人已经很近了。透过浓雾，可以看见那人穿着一身暗灰色的迷彩服，身形很高大，应该是个大汉，但在浓雾下还是看不清他的模样。

马骝拉开弹弓，对准那个人打了一下，子弹穿过浓雾，打在了那个人身上，但是那人毫无反应。马骝又一连打了几发，依然不见那人有动静。

马骝叫道："我屌，难道他练就一身铜皮铁骨，不怕我马骝的弹弓？"

我紧皱眉头，这样的情况似乎也只有一种可能了，便说道："这应该是个死人，也只有死人才不会怕你马骝的弹弓。"

马骝惊讶道："什么？死人？这看起来活生生的样子呀……"

我说道："过去看看就清楚了。"

说完，我站起身来，慢慢靠近那个人。虽然知道对方有可能已经是个死人，但是在这荒山野岭中碰到，还是令人感到有点儿紧张。

等走近一看，果然被我猜中了，挂在树上荡秋千的的确是个死人，而且已经死了很久，那迷彩服包裹的，是一具白森森的骨架，有几条树藤缠绕在尸体身上，远看还真的以为有人在荡秋千。

马骝围着尸体转了一圈儿，吐了一口口水道："真是浪费我的子弹，还以为碰到了野人，原来真的是个死人。"

这个时候，关灵带着唐教授他们走了过来，问道："斗爷，什么情况？"

我指着尸体说道："死人一个。"

大家既惊讶又不解，一起围着尸体左看右看。唐教授一边仔细观察，一边说道："看来这个人应该是来摸宝的，但就不知道为什么会被挂在这里死去。看样子，好像是自杀的。"

米娜问道："可是，他为什么要自杀呢？"

马骠忽然摇摇头说道："我看不是自杀，有可能是分账不和，被同伴杀害的。"

唐教授摆摆手道："不不不，这个样子看起来应该是自杀的。"

陈国文也同意唐教授的话，道："教授说得没错，我也觉得这家伙是自杀死的。要是分账不和，直接用武器弄死就可以了，何必费那么大周折把人吊到树上呢！"

马骠不服气道："你看他身上的衣服，都没烂没破，这好端端的，怎么可能会自杀？要是想死也不会跑来这里上吊吧？"

肖建说道："有可能弹尽粮绝，又受了伤，才自杀的吧！"

穆小婷也说道："会不会是中了什么机关陷阱？"

他们你一句，我一句，都围着尸体在讨论是自杀还是他杀的问题。我和关灵没参与进去，而是把注意力放到了树底下的一个背包上。不用说，这背包一定是这个迷彩服大汉留下的。

我和关灵走过去打开背包，发现里面都是些探险用品，而且都是些外国品牌，但可惜的是，生锈的生锈，失灵的失灵，已经没多大作用。突然，我在背包的夹层里找到一本笔记，打开一看，发现里面写满了英文。我虽然是个大学生，但是英语这科不行，根本弄不懂笔记本上面写的是什么意思。

但幸好，我们队伍里有个外国专家，我连忙叫了声米娜，把笔记本递给她，说道："米专家，你看看这上面写了什么？"

米娜接过笔记本，看了一遍后，说道："笔记上面说，他们是一个来自英国的生物探险队，但是在这个树林里迷失了，最后没有了水和粮食，被迫在这里结束了自己的生命。"

陈国文看着那尸体说道："原来真的被唐教授猜对了，这家伙果然是自杀的。"

马骝说道："这么厚一本笔记，你用两句话就翻译完了？没骗我们吧？"

米娜合上笔记，皱着眉头道："其他都是些无关紧要的东西，翻译出来也没有用。你要是想知道，自己可以拿去看。"说着，把笔记本递给马骝。

马骝这下有点儿尴尬了，连忙摆摆手道："去去去，老子看不懂这些鸡肠……要是能看得懂，我马骝早就去联合国工作了……"

我问道："你刚才说，他们是来自英国的生物探险队，那一共有多少人？"

米娜答道："四个人。"

我看了一眼尸体，说道："那么说，这附近还有三具尸体。"

果然，在距离十米左右远的一棵大树后面，大家又发现了一具这样的尸体。穿着一样的迷彩服，都是身形高大的大汉，也有一个背包扔在地上。我把背包翻了个遍，除了一些探险工具外，还发现了几把火枪和几大包炸药，火枪已经没有用了，但那些炸药似乎还能用，于是我把炸药装进了自己的背包。

接下来，我们又在附近找了一下，但是并没有发现其余两人的尸体。我问米娜："你再看看笔记本，上面有没有写到他们是怎么走到这里，然后又是怎么迷失的？"

米娜翻开笔记本，仔细看了看，突然皱起了眉头，一脸地不安道："他们有一个队员在过草地的时候，失足掉落了暗洞深渊……"

听到这里，肖建和穆小婷同时对视了一眼，都忍不住打了个寒噤。我回想起救穆小婷的时候，发现的那一具尸体，难道那是生物探险队的人？不过，这草甸不知道有多少暗洞，估计从古到今，也有不少人掉落下去，死无葬身之地。老张曾经说过，十多年前，有四个外国探险家进了鬼岭，结果没有一个走出来，说的估计就是这几个人。

这时，米娜又说道："上面还说，他们三人进入了这个树林，但是怎么也走不出去。他们好像受到了诅咒一样，所有的仪器都突然失灵，不管怎么走，都回到了原地，也就是这里……"米娜一边说，一边看着唐教授，那表情渐渐变得非常不安。

大家一听，都不免感到一阵恐慌。如果笔记本上写的是真的，那么我们身处的这个地方就非常危险了。

马骝说道："我都说了吧，这么厚的一本笔记，怎么可能只有两句话。你再看看，看看还写有什么，给大家说详细点儿。"

米娜耸了耸肩说道："真的没有了，剩下的都是一些动、植物方面的研究知识，估计你也没兴趣。"

关灵忽然说道："不对呀，那还有一个人呢？三个人进入了这树林，但是现在我们在这里只发现了两具尸体，最后那个人的尸体呢？"

大家于是又找了起来，但是找了很久，并没有发现最后那个人的尸体。如果说他们一起遭遇不测，那应该会一起自杀的，但是为什么会少了一具尸体？这个问题大家也想不通。

走了那么久，大家也都有点儿累了，于是在一棵大杉树下坐下来稍作休息。我拿出手机，看了一下时间，却发现已经是下午四点多钟了，这似乎很不靠谱，从天色来看，应该还没到这个点。我连忙叫大家拿出手机来对一下时间，果然每个人的都不相同，再看定位功能，也都无法使用了，也就是说，手机失灵了。我忽然想起什么，连忙拿出罗盘来，没想到上面的指针不停地晃动，根本无法定位。再拿出 GPS 定位器一看，果然同样失灵了。看来那笔记本上说得没错，进入这个树林后，所有的仪器都会失灵。

见此，马骝立即叫道："斗爷，情况不妙呀，这下怎么办？"

我说道："能怎么办，只能走一步看一步了。"

关灵一脸担心说道："如果笔记本上说的是真的，那么我们岂不是已经被困了？"

我安慰她道："别太过担心，可能他们是外国人，不熟悉咱们的山形地貌，所以才迷失了方向。这人在慌乱之下，就更加容易出错，最后导致精神崩溃、生无可恋，所以在绝望中自杀而死吧！"

关灵说道："那你说，他们作为生物学家，为什么会没有人来救他们？就算联系不了外界求救，但是都过去那么久了，也没听说有人来这里救他们呀！这些人都是外国人，牵涉国际关系的话，肯定会有大幅报道的吧！"

我耸耸肩道："有可能是我们错过了报道，又或者压根儿就没有人知道他们已经遇害。"

米娜忽然扬起手，对我和关灵说道："这个问题，我可以解释一下。笔记本上有写到，他们这次的任务是秘密进行的，而且人员也是私底下自发组合的，估计外界也不知道他们来了这里。"

马骝忍不住对米娜叫道："哎哎哎，你这人怎么这样，老是说一点儿藏一点儿，就不能一次性全部翻译出来吗？刚才问你又说没有了，现在又突然说这是什么秘密任务、什么私下组合……"

"你先别嚷嚷。"我连忙对马骝说道，然后我问米娜，"那有没有说，他们来这里是进行什么秘密任务？"

米娜说道："他们要寻找一种叫'棱刺锥葵嘴虫'的史前怪虫。"

唐教授一听，立即变了脸色，看了看周围后说道："不会吧？难道这鬼岭会有这种怪虫存在？他们又是怎么知道的？"

米娜又翻了翻笔记本，说道："上面只是简单地说，他们是从一个中国商人那里获知的，然后就来这里寻找这种怪虫。至于这个中国商人的身份，上面没有提到。"

我问唐教授："教授，这种怪虫是什么物种？怎么那个名字那么拗口？"

唐教授说道："这是一种史前昆虫，但跟一般的昆虫不同，它们体积庞大、长相凶猛，所以被叫成怪虫。至于名字，我想跟它的长相有关吧，毕竟我也没见过活体，也不知道它们具体长成什么样。不过，我之前在贵州那边做考古的时候，就曾经发现过这种昆虫的化石，但不完整，没想到这里也有这物种存在。"

我说道："这样的话，他们要找的应该不是化石吧？"

唐教授摇摇头说道："不是，他们要找的应该是这种怪虫的活体。但是，这种怪虫已经灭绝了，怎么会在这鬼岭出现的呢？"

米娜说道："他们会不会被那个中国商人骗了？"

唐教授又摇摇头道："这个可能性不大，他们应该是收集到很多资料，相信这种怪虫没有灭绝，所以才会找到这里来的。"

米娜问道："那这个中国商人又是怎么知道这里有那种怪虫的呢？"

米娜的这个问题没有人能回答。但根据我的猜测，这个中国商人有可能是来鬼岭寻宝的，说不定还是个盗墓贼。他可能在寻宝过程中，发现了这种怪虫，然后又不经意地说了出去，才引来那几个生物学家前来寻找。

这时，只见米娜做了个祈祷的手势，念念有词道："上帝保佑，千万别让我们碰到这种怪物……"

马骝看见她这样，立即笑道："这区区一个虫子而已，何必大惊小怪，再厉害的我们都碰到过，那个……"马骝说到这里，我连忙瞪了他一眼，这家伙吹嘘起来没点儿顾忌，真怕他什么都给抖了出来。

马骝知道自己说错话了，也幸好他脑筋转得快，连忙话题一转说道："那个，你们的上帝，还没有我马骝的弹弓好使呢，说句不好听的，要是真的碰到这些怪物，我马骝绝对能保护大家，让大家毫发无损。"

唐教授笑笑道："但愿如此吧！"

大家歇了一阵，又继续出发。陈国文一边走一边问我："那个，金先生，大家都走了那么久了，对于那座古墓，不知道有没有什么头绪？你的寻龙之法是否能派上用场了？"

我对他笑道："这都还没到峰腰呢，寻龙根本无法谈起，而且周围浓雾缭绕，想要看清山形地貌，那就更加难了。不过，要是到了高处，就有条件可以对周围的山形走势做个判断，哪里聚气、哪里藏风也可以分辨得出了。这样的话，我们才能获知龙脉所在，才不会多走冤枉路。"

马骝说道："就是，要是那么容易就找到，岂能轮到我们？"

陈国文低下头，没有再出声。

大家走了大半个小时后，突然又发现前面的一棵大树上挂着一具尸体。在迷雾缭绕中，隐约见到此人身穿迷彩服，身材高大，跟之前看到的那些尸体一样。难道，这就是第四个生物学家的尸体？但为什么会出现在这里？

# 第十章　迷魂林

我们快步走上前去，等走近一看，这才发现不对劲儿，这哪里是什么第四具尸体，分明是第一次看到的那具尸体，在树底下，还有那个被我翻过的背包。也就是说，我们走了大半个小时，竟然又走回了原点。

马骝吐了口口水道："真是撞邪了，怎么又走回了这里……"

关灵也皱起了眉头，道："斗爷，真如那笔记本上说的，兜兜转转又回到了原点，我们不会是碰到了传说中的'鬼打墙'吧？"

我对关灵说道："先别慌，一慌就会乱。"

穆小婷听关灵这样说，脸色都变了，战战兢兢道："这……这不会吧？我们都走了好长时间了，怎么可能会碰到'鬼打墙'呢……"说着，四处观察起来。

虽然浓雾紧锁，但大家都知道真的是走回了原来的地方，除了我们三人，其他人的脸上都不多不少露出了恐惧的神情。如果真的走不出去，结果可能会像那几个生物学家一样，在绝望中结束自己的生命。

我听老张提起过，说鬼岭里有个地方叫"迷魂林"，人一旦走进去，就无法走出来，最后被活活困死在林中。这样看来，我们有可能碰到了传说中的"迷魂林"。

这个时候，只见米娜拿出那本笔记，翻了又翻，不知道在找什么。我连忙问道："你在干什么？"

米娜头也不抬回答道："我看看上面有没有写到用什么方法能走出这片树林。"

我听她这么一说，真是有点儿替她的智商着急，这人在遇到突发情况的时候，确实脑筋会转不过来，于是对她说道："米专家，这要是有方法，他们还会自杀吗？好玩儿啊？"

米娜恍然大悟一般，尴尬地笑了笑，往后梳了一下头发道："Sorry，我真是太蠢了，竟然忘记他们是因为走不出这里才自杀的……我只想到他们几个曾经走过这树林，有可能会留下一些经验……"

马骝摇了摇头，打趣道："哈哈，这似乎证明了一个道理，美貌与智慧是不可能并存的。"

陈国文看了眼马骝，用一贯训学生的口吻说道："这个时候了，你还有心思说笑，难道你就不怕困在这里出不去了吗？"

马骝摊了摊手，说道："这是什么时候？说笑还要分时候？那人生岂不是很累？我说你们这些知识分子，一碰到问题老是慌，老是怕，你刚才没听斗爷怎么说的吗？遇到事情先别慌，一慌就会乱，你看我们的美女专家，刚才的表现就是一个很好的样板。要是大家都这样的话，那还是早点儿自杀吧，早了结早升仙，早到极乐世界。"

马骝的这一番话说得陈国文和米娜脸红耳赤起来，唐教授他们不知道是生气还是什么，也皱起了眉头，一脸严肃的表情。我看气氛有点儿尴尬，连忙打圆场，对马骝说道："马骝，你怎么这样说话，我看你就没点儿知识。这人遇到危险，恐慌是正常的表现，你以为个个都像你马骝那样没心、没肝、没肺，一身是胆哪？"

唐教授摆摆手道："孙先生说得也不是没有道理，我们这些知识分子的心理素质确实不好。就拿我来说，我经常出去做考古工作，但是都是在安全的情况下进行的，所以现在遇到这样的事情，难免会有恐慌。虽说这是人之常情，但是恐慌之下，就难以想到办法，最终害的还是自己呀！"

我说道："没错，我们现在虽说是做考古任务，但不是在安全的前提下进行的。可以这么说，我们现在的每一步都是在冒险，这冒险就得有冒险精神，必须做到临危不乱，这样才能逢山开路、遇水搭桥，消除危险，完成任务。"

唐教授连连点头道："是是是，对对对，所以我说，我们绝对没有找错人，有金先生和孙先生两位相助，再加上关大小姐，大家肯定能化险为夷的。"

唐教授的这顶高帽套下来，我们也只能欣然接受。接下来，我带着大家沿着刚才走过的那条路继续往前走，并在那些巨杉上留下记号，看看到底是在哪里出了错。经历了夜郎迷城的悬魂梯和蓬莱仙墓的金银洞迷失事件，我对这些类似传说中的"鬼打墙"的情况有了初步的认识，在遇到这种情况时，一定不能慌，要仔细认清周围的环境，只要找到其中的规律，突破了那个点，就有机会走出困境。

约莫走了二十多分钟，周围的环境并没有什么变化，也没有发现分岔路什么的。这条走过的路也是我们踩出来的，在这片树林里，周围的草丛都比较茂盛，也只有在两棵巨杉中间的这条路比较好走。

又走了一段路后，我们再次回到了原地。这一路上，我们感觉一直是往山里面走的，但是不知为何竟然会又兜了个圈儿般绕了回来。

关灵问我："斗爷，有没有发现哪里有问题？"

我摇摇头道："还没发现，这林子那么大，想要摸清它的模样，可能要多走几条路试试看。"

米娜看了看周围，说道："可是，这哪里还有路可走？"

我笑笑道："我们的鲁迅先生，就曾经说过这样一句话：希望本无所谓有，也无所谓无。这正如地上的路，其实地上本没有路，走的人多了，也就成了路。这周围看似没路可走，我们可以自己走一条出路呀！"

唐教授问道："这仪器失灵了，我们毫无方向，那要怎么走这条路？"

我说道："目前这种情况，也只能凭感觉了，我们先错开第一次走的那条，看能不能走出去；如果不行，再另想办法吧！"

我和马骝于是一马当先，在前面劈开一条路来，大家深一脚浅一脚地往前走，这次走了有一个多小时，也没有走回原地，这好像是走出了"迷魂林"，大家的心情都开始有点儿激动。

马骝一边用镰刀劈开草丛，一边说道："我说那几个生物学家，真的是死得冤枉啊，这多走几条路试试，不就可以走出去了吗？真是一根筋、一条道跑到死的人。"

我说道："你先别那么说，我们能不能走出去，现在下定论还为时尚早。"

马骝说道："我屌，斗爷你这么说就不对了，这都走了有一个多小时了，我们都没碰到之前走过的地方，现在离那个死尸的地方应该也很远了吧，怎么可能会走不出去呢？我说斗爷你就别在这里吓唬人了，有些人胆小，不经吓，要是吓出个冬瓜豆腐来，又得拖后腿了。"

我说道："去去去，别叽叽歪歪了，你以为我不想带大家走出去啊，这'迷魂林'不容小觑，能把人困死的肯定不一般，千万别大意。等下要是走不出去，看你马骠还有没有那么多话说。"

我和马骠一边说，一边开路，突然眼前被两棵巨杉挡住了去路，我立即意识到不对劲儿，绕过巨杉后面，只见一条路出现在大家面前，正是第一次走的那条路。再看那两棵巨杉上，果然有我们留下的记号。也就是说，我们走了那么久，竟然又走回了原来的那条路。

马骠整个人都蒙了一样，突然飞起一脚踹向其中一棵巨杉，骂道："我去他的，这'迷魂林'真的迷魂，咱们走了那么久，原以为能走出去，好了，现在又回到第一条道上，真是见鬼了！"

我说道："你之前是怎么说的？现在打自己嘴巴了吧？这'迷魂林'既然能把人困死，那肯定没有那么容易走出去的，你还不信。"

马骠坐靠在巨杉上，垂头丧气地说道："我算是认清了，这样下去就算不被困死，也会累死啊……"

陈国文借机讽刺道："孙先生，遇到事情先别慌，一慌就会乱的。"

马骠喝了口水，摆摆手道："老子没慌，别在这里说风凉话了，要是碰到我慌的时候，你恐怕早就吓到尿裤子了。"

陈国文本想讽刺一下马骠，没想到被马骠反将一军，板起脸没再说话。这家伙，打在关家见到我们开始，就一直看不起我们，现在好了，被马骠气得没话说，真是大快人心。

这时，唐教授问我："金先生，现在如何是好？"

我说道："一条路走不通，再开一条路，只有摸清了这林子的形貌，大家才能有机会走出去。"

米娜皱起眉头道："还要走啊？"

我对她说道："要不你们在这里等吧，我们三人去开路，要是路通了，就回来接你们，你觉得如何？"

米娜立即说道："好啊。"

"不不不，大家还是走在一起比较好，"唐教授连忙摆摆手说道，然后他对米娜说，"这荒山野岭，我们要是碰到危险，没有金先生他们，恐怕……"

米娜像是意会了唐教授的话，点点头道："是，教授说得有道理，我们大家还是一起走吧！"

我和关灵对视了一眼，这听唐教授的意思，是怕我们扔下他们不管。那也是，在这鬼岭里，如果没有我们相助，他们肯定更加艰难。

接下来，我们又在另外一边开了一条路，这次更加快，只走了半个小时不到，就又回到第一条路那里。这次我们试着越过第一条路，朝着另一边直走过去，但不知怎么回事，明明是直走的路，却没用多久，又走回了第一条道上。像这样分几个方向又走了几次，依然是兜回原点。这还不止，我们想既然前进不行，那就后退，退回草甸那边。但是令人吃惊的是，不管我们怎么走，竟然找不到原先进来的那条路。这下，连一向淡定的我，心里也开始有些恐慌了。

这个时候，关灵抬头看了一下天，说道："这天色看来快要黑了，继续走的话，可能会有危险，咱们还是找个地方安营扎寨吧。"

米娜说道："是啊，都走了一天了，歇一歇吧。"

大家于是弄出一片空地，支起帐篷。山里的夜来得似乎特别快，在我们弄好帐篷之后，天已经完全黑了下来。我叫马骝和肖建去找了些干柴回来，然后在帐篷中间点起一堆篝火，大家围着篝火，拿出干粮来填饱肚子。就着"迷魂林"的话题，大家讨论了一番，但最后也没有得出什么结果。

我见大家都有点儿困了，便对唐教授他们说："大家都走了一天，也够累的，你们先去休息吧。"

唐教授说道："这深山野岭，恐怕入夜后会有野兽出没，我看大家要轮流值夜才行。"

我点点头道："放心吧，我和马骝轮流值班，你们就放心睡吧。"

唐教授抱了抱拳道："那就辛苦二位了。"

等唐教授他们进入帐篷后，关灵走到我旁边，问道："斗爷，想到办法没有？明天打算怎么走出去？"

马骝一边把柴扔进篝火里，一边说道："他还能有什么打算？要是找不到正确的路，只能像今天那样瞎转悠，转死为止了。话说那个老张的爷爷张许才有兔蛇引路，走出了'鬼打墙'，我们却连只蛤蟆都没看到……"

我说道："你这家伙，别胡扯，命运掌握在自己手里，别靠神灵庇佑。我们今天走了那么多条路，你们有没有发现这个'迷魂林'的一些特别之处？"

马骝说道："野林子一个，能有什么特别之处？走来走去都走回原地，明天要是走不出去，我们估计都得学那几个生物学家那样，找棵巨杉做个吊死鬼了。"

我没理马骝，看向关灵，关灵摇摇头说道："我也弄不明白其中的规律，但是，我们几次都是碰到那些巨杉才回到原地，会不会是那些巨杉有什么问题？"

我点点头道："没错，我也觉得那些巨杉有问题。而且，我回想起今天走过的那些路，这其中似乎藏着一个让人难以察觉的陷阱。"

# 第十一章　八卦迷魂阵

我一边说，一边捡起一根柴在地上画了起来，然后对关灵和马骝两人说道："你们看，假设这个林子是个圆圈，那我画出今天走过的路线，你们看看有什么不对劲儿的地方。这个是发现尸体的地方，接着这是我们第一次走的路，两边都有巨杉，最后兜了回来。第二次是这边，然后走到了第一条路上，也就是说与第一条路重合了。接下来，第三次、第四次和第五次走的路，都分别重合了这第一条路。"

等我画完后，关灵立即皱着眉头说道："这么说，最有问题的还是第一条路？"

马骝接话道："准没错，这第一条路就是有鬼，不管你怎么走，只要走到第一条路，就必定会兜回来，走不出去。"

我点点头道："没错，这条路肯定有问题，这些巨杉应该也有问题，你看它们的树龄，估计有好几百年了，真的是名副其实的古树。再看这些巨杉的生长位置，似乎很有讲究，怎么看都不像是自然生长的，很有可能是古人种下的，而且它们给这条路起到了参照物般的作用。

因为不管是谁，从进入这片'迷魂林'开始，选择走的路肯定是两巨杉之间那一条路。"

关灵说道："那按你的说法，破解这个'迷魂林'的方法，会是在第一条路上吗？"

我说道："这个还不确定，但是明天我们去观察一下那些巨杉，我觉得这个'迷魂林'有可能像一个阵法，类似八卦阵什么的，你们还记得鬼岭那支歌谣吗？'鸡冠鬼岭藏金银，阴阳八卦在无形。从来只有鬼神到，不见半个活人行。'这'阴阳八卦在无形'，说不定指的就是这个'迷魂林'呢！"

关灵双眼一亮，立即说道："如果证明是八卦阵的话，那咱们就有希望了。不过，现在罗盘什么的都失灵了，单凭感觉辨别方向，还是有点儿悬。"

马骝不解道："这地方看起来也不像什么磁山啊，怎么会导致罗盘失灵呢？"

我拿出罗盘，看着上面不断跳动的指针，说道："可能是地磁异常造成的吧，这个问题估计得让科学家去考究了。但是这样一来，我们也只能借助大自然的一切来辨别方向了。"

我们三人讨论了一阵，困意开始袭来，我让关灵和马骝先去休息，然后我值夜，到了后半夜，马骝很自觉地起来轮班。所幸一夜平安，大家第二天很早就醒来了，简单洗漱了一下便再次出发。

唐教授问我："金先生，我们要往哪里走？"

我说道："我们走第一条路。"

唐教授有点儿不解，道："这条路我们不是已经走过了吗？"

我说道："没错，我们是走过，但是我要确认一下地形，还有那些巨杉的数量和位置。"

听我这么说，米娜立即说道："金先生，就算知道了这些，又如何呢？我们昨天也在那些巨杉上做了记号，但还是一样走回原地呀！"

我于是把"迷魂林"有可能是八卦阵的猜想对大家说了出来，然后说道："这些巨杉如果是参照物的话，那么就可以根据它们的位置排布而得出方位，找出其中的活路来。"

唐教授和米娜一起点头说好，但似乎还没弄懂我的意思，跟在后面一边细声讨论，一边往前走。我也没理他们，接下来每看见一棵巨杉，我都在笔记本上标明一下大概的位置，并叫马骝在巨杉上重新刻上数字，这样记号会更清晰一点儿。走了半个小时左右，我们跟昨天一样，走回了原地，而路上的所有巨杉也被我一一记录了下来。不看不知道，一看吓一跳，那些巨杉所构成的图，竟然就是一个八卦阵。

关灵也看出来了，惊叫起来："斗爷，真的是八卦阵！"

我说道："没错，我想这个应该叫作八卦迷魂阵，不管在林中怎么走，都走不出去，这就是所谓的迷魂，而想越过那些巨杉的人，就会不知不觉进入了八卦阵，兜来兜去只会回到原点。"

唐教授皱了一下眉头，道："我曾经去过阳谷县的迷魂阵村，那个村子布局奇特，就是用到了迷魂阵，游人进去多会迷失方向，可见迷魂阵的布局非常厉害，怪不得传说鬼岭有进无出呀！"

唐教授所说的迷魂阵村我也知道，那村子建筑格局奇特，村里的路多歪斜弯曲，房屋的走向也随街道一样，而且斜度不一，定向各异，犹如迷宫一般。这样的布局，会令人产生时间和空间的错觉，外人进去会分不清东西南北，进村后在弯弯的胡同里行走，不久便会迷失方向，找不到出路，有的走来走去，又回到原路，真是十个进来九个迷。

所以当地流传着这样一首民谣："进了迷魂阵，状元也难认；东西南北中，到处是胡同；好像把磨推，老路转到黑。"

相传在很久以前，北方的渔民在捕鱼时，就曾经用到迷魂阵。这捕鱼跟迷魂阵似乎毫不相干，但是渔民们的智慧确实令人折服。不过随着时代的发展，此阵法已失传。

如今这个"迷魂阵"摆在鬼岭里，别说普通人迷失方向被困死，就算那些有经验的盗墓贼，如果不懂五行八卦术和迷魂阵法，一样难逃厄运。如果不是察觉到这些巨杉有问题，任谁也想不到自己竟置身于一个如此恐怖的八卦迷魂阵里。

这时，马骝叫道："既然弄清了阵法，那还等什么？赶紧逃出去呀！"

我轻轻摇了摇头，道："虽然知道这是一个八卦迷魂阵，但是想要破解它，也并非易事呀！"

马骝瞪大眼睛问道："斗爷，你这话是什么意思？"

关灵帮我说道："斗爷的意思是说，想要破解这个八卦迷魂阵，还要想想办法。"

马骝说道："我屌，还以为你们两个都知道怎么破解呢……"

关灵说道："你当我们是神仙啊，那么容易就可以破解，如果走错一步，就全盘皆输，弄不好，走上一百年都走不出去呢！"

我说道："现在所有电子设备都失灵了，我们不能准确地辨认方位，所以只能根据周围的环境和感觉去判断。幸运的话，一次就可以走出去，不然，就要多试几次了。"

我一边说，一边观察巨杉的长向。一般情况下，观察树木的枝叶可以得知南北方向。北侧的较稀疏，南侧的较稠密。也可以观察树桩的年轮，北面较密，南面较稀疏。而八卦阵就像一张网，有八门：休门、生门、伤门、杜门、景门、死门、惊门、开门。一般来说，开、休、生三吉门，死、惊、伤三凶门，杜门、景门中平。无论是战争中，还是生活中所设的八卦阵，从生门进，从开门出，不然永远出不来。

生门居东北方艮宫，五行属土；开门居西北乾宫，五行属金。从进入鬼岭的方位来判断，我们好像就是从生门进的。但是现在我对生门也拿捏不准，即使是要沿来路返回去，也相当困难。现在只有找到开门这个方位，大家才能顺利走出这个"迷魂林"。

根据这些巨杉的生长情况和笔记本里画好的位置图，我们一行人沿着第一条道一直走，走到第四十四棵和第四十五棵之间，我停了下来。拿出罗盘看了看，依然是指针在不停地跳动，无法定位。但是根据我的分析，这个位置应该是西北乾宫，也就是开门方位。

唐教授问道："金先生，是不是已经找到了准确的方位？"

我说道："准不准确很难判断，但还是有很大把握的。从这两棵巨杉旁边直穿出去，我们也许就能逃出这个'迷魂林'。"

米娜半信半疑道："真的吗？这样就被你破了这个八卦迷魂阵？"

我耸耸肩道："真不真，要试过才知道。"

说完，我率先在前面开路，其他人看见这样，也只好跟了上来。对于这条路，我心里还是有很大把握的，虽然没有罗盘定位，但是方位清晰后，只要往那个方向一直走，肯定能走出"迷魂林"。

八卦迷魂阵的厉害，说通了，就是方位问题，最后让人迷失心智，在生理和心理上将人折磨而死。那些生物学家虽说探险经历丰富，但是不懂五行八卦，所以根本无法走出这个"迷魂林"。我在想，他们自杀前的那种绝望，该是多么痛苦。

就这样一直走了一个多小时，再也没有碰到那些巨杉，而且也没有绕回到原地，这样看来，大家似乎已经走出了"迷魂林"。这种感觉真的犹如死里逃生一样，令人振奋。

我对大家说道："我们应该走出来了，大家可以休息一下了。"

马骝问道："斗爷，你没骗我们吧？这就走出了'迷魂林'？"

我喝了口水，说道："你没看见周围的环境都不同了吗？还有，你看看定位器和手机，是不是恢复正常了？"

大家连忙拿出手机和定位器来，果然一切恢复正常了。唐教授抹了一下额头的汗珠，说道："幸好有金先生在呀，要不然后果不堪设想。"

这时，米娜忽然一改之前那傲慢的态度，对我毕恭毕敬道："金先生，之前还对你持有怀疑态度，真是对不起，现在我是打心底里佩服你呀！等这次任务完成后，我想和你好好相聚一下，让我好好学习中国的寻龙之术。"

我笑笑道："能得到米专家的认可，实属难得啊……"刚说到这里，手臂突然被人掐了一下，我扭过头一看，原来是关灵，只见她盯着我，笑道："斗爷，米专家想跟你聚一聚，你到时可别失礼了哦！"

米娜又对我说道："金先生，要不到时跟我一起去美国吧，凭你的本事，去做一个科考顾问也完全可以。"

我刚想说话，关灵就先说了，只见她笑眯眯道："是啊，去做科考的顾问，那可是一个好差事哦，斗爷，难得米专家看中了你，你要赶紧答应人家，这飞黄腾达指日可待啊……"

我听着关灵的话里一阵醋味，心想你这丫头既然这样说，那我就吓唬你一下，便说道："好呀，既然关大小姐也觉得好，那到时我就跟我们漂亮的米专家去美国，要是能任个一官半职，那真是活得潇洒自在啊……听说美国的女孩子都很热情奔放，说不好去了就不想回来呢！"

关灵一听我这样说，立即咬着嘴唇偷偷用力掐了我一下，我忍不住痛叫一声站起身来，唐教授他们以为有什么突发情况发生，一个个立即神情紧张起来，连忙看向我这边，追问发生什么事。我尴尬了一下，忙解释道："没事没事，被一只蚂蚁咬了一下而已……"

唐教授信以为真，一本正经地说道："这深山野林，虫蚁较多，大家一定要多注意。"

米娜突然走过来，拉起我的手关心道："怎么样，很痛吗？"

这突如其来的关心令我一下子慌张起来，赶紧挣脱她的手，摆摆手道："没事没事，不要紧的，一只蚂蚁而已，能把我怎样……"

旁边的马骝似乎看穿一切，捂着嘴笑道："什么蚂蚁那么厉害？竟然能把我们的斗爷咬得痛叫起来。不过，斗爷啊，看你那痛楚万分的模样，好像是被母老虎咬了一样呀！"

穆小婷忽然一脸惊恐道："母老虎？是那种地老虎吗？斗爷，会不会不是蚂蚁，而是那种地老虎咬的？我家乡都把那种地下蜂叫作地老虎，也叫土路蜂，那家伙可毒了，能活活把一头大水牛蜇死，你赶紧看看伤口……"

我连忙说道："不是不是，在这山里被蜇、被咬很正常，大家不用担心。要是是地老虎，我还不把它的巢穴给端了……"我一边说，一边看向关灵，只见她瞪着我，脸颊微微泛红，不知道是生气还是觉得好笑。

就在这个时候，不远处突然出来一个诡异的声音！这个声音听起来令人毛骨悚然，好似临死前那种绝望的嘶叫，又像被什么东西叉着喉咙发出的凄厉叫喊一样，真是用鬼哭狼嚎来形容也不为过。如此诡异恐怖的声音，究竟是什么东西发出来的？

# 第十二章　巨石岩洞

我们循着声音走去，不久便来到了一处悬崖脚下，但那个诡异的声音却突然消失了。大家抬头望去，只见悬崖陡峭险峻，有十余丈高，崖顶处有一块巨石凸出来，看上去就像一朵大蘑菇从悬崖里长出来一样。在巨石下面三四米的地方，有一个洞穴，高不过三米，但是宽却有四五米，看起来是个天然的大洞穴。

关灵问道："斗爷，那声音该不会是从那洞穴里传出来的吧？"

我说道："很有可能，这地方如此险峻，说不定那洞穴里藏有什么古怪之物。刚才那声音听起来那么瘆人，想必这东西也非同小可，大家要多加留意了。"

唐教授说道："这巨石屏障之下，竟然有如此大的洞穴，如果不是人为的，那绝对称得上是大自然的鬼斧神工之作呀！在这样的地方，藏有古怪之物也不足为奇，就是不知道会是什么物种，竟然会发出如此诡异的声音。"

马骝说道："说不定不是怪物，而是其他东西呢！"

米娜连忙问道："那会是什么东西？"

马骝向前走了两步，看着洞穴说道："是什么东西那就很难说了，但刚才听那声音，如此凄厉，难道你们会觉得是动物发出来的吗？"

马骝这话不是没有道理，其实大家心里也都明白，这声音的确不像动物发出来的。但在这荒山野岭的地方，除了人和动物外，还有什么东西能发出如此诡异的声音？

米娜望着洞穴说道："那声音如果不是动物发出来的，那会不会是我们人类的声音？"

穆小婷惊讶道："这……这怎么可能……这鬼岭里除了我们，哪里还有人啊……"

肖建突然说道："那个，洞里面会不会就是那几个生物学家要找的那种史前昆虫？"

唐教授一听肖建那样说，立即皱起了眉头，神色不安道："这个还真说不定，如果真是那样，那我们要赶紧离开这里了。这种昆虫最喜欢吃尸体上的蛆虫，在捕捉到猎物之后，首先会把猎物慢慢弄死，然后等待一段时间，让猎物自行腐烂生蛆，最后再享用那些蛆虫，而且猎物一旦进入它们的视野，就难以脱身了，要是饿起来，估计可以把人活吞了……"

大家听唐教授把那昆虫说得如此恶心和恐怖，都不免害怕起来。我看见这样，便说道："大家在这里胡乱猜测也没用，想要知道答案，除非进洞穴里探个究竟。"

穆小婷对我问道："斗爷，你要上去吗？这悬崖那么陡峭，很难上去呀！"

我笑道："这对我们来说，那肯定很难，但对马骝来说，不值得一提。"说着，我看向马骝，马骝摇摇头道："别搞我，这又不是藏宝洞，有什么好探究的……"

米娜歪了歪嘴角，发出一声轻蔑的笑声，对马骝说道："哎哟，你不会是胆小怕事吧？"

马骝被米娜这样一激，立即把腰杆挺直，拍了拍胸口道："我屌！我马骝会胆小怕事？你这洋鬼子开什么国际玩笑，你之前没听斗爷怎么评价我的吗？我马骝没心没肝没肺，就一身是胆，区区一个山洞而已，我会怕它？"

我看见马骝越说越激动，连忙劝道："行了行了，别激动，胆量不是从嘴里说出来的，做出来给他们看就是。"

关灵连忙一手拉住我，道："斗爷，别让马骝逞能，他做事老是冲动，要是碰到危险就不好了。"

我说道："这鬼岭的特别之处就是鲜少有人涉足，有很多地方都没有人去探究过，以至于传说中的宝藏至今都只是个传说，而没有人真正看到。眼前这个洞如此奇特，又有巨石作为屏障，我想这洞中肯定大有文章。还有，在这巨石上面，应该可以看到鬼岭的山脉走势，说不定还能找到龙脉所在。所以，我想和马骝上去探究一下。"

马骝说道："斗爷说得有道理，既然斗爷也去，那我马骝就舍命陪君子，陪你走一趟就是了。"

关灵立即露出不安的神情道："可是，刚才那声音说不定就是某种怪物发出的，你们这样贸然上去，万一……"

我安慰她道："放心吧，我们又不是没碰过稀奇古怪的东西，现在不是还好端端的吗？你们在这里休息一下，等我和马骝的消息吧！"

关灵咬了咬嘴唇，说道："那我也跟你们一起去。"

马骝对关灵说道："大小姐，你就别闹了，你要是也跟着去，他们还不会跟上来啊，你说我们三人走了之后，要是有个什么意外，跟他们分散了，他们还不得急死，说不定一干人等会葬身鬼岭呢，到时我们就间接成了杀人凶手了。"

　　这时候，陈国平忽然对我们说道："这样吧，我也跟你们去吧，多个人多个照应。"说完，他看向唐教授说道，"教授，你觉得如何？"

　　唐教授看着我，说道："那要看金先生了，他没意见的话，我也没意见。"

　　我知道这个陈国平的心里在盘算什么，便说道："我没意见，多个人照应也好。不过，这山那么陡峭，就怕陈教授不好爬呀！"

　　陈国平说道："你们放心，这个难不倒我的。"

　　于是，我们三人拿好工具，沿着山崖边的树丛爬上去。马骝不愧是马骝，爬起山来如灵猴般矫健，但是那个陈国平就不行了，鞋子像抹了油一样，老是滑脚，这山崖不同地面，要是一失足，摔不死也去了半条命。

　　马骝看见这样，忍不住说道："你这哪里是爬山？手脚都不协调，像个文弱书生一样……我可告诉你啊，现在返回去还行，也没人笑你，不然等下不小心给摔下去，可别怨我们没事先告诉你啊！"

　　陈国平咬了咬牙，说道："没事，不用管我，我自己能行，就算摔死了也不会怪你们……"

　　我和马骝对视了一眼，都觉得有点儿好笑。不过，我们答应了要保护大家的，虽然觉得陈国平的人品不怎么样，但还是要照顾好他，毕竟这摔下去就是一条人命，我们也不是那种没良心的人。

　　三人手脚并用爬了有十多分钟，终于爬了上去。陈国平坐在洞口前，一边喘气一边对着底下的唐教授他们挥手，脸上那种兴奋，像是登上了珠穆朗玛峰一样。马骝有点儿看不过眼了，催促道："赶紧进洞吧，这有什么好炫耀的，又不是领奖台……"陈国平也不敢反驳，乖乖从地上站起身来，跟在我和马骝身后走进洞里。

等走近才发现，原来这个洞比我们想象中的还要大，几个人并排在一起走也完全没有问题。看洞口的岩石，应该是自然形成的，而非人为开凿的。我们三人打着手电筒，握着工兵铲，小心翼翼地向里面走去。洞内有点儿潮湿，越往里走，越能感觉到丝丝凉意。

我忽然想起老张的爷爷张许才，他那时候碰到的山洞会不会就是这个呢？

三人一直往洞里走了十多米深，也没什么情况发生。再往里面走了一阵，一堵岩壁立即挡住了去路，原来已经走到岩洞的尽头了，但是并没有发现任何异常情况，也没有所谓的怪物，更没有什么宝藏。在洞底的岩石上，有三个不规则的洞中洞出现，这些洞的洞口很大，一个人弯腰进去也完全可以。洞里面黑漆漆的，手电筒的光探照不到底，从洞口光滑的情况来看，应该是某些体形较大的动物巢穴。

马骝吐了口口水叫道："这么大的一个洞，竟然什么都没有……"

陈国平也说道："还以为会有什么稀奇古怪的东西呢，原来只是个空洞。你们说，宝藏会不会在这三个洞里面？要不，我们进去看看怎样？"

我摆摆手说道："不，千万别大意，你们看这几个洞口，都大得离谱，还有爬行过的痕迹，说不定里面藏有什么怪物呢。这样贸然走进去，有可能再也出不来了。"

马骝拿出弹弓，说道："你们让开，有没有藏东西，我一弹弓就试出来了。"说着，往其中一个洞里打了一下，"噗"的一声响，子弹好像打在洞壁上，但什么情况也没有发生。

陈国平咳嗽了一声，说道："看来白忙活一场了。那既然这样，咱们还是出去吧，在这里憋着也怪难受的。"

于是，大家没再理会那三个大洞，沿着原路退了出来。趁着陈国平对着下面比画洞里没有发现东西的时候，我和马骝沿着洞口边的岩石攀了上去，来到了巨石上面。从这里望去，果然可以看得见鬼岭的山脉走势，而我们身处的地方，已经是在岭中腹地。

我手搭凉棚，仔细观看，只见鬼岭的几座山峰下，有山丘凸起，山谷低沉，如盘龙虎踞般非常有气势。其中在距离这里不远处的东北面，有一座山丘看起来普普通通，在山岭之中毫不起眼儿，但若仔细观看，似乎又与其他山丘不同。

我虽然不懂得寻龙之术，但也看过关于这方面的书籍，由于对《藏龙诀》比较熟悉，所以也读懂了其中一些奥秘。但凡观山辨水，并非一定要看那种气势雄伟的山峰，相反一些山丘平洋更容易出龙穴。如今眼前这座山丘，在其他人眼里可能很普通，但是细细观看辨认，这座山丘与周围的山峰形成一个很好的夹角，具有藏风聚气之象：仰高山顶，可现星辰，坐空转面，不怕风摇。真是难得一见的吉地。

我拿出罗盘，辨别了一下方位，顿时心中一阵惊喜。眼前那座山丘，其龙势、山体和气脉三者皆为一线贯穿，极有可能就是龙脉的所在，也就是说，我们要找的古墓有可能就藏在这山丘之中。

马骝似乎看出了我的心思，忙问道："斗爷，是不是看出了什么？"

"没错，那边的那座山丘有可能就是一座陵墓。"我点点头说道，一边说，一边指着东北面那座山丘，"你看那山丘，从这个方向看去，正与身后的山峰形成一个夹角，这在阴阳风水术上，叫作藏风聚气。但是，如果不上这里来看，还真看不出那山丘所处的龙势，肯定会认为只是普通的山丘。"

事不宜迟，我们三人立即沿着原路爬下去。一落到地上，关灵就跑过来，一边帮我解开身上的绳索，一边问道："怎样？在那个洞里有什么发现？"

我说道："洞里面还有三个洞，很大，有可能是某种动物的巢穴。说不定，就是那种怪虫的巢穴。但这个先别管了，我从那上面观看了一下鬼岭的山脉走势，发现了一些东西……"接着，我便把那山丘有可能就是陵墓一事对大家说了出来。

大家顿时兴奋起来，立即收拾好东西，顺着山丘的方向走去。从巨石上面观看，那座山丘距离这里并不是很远，但要是在地上走过去的话，真的是应了那句古话：看山跑死马。一行人足足走了大半天，才终于走到了那座山丘前方。

# 第十三章　诡　陵

眼前这座山丘不算很高，但很大，近距离看也看不出什么陵墓气势，更谈不上什么龙脉龙气。要不是攀上了那巨石观看，任凭谁也看不出这座山丘在群峰之中所隐藏的特点。也许，这就是古人的高明之处。

古仙云："无绝地，有绝水。无绝水，有绝向。"这个"向"字为之重要，得了真向就不绝。但是，我有一点想不明白，这陵墓周边似乎没有水口，所谓"进山观水口，入穴看明堂"。这水在阴阳风水中非常重要。而且"有山无水休寻地，有水无山亦可截"，这也说明了水的重要性。难道眼前这座山丘并不是真正的陵墓？如果不是，那为何会出现那种怪象？

我忽然想起《藏龙诀》中有这样一句口诀："乾山巽向，三七不兼，坐山收水，三吉六秀。"这其中的意思似乎跟眼前这陵墓的立向有关。因为真向在墓穴中非常重要，即使无真龙、真穴、真砂、真水，只要得到真向，也自然平安、人丁兴旺。

再说，山丘周围的地方有点儿不同，刚才我们一路走来，周围都是树林，各种各样的树木都有。但到了这里，眼前却是一片很大的茅草林，那些茅草没过人头顶，也不知道是古人种下的，还是天然形成的。

这时，米娜看着眼前的山丘，一脸怀疑的表情道："这里就是陵墓？我看过中国的一些陵墓，好像跟这个不一样啊……"

唐教授也说道："是呀，金先生，这座山丘怎么看也不像陵墓呀……会不会我们走错了地方？"

我点点头道："嗯，确实不像。但是，要不是我刚才攀上那块巨石，从那个地方观察到这山丘的山体形势，就算像现在这样摆放在我面前，我也觉得这不会是陵墓。但就是因为这样，才千百年来，没有人找到这陵墓。古人的智慧不容小觑，龙穴可分正龙穴和怪龙穴，一些怪穴并非普通的风水师能知晓，这鬼岭是结峰峦之势，而这山丘在峰峦正中，葬乘生气，这气就在其中。仰高山顶，不同方位都可现星辰，坐空转面，峰峦包围，所以八面来风也不怕。我也是因此才断定这山丘应该就是一座陵墓。"

唐教授一边听我说，一边点头，似乎听懂了我的话。而一旁的米娜则皱着眉头，一头雾水的样子，但从她的眼神来看，似乎还是不相信眼前这座山丘就是陵墓。

我也没理她，转过身对关灵问道："灵儿，你觉得我的话有没有道理？"关灵的本事我是见过的，虽然不知道她懂不懂寻龙之术，但毕竟是"穿山道人"的传人，有多少本事，我至今还没摸透。

关灵皱了皱眉，说道："从这里看，这座山丘确实不像陵墓。毕竟从阴阳风水来说，得水为上，藏风次之。我们一路走来，并未见到水源，这也是我最为疑惑之处。但是刚才你说的，这鬼岭是结峰峦之势，这山丘正在峰峦之中，葬乘生气，所以我觉得你说的话有一定的道理，我也觉得这山丘应该就是我们要找的陵墓。而且，这片茅草林围绕在山丘周围，似乎别有用意，如果这真的是陵墓，那么周边必定暗藏机关陷阱。"

马骝也说道："你们要是不信斗爷的话，那可以自己去找那墓呀。别在这里装什么高深，你们这些所谓的考古专家，读几本书就行，要说到寻宝寻墓这行，跟我们的斗爷比，还差一大截呢！"

马骝这人就是这样，对于看不顺眼的人，说话从来就不客气。这不，那个陈国平听马骝这样一说，就不顺气了，瞪着马骝，板起脸"哼"了声说道："你们的斗爷也不是神吧？别小看我们，我们这些做考古的，接触过的古墓比你们走过的地方还多呢！"

我连忙摆摆手道："哎，马骝，不可狂妄，所谓闻道有先后，术业有专攻，两位教授和米专家他们在考古方面也是很有成就的，要是不信的话，我们到时验证一下就可以了嘛。我金北斗虽然对这些事比较上心，但正如陈教授所说，我也不是神，所以我的话也不一定全对。"

唐教授听出我话里有话，连忙赔笑道："我们不是不相信金先生的话，只是目前的情况跟我们想象中的不同，所以多有疑虑而已。既然金先生说这山丘藏有古墓，那么我们去验证一下便一清二楚了。"

在我们说话的时候，关灵一直盯着山丘看，似乎在思考什么。等唐教授说完，她突然说道："古话说：看书千卷，不如登山一回。登山千回，不如口诀一句。有口诀云：'寻龙望气先寻脉，云雾多生是龙脊，龙脊自有云气生，必是龙楼宝殿地。'大家可以看看，这山丘之中，雾气是不是比其他地方都要多，虽说雾气属于自然现象，但是这恰恰证明了这个方位可以藏风聚气。而从墓葬形式来看，不管哪朝哪代，中国数千年来的墓葬形势，都是从《易经》六十四卦繁衍出来的五行风水布局。所谓万变不离其宗，都讲求占尽天下形势，归根结底就是追求八个字：造化之内，天人一体。所以，我看这座山丘应该就是我们要找的陵墓。"

关灵说完，对我笑了笑："斗爷，你看我说的有没有道理？"

我想不到关灵对这方面那么了解，对她投去惊讶的目光，同时赞许道："厉害厉害，看来关大小姐才是真人不露相呀！"然后我转过身来，对唐教授他们说道，"你们可以不信我金北斗的话，但是关大小姐是'穿山道人'的传人，难道她的话你们也不信吗？"

米娜尴尬一笑，道："既然关大小姐也这样说，那么我也没话可说了。刚才唐教授也说了，真不真，过去验证一下便一清二楚。"

大家用镰刀劈开那些茅草，开出一条路来，走向那座山丘。关灵一边走，一边对大家说："凡是依山而建的陵墓，周围必有机关埋伏，大家要细心行走，留意脚下的路。"

陈国平说道："关大小姐多虑了吧，这里虽然茅草丛生，但不是之前那种草甸，而且脚下踩的都是实地，应该没有那些暗洞出现吧。我也考察过几座陵墓，这陵墓虽依山而建，但多数机关陷阱都是在墓中，在外的基本没有，大家不必担心。"

关灵笑了笑，没有辩驳，只是说道："也许是我多虑了吧，但还是小心点儿好。"

陈国平似乎为了证明自己的话有道理，冲在前面开路，看他那个样子，我和关灵对视了一眼，都摇了摇头。这个家伙，仗着自己有点儿考古经验，就在这里逞强，真是不知死活。

茅草林虽然长得茂密，但是有几把镰刀开路，很快我们就走了一大半路。眼看就要来到山丘脚下，突然，走在最前面的陈国平惊叫一声，像是踩空了一样，整个人瞬间从茅草林里深陷下去。

果然有陷阱！

说时迟那时快，只见关灵手里一扬，一条绳索立即飞了出去，刚好套住正要往下坠的陈国平的脖子。我和马骝的反应也很快，连忙帮忙抓住绳索，不让陈国平掉下去。

我对马骝叫道："马骝，赶紧过去救人，留意脚下的陷阱！"

马骝应了声，一个箭步蹿上去，一把抓住陈国平的手臂，唐教授也赶过去，两人一个抓一只手臂，硬是把陈国平从陷阱里拉了上来。只见陈国平的两条腿鲜血淋漓，似乎受了很严重的伤。

我和关灵收回绳索，顾不上看陈国平的伤势，小心翼翼地走到陷阱旁边一看。只见陈国平踩下去的地方有一个大洞，这个大洞有两丈多深，洞底处插满了锋利的暗器，那暗器有四个角，其中一个角像利剑一样竖起来，大约有四十厘米长，人一旦掉落下去，非死不可。而在洞壁上，同样布满了这些四角利器，只要有人踩空坠落，必定被四角利器所伤，任凭你反应极快，也难逃一劫。

我和关灵都暗暗为这个机关感到害怕，刚才要不是关灵眼疾手快，及时抛出绳索，估计陈国平现在已经被利器插满了身体，葬身在这里了。

这个时候，只听见陈国平痛得呜哇鬼叫，我和关灵连忙走过去，只见陈国平躺在地上，两只脚的鞋子已经被唐教授他们脱掉，那两条小腿被陷阱里的四角利器刺得鲜血淋漓，但所幸都是皮肉之伤，并未伤到筋骨。

一旁的马骝看不过眼，叫道："哼，真是累人累己，人家关大小姐早就说了，这茅草林里会有机关埋伏，你就是不听，仗着自己读过几本考古书，去过几座陵墓，就以为身经百战了，现在遭罪了吧……还说是教授，别误人子弟了……"

陈国平早已痛得满头大汗，只能任凭马骝在一旁数落自己，也无力气反驳了。我拉开马骝，免得他再说些什么难听的话刺激到这些知识分子。

这时，关灵从背包里拿出一包药来说道："陈教授的伤势没什么的，不会威胁到生命，大家不必担心，帮他清理伤口后，涂上这些药吧。这药是我爷爷研制出来的，治疗外伤的效果非常好。"

唐教授接过药，千恩万谢地。肖建和穆小婷也早已拿出纱布和消毒液，小心翼翼地帮陈国平清理伤口。米娜站在旁边，望着那个陷阱，脸上露出不安的神情。

我对关灵说道："灵儿，刚才要不是你及时出手，陈教授这条命就到此结束了。不过，你是不是早就料到会出现这样的情况？"

关灵摇摇头说道："我说过，依山而建的陵墓，周围必定有机关陷阱，但是陈教授不听，我也没办法，所以我就准备好绳索在手，就是想要是真的出现意外，能随时可以出手相救。这不，果然应验了，要是迟那么一点儿，后果真不敢想象……"

马骝忽然笑道："大小姐，刚才看见你甩绳索的时候，一下子就套中目标，简直比得上我马骝那手弹弓哪，看来是吃过夜粥[1]的人呀！"

关灵说道："多少也懂点儿抛绳套物的技巧吧，但是比起你马骝那手百发百中的弹弓，还相去甚远呢！"

---

[1] 吃过夜粥：广东方言，指学过功夫、有两下子的人。

马骝笑了笑道："过奖了，过奖了……大小姐的本事从来都是深藏不露呀，看来我们的斗爷有得受咯！"

我刚想说话，只见躺在地上的陈国平突然坐了起来，对关灵说道："关大小姐，真是后悔没听你的话呀……要不是你出手相救，我这条命今天就搁这儿了……"刚才还不断痛叫的他，现在却变得一点儿事也没有的样子，看来关谷山的药真的非常有效。

关灵连忙说道："你别乱动，小心伤口。"

陈国平摆摆手道："没事没事，'穿山道人'果然名不虚传，你给的那些药非常有效，现在伤口没那么痛了，真是大恩不言谢呀！"

这时，一直没说话的米娜突然皱起眉问道："我想不明白，这片茅草林那么大，为什么我们会偏偏走到有陷阱的地方？难道这只是巧合吗？"

米娜这个问题我也不解，虽然有《藏龙诀》这本奇书在手，对于机关陷阱的破解也有一定的方法，但是眼前这个机关完全出乎我的意料，这个茅草林那么大，我们却偏偏走到有陷阱的地方，这似乎并非巧合。

关灵对大家说道："如果我没猜错的话，这座陵墓周围都应该布满了这样的陷阱，这种陷阱叫作陷坑，是古人比较常用的一种机关。也就是说，我们就算从其他地方走这茅草林，也有可能会碰到这样的陷坑。"

我点点头说道："没错，这个陷坑看起来有两丈多深，下面插满了四角利器，而我刚才仔细看了看那坑壁，是用糯米浆和砂土压制而成的，在坑壁上面也有那些四角利器，人或动物一旦不小心踩中机关，都必死无疑。刚才要不是大小姐事先早有准备，恐怕陈教授就会命丧于此了。"

陈国平再次对关灵表达谢意。

我继续说道："不过，这机关也同时给我们证明了，这山丘就是我们要找的陵墓。而普通的陷坑多数是用尖竹利木布在坑底，但眼前这个陷坑却用了那种四角利器。可想而知，能用到如此高规模的机关来阻挡入侵者，此陵墓葬的必定是个大人物！"

# 第十四章　蒺藜陷坑

大家听我这样说，都忍不住抬头看向那座山丘。这个时候，只见山丘上的雾气似乎比之前多了一些，在周围萦绕不散，为这座依山而建的陵墓增添了一丝诡异。

接下来，我们沿着那个陷坑，弄开了周围的茅草，果然如关灵所料，这个陷坑大得令人无法想象，我们一连弄开十几米长的地方，但那个陷坑依然存在，似乎把整个陵墓围了起来。而这个陷坑的宽度有多大，我们根本无法丈量。能够设下如此高规模的陷坑，而选择在这山丘建造陵墓的，会是何许人也呢？

关灵忽然想起什么，对我说道："斗爷，这个陷坑如此之大，似乎围绕陵墓造了一圈儿，如果是这样的话，那有可能会是传说中的'蒺藜陷坑'机关。"

我对古人设计的各种机关陷阱还算比较了解，但关灵所说的"蒺藜陷坑"却是第一次听到，便问道："'蒺藜陷坑'是怎样的一种机关？"

关灵解释道："蒺藜本来是一种植物的名称，后来被用来形容一种武器，它的形状是四角，其中一角向上，用来阻碍敌军的人马通过，古代称为铁蒺藜，也有专门用铜制造的，叫作铜蒺藜。这种机关规模很大，那些铁蒺藜在陷坑中四处铺满，陷坑与陵墓之间相差有几十米宽，然后围着陵墓建造一圈儿，把陵墓包裹在中间，从而使入侵者不能靠近陵墓。后来有人发明了连环翻板，就把这种'蒺藜陷坑'代替了。因为'蒺藜陷坑'是敞开式的，如果没有东西遮掩，很容易被人发现，而连环翻板就不同，隐蔽性极强。"

我知道连环翻板这个机关，那是陵墓里的一种机关暗器。在陵墓墓道中挖掘几米深的陷坑，坑下布满刀锥利器，坑上铺上几块木板，木板中间设有轴，下面挂着相同重量的物体，呈天秤状，然后在板上放些东西掩盖。只要盗墓贼踏上木板，木板的一端就会立即下陷，令盗墓贼掉落布满刀锥利器的坑里，使其毙命。这种机关精巧而隐蔽，通常都是在毫不察觉的情况下将人致死。

我说道："那么说，它是连环翻板的前身咯？"

关灵点点头道："没错，但这种机关因为工程量巨大，隐蔽性不好，早已没人使用，想不到会在鬼岭这里碰上了。"

确实，相比连环翻板，眼前这个"蒺藜陷坑"大得令人吃惊，即使有千军万马，估计也很难冲过这陷坑。我在脑海里把《藏龙诀》搜寻了一番，并没有找到关于这种机关的记载，便问道："灵儿，那你知道如何破解这机关吗？"

关灵摇摇头道："这种机关规模太大了，一时半会儿也没想到用什么法子去破解它。"

唐教授听关灵这样一说，脸色顿时变得焦急和忧郁起来，说道："那如何是好呢？陵墓就近在眼前，我们却被阻挡在这里。大家带的干粮都有限，如果不争取时间完成任务，恐怕……"

我连忙打断他的话道："教授，这个真的急不来，要是真的到了弹尽粮绝的时候，我们只好打道回府，改日再来了。"

唐教授苦笑一下，说道："金先生，我们这些人不同你们，虽说跋山涉水没有问题，但是这个鬼岭凶险莫测，再走多一次的话，恐怕大家会再次受到伤害呀！"

米娜也说道："唐教授说得没错，虽然走过一次有经验，但是再次来的话，就不知道有没有那么幸运了。你看，他们的命都是捡回来的，这是多么幸运。"说着，米娜指了指穆小婷和陈国平。

我也深谙这其中的凶险，再进鬼岭的话，恐怕又是另一番情景了。虽说认得路，但是鬼岭不同于其他山岭，这里经常浓雾缭绕，令人迷失，即使再重走，也有可能会偏离正道。但现在摆在面前的，却是一个规模巨大的机关，怎么破呢？

马骝忽然说道："我屌，既然这个机关都暴露在我们面前，那我们挖些泥土，把这些陷坑填了不就可以过去了吗？"

关灵摇摇头道："这个方法不行的，你看前面那些茅草，个头都相对矮一些，那是因为它们是从陷坑里长出来的，而这个陷坑横跨几十米宽，想要填满泥土走到陵墓那边去，单凭人力根本无法完成，得出动挖掘机才行。"

穆小婷说道："这片茅草林那么大，说不定有个位置没有陷坑，能过去呢。设计者在设计这个机关的时候，应该有给自己留条活路的吧？"

穆小婷的话倒是提醒了我，这个世界上，还没有无法破解的机关，而古人设计机关更加注重"生"这个词，也就是活路。物不活便死，机关也是一样，如果没有活路，没有破解之法，那么这个就是死机关。

想到这里，我对关灵说道："灵儿，你说这个机关有没有可能是按照八卦阵设计的？"

关灵看着我，说道："这不是没有可能，外面就有一个八卦迷魂林，如果这个也是八卦阵的话，那只要我们找到生门这个方位，应该就能破解这个机关。"

我说道："这里不同于迷魂林，很难找到生门的方位。如果沿着这个陷坑走下去，也不知什么时候才能找到。"

马骝叫道："斗爷，你不是有个罗盘吗？拿出来测测就知道啦！"

我摇摇头道："我没有这个本领，我们所在的地方处于低势，而那个机关那么大，根本测不了。除非上了陵墓顶上，或许还能测一测。"

马骝说道："要是上了陵墓顶，还测个鬼啊……"

这时，关灵走到陷坑前，看着陷坑说道："能破此机关的，我想，只有一种方法了。"

大家连忙围上来问是什么方法，我听关灵这样说，也似乎猜到了关灵要说什么，便问道："难道，是用'穿坟术'？"

关灵回过身来，点点头道："没错，如果这个机关真的是八卦阵的话，可以用'穿坟术'里面的一种法术，叫作'围死点生术'，用这个法术就能破解其中生门所在的位置。但是……"说到这里，关灵突然欲言又止。

唐教授焦急道："但是什么？"

关灵看了他一眼，然后又把目光投向远处的那座陵墓，说道："但是我没用过，也不知道灵不灵验，而且一旦用了这个法术，就会有损阴德，我爷爷曾经下过命令，决不能使用与'穿坟术'有关的法术去干坏事。"

唐教授说道："关大小姐，这并非是干什么坏事，这是在帮我们国家，到目前为止，我们也不知道眼前这座陵墓的主人是谁，如果我们考古队不去发掘，等来的估计会是盗墓贼，到时候就有可能会遭到毁灭性的破坏，一些珍贵的历史就被毁了，这对于国家来说，是一大损失呀！"

米娜也附和道："没错，唐教授说得很有道理，有些盗墓贼跟你们一样，也很厉害，不及时挖掘的话，到时候就会被毁了。我虽然是个外国人，但是对于中国历史，我还是非常感兴趣的。但是，根据我调查到的资料，你们中国的古墓十有八九已经被盗墓贼光顾过，先不说里面有许多历史资料遭到毁灭性的破坏，单说宝物会被盗墓贼卖到国外，这样的情况，想必你也觉得不好吧？"

他们的一番话，令关灵有些动摇了，她看着我，似乎在询问我的意见。我看见这样，便耸了耸肩说道："唐教授他们说得也有道理，事到如今，也只能破例一次了。况且，我们没有私心，也并非盗墓贼，我们是在为国家的考古出力，这应该不算坏事吧！"

马骝也说道："就是，关大小姐，你就别犹豫了，想当年，你爷爷也用过'穿坟术'，但也不见得损了什么阴德，现在还不是好好地待在家里叹世界。"

关灵疑问道："你怎么知道我爷爷用过'穿坟术'？"

马骝知道自己说漏了嘴，连忙伸手捂住嘴巴，但看见关灵盯着自己，只好摇了摇头叹了口气道："既然你问开了，那我也不想隐瞒，当年你爷爷为了报答恩人，竟然用'穿坟术'破坏了我孙氏祖坟的风水，导致我们孙氏后人灾祸连连……"说到这里，马骝摆摆手，又叹了口气道，"唉，算了算了，这都过去了，不提也罢。"说完，走到一边抽起闷烟来。

关灵半信半疑的样子，但马骝既然能说出这样的话，看起来也并非是在编造故事。难道就是因为此事，爷爷才下令不准使用"穿坟术"？既然如此，又为何将此术传授于自己？关灵想来想去，也想不通这个问题。

这时，唐教授又开口说话了，他说道："关大小姐，别再纠结有损阴德这回事了，等完成任务，我到时亲自登门，向关道长解释清楚。"

关灵又看了看我，似乎拿不定主意，我便对她说："别犹豫了，灵儿，如真有报应，我金北斗和你一起承担。"

关灵微微点了点头，然后打开背包，从里面拿出一些道家法器来。我从没见过"穿坟术"是什么样的，只知道这个法术非常厉害，今天能亲眼看见关灵使出"穿坟术"中的其中一门叫作"围死点生术"的法术，也算是大开眼界了。

只见关灵拿出法器来后，吩咐我和马骝用镰刀把周围的茅草清除掉，腾出一块比较大的空地来。接着她拿出一包糯米，在空地上画了一个八卦图，分别在乾、坤、艮、巽四个方向烧了道符，我知道这四个方位分别代表天、地、山、风。然后，关灵站在八卦中间，面对陵墓，闭上眼睛，嘴里呢呢喃喃，不知道在念些什么。

我心想，就这样摆个八卦、烧几道符、念几句咒语就是所谓的"围死点生术"？不会那么假把戏吧？

就在我心存怀疑的时候，只见关灵拿出罗盘，沿着八卦慢慢转了个圈儿，最后像锁定了"坎"这个方位停了下来，一眼不眨地看着地上。我顺着关灵看的那个地方偷偷看去，只见不知什么时候，一群蚂蚁突然从周围慢慢爬了过来，并开始疯狂地啃食坎位上的那些糯米，而其他方位的糯米，并无异常。

这时，关灵对我们说道："在巽、艮之间的方位，应该有一条生路，也就是生门的位置应该会在那里。"

我问道："灵儿，巽、艮之间不是坎吗？"

关灵说道："对，坎对应水，水主活，找到水口，就能破解这个'蒺藜陷坑'。找到生门的位置，我们就可以走到陵墓那里。"

唐教授一脸怀疑的神情道："关大小姐，恕我冒昧，我看见你就画了个八卦图，烧了些符，好像什么也没做，你这个是如何判断出来的？"

关灵对唐教授笑了笑，道："不好意思，唐教授，这个不能说出来。但是，我关灵敢以人格担保，那个方位必有活路。"

唐教授笑了笑，但看他的样子，还不是很相信关灵的话，只听见他说道："这就是所谓的天机不可泄露呀！"

我说道："唐教授，这些东西都是有规矩、有禁令的，一般只有师徒相传而不会口语他人。但是也别不相信，有些东西科学也解释不了，这道教历经多年，其中的厉害也非一般人能读懂的。"

我说是这样说，但对于这个所谓的"围死点生术"，我自己也是看不出一点儿道儿来，更从未听闻过，也许这其中真的存在一定的奥秘，只是我等普通人不能看懂而已。但不管怎样，现在这种情况下，我们只能听从关灵的话，退出茅草林，往生门的方向走去。陈国平的伤势并没有大碍，涂了关灵给的药后，一会儿就止了血，行走起来也并无不妥。

一行人走了两个多小时，茅草林逐渐消失了，换之而来的是一片丛林。但还没到达关灵所说的位置，一个个都被汗水浸湿了衣襟，满脸地疲乏。而从我们进山后，就没有发现过水源，我们带的水已经剩下不多了，再找不到水源，恐怕我们这趟任务有点儿悬了。

我一边走，一边悄声对关灵说道："灵儿，还有多久才到？我们带的水快没了。"

关灵手搭凉棚，看了一下周围的环境，然后说道："即使我用'围死点生术'判断出生门的方位，但是这地方实在太大了，也很难给出明确的答案。不过，只要顺着这个方位找到了水源，就离生门不远了。"

我忽然想起什么，便低声问道："灵儿，那蚂蚁跟那法术有关系吗？"

关灵看了我一眼，脸上现出了吃惊的表情，道："你看出来了？"

我摇摇头道："就是没看出来，所以才问你呀！"

关灵神秘一笑道："天机不可泄露。"

我自讨没趣，便自顾说了起来："就算你不说我也知道，那蚂蚁肯定跟那法术有关，在别人眼里，可能觉得这个法术很简单，但是能把蚂蚁招来，而且只来自一个方位，我想这就是那法术的厉害之处。我说得对不对？"

我看向关灵，关灵面无表情，没说对，也没说不对。看见这样，我继续说道："但我不明白的是，为什么会说用了这个法术，就会有损阴德呢？我猜猜吧，有可能引来的那群蚂蚁最后吃了那些糯米，都会全部死去，是这样吗？虽然蚂蚁是昆虫，但是它们是动物界中赫赫有名的建筑师，它们建的蚁穴非常有特点，但也令人费解，因为科学家至今还没找出它们是怎样'施工'的，我想蚂蚁在这其中起到很大的作用。但这个我只是猜测，你得跟我说明白呀，毕竟我要跟你一起承担，不然变成同床异梦就不好了。"

关灵先是一脸惊讶，似乎被我说中了一样，但很快就用手肘撞了我一下，佯怒道："呸，谁跟你同床啊，不要脸……"

我也假装不在乎，说道："呵，我也不稀罕呢，要不是你爷爷那么阴险，夺走我的东西，还把你硬许配给我，我现在可是大富翁呢。那东西值多少钱，你心里知道吧？就算把你卖了也没有它十分之一值钱呢！"

关灵被我气得不知如何反驳，刚想举起手来打我，走在身后的马骝突然大叫一声："不走了，不走了……歇会儿吧……累死老孙了……"说完，一屁股坐在地上，背靠一棵松树，拿出水猛喝起来。但水剩下不多了，一下子就被他喝个精光。

看见这样，关灵便对大家说道："要不就地休息一下吧，走了那么久也都累了。"

马骝喘着大气叫道："不走了，不走了……我说大小姐，你那什么法术啊？我怎么感觉一点儿也不靠谱，不然……不然……"马骝说到这里，突然停住了，一个骨碌爬起身来，指着右边的丛林叫道，"你们听！好像是流水声！"

# 第十五章　山　洞

大家侧耳倾听，果然从丛林里传来流水的声音。这似乎证明了关灵没有说谎，这边果然有水。我兴奋起来，对大家说道："水源在那边，那条活路应该就在附近了。"

大家连忙往水声处走去，走了十多分钟，水流声越来越清晰了。不久，只见一条山溪隐蔽在茂密的丛林之中，山溪不算大，只有一米多宽，从山里蜿蜒而出，清凉的溪水一直往下流，也不知道流向何方，要不是有潺潺的流水声，也很难察觉到这里会有条山溪。

我一见这条山溪，立即想起一句寻龙口诀："寻龙若见奇水口，定有龙穴在左右。"这下，我更加肯定那山丘就是一座陵墓了。

大家洗了把脸，又放开肚皮喝饱水，然后把水壶装满，返回刚才休息的地方。大家看向那山丘那里，都发现这边的情况跟之前的不同，没有了茅草林，而是一片丛林。关灵拿出罗盘辨别了一下方位，然后带着大家从丛林里走向陵墓。

走了一段路，我们再次碰见了"蒺藜陷坑"。马骝嚷嚷起来："怎么搞的？大小姐，你没带错路吧？"

唐教授也一脸愁容道："这是怎么回事？难道活路也没有了？"

关灵对大家说道："活路肯定在这边，我们这次可以沿着陷坑走，相信很快就可以找到那条活路的。"

果然，大家沿着陷坑往前走了三四十米，陷坑终于没有了，有一片丛林连接陵墓那边，大家兴奋起来，加快脚步穿过丛林，终于走到了陵墓那里。

这个时候，大家才对关灵佩服得五体投地。唐教授满脸笑容对关灵抱了抱拳道："关大小姐，真的不愧是'穿山道人'的传人啊，果然名不虚传！"

米娜看着关灵，竖起了大拇指道："关大小姐的厉害，真是令我大开眼界啊！"

马骝也对关灵说道："大小姐，想不到除了我们斗爷，你也如此厉害，看来你们两个双双联手，取得宝藏指日可待啊！"

马骝这样一说，大家都忍不住一起看向他。我心里暗想：马骝啊马骝，你这家伙真是说话不动脑子。刚想批评马骝两句，但唐教授先开口了，只见他一脸严肃道："我们是来考古的，并非盗宝，孙先生这话甚是不妥呀！"

马骝知道自己一时口快露出了马脚，连忙赔笑道："对对对，是我马骝的错，我没有其他意思，我是想说，完成任务指日可待，一时口快说错了。这陵墓里的宝藏嘛，都是属于国家的，我们也绝不会见财起意……"

也许觉得马骝是无心的，唐教授他们也没再追究下去。见状，我连忙扯开话题道："现在我们到了陵墓这边，但是如何进入陵墓，这个才是重点。要知道，这座陵墓不同于其他的古墓，而且从那个陷坑的布局来看，想进入陵墓，也并非易事。"

米娜对我说道："金先生，要不我们直接打盗洞进去？这方面，你应该很有经验吧？"

我微微吃了一惊，这洋妞果然怀疑我们是盗墓贼，于是我对她说道："米专家，别开这种玩笑，我又不是盗墓贼，怎么可能会对打盗洞有经验呢？"

米娜笑了笑，道："如果不打盗洞进去，那请问金先生，有什么办法进入墓中吗？"

我摇摇头道："暂时还没有。"

唐教授忽然说道："这个嘛，米专家的提议也不是没有道理，如果想不到办法进入墓中，那我们只能打盗洞进去了，这打盗洞也不是只有盗墓贼才会，我们这些做考古的，有时候也会碰到这种情况。"

看见唐教授也支持打盗洞进去，我和关灵立即对视了一眼，彼此都心生疑窦。虽然唐教授说得有鼻子有眼，但我对此还是有点儿怀疑。我不知道考古队的具体工作，但打盗洞进去这种事，似乎并非考古学家所为。

这时，一旁的马骝突然拿出工兵铲，铲了几下陵墓，吐了口口水道："这山石多过泥土，就算打盗洞也有点儿难度呀，除非有炸药，否则就甭想了。"

我说道："还是让我和关灵先在周围走走，看一下地形吧。如果我们打盗洞进去，那跟那些盗墓贼有何分别？"

唐教授摆摆手说道："金先生此言差矣，这里属于荒山野岭，挖掘机器也运输不进来，这就只能靠人工去挖。有时候嘛，不得已也要借鉴一下盗墓贼的方法。俗话说：成大事者不拘小节。何况已经到了这个地步，我们不可能就这样空手而回吧？"

我没有说话，心里也承认挖盗洞进去是目前唯一的方法。但是，唐教授和米娜所表现出来的那种焦急和兴奋，似乎有点儿不同寻常。但哪里不寻常，我也不知道，只是突然有这种感觉。

看见我没出声，米娜忽然说道："这样吧，我给你们每人的酬劳再多加一万，就算是挖盗洞的辛苦费。你们觉得怎样？"

马骝一听，顿时来了精神，笑嘻嘻道："请问，是美元还是人民币？"

米娜看了眼马骝，眯着眼睛说道："当然是美元。"

马骝搓了搓双手，笑道："那行啊，大家可都听见了啊，给做个证，都说漂亮的女人最会撒谎，你到时可别耍赖啊！"

米娜歪嘴一笑，说道："你们尽管放心，有唐教授的担保，一分也不会少给你们的。"

唐教授点点头道："没错，你们不用担心这个。"

马骝立即走到我身边，把我拉到一边悄声说道："斗爷，咋样？又多赚一万美元了，这不要白不要啊！况且，他们已经怀疑咱们是盗墓贼了，就算再怎么辩解估计也没用了吧？既然这样，我们这次就算是光明正大地倒一回斗了。"

我压低声音说："这样，你先拖着他们，帮我留意一下唐教授和米娜，看有没有其他异常举动。我和关灵在周围走走，看一下地形，到时逼不得已，也只好挖盗洞了。"

看见我如此爽快同意，马骝一脸的惊喜，连连点头道："行行行，你们去吧，他们就交给我了。"

于是，我转过身来对唐教授说道："这样吧，你们在这里先商量一下，我和关灵去周围看一下地形。"说完，我拉上关灵，往陵墓边上的丛林走去。

我一边走一边对关灵说道："灵儿，你觉不觉得唐教授他们有些不对劲儿？"

关灵扭过头来，看着我问道："怎么不对劲儿？"

我说道："他们作为考古学家，竟然会想到打盗洞进入墓里，就这事，难道你不觉得不妥吗？"

关灵说道："这没什么不妥呀，做考古的也是人，也要打洞才能进去吧？"

我摇摇头道："不是这个意思，我总是觉得他们好像……嗯，怎么说呢，好像有种迫不及待要进入墓中摸宝的心情。"

关灵笑了笑道："我看你想多了吧。这个陵墓他们应该是觊觎了很久了的，这下被我们找到了，还不兴奋死呀，这种情况下，急着进入墓中也很正常呀。我自己也有这样的心情，想看看这座诡异的陵墓里到底藏有什么宝贝呢！"

我也不知道是不是自己想多了，但是在我心里，唐教授和米娜所表现出来的并非是考古学家应有的心态，而是有私心的，就像盗墓贼一样。但一路过来，我也不觉得他们有什么不妥，也许真的是自己想多了。

我一边走一边胡思乱想，一时没留意脚下的路，突然被什么东西绊了一下，差点儿被绊倒在地。起初还以为是山石之类的，等我和关灵仔细一看，才发现是一具尸骨。只见尸骨散落在草丛里，已经腐化得七七八八了，估计死了很多年。

关灵忽然意识到什么，对我说道："斗爷，不好了，既然这里出现了尸骨，那么证明我们并不是第一个来这里的。"

我说道："难道这尸骨是盗墓贼？他们已经光顾了陵墓？"

关灵说道："这个还真说不定啊，你想一下，那个阴阳葫芦会不会就是从这里盗出来的？"

关灵说的我也想到了，那尸骨既然能出现在这里，那么极大可能会是盗墓贼，因为普通人很难到达这个地方。我开始还以为这座陵墓诡异而又奇特，很难有人会发现，但没想到早有前人来光顾。那也是，比我金北斗厉害的大有人在，找到陵墓也不足为奇。其实从听了老张说的那个故事后，我就觉得这鬼岭的宝藏也许已经落入他人之手了，但阴差阳错，考古队的人既然要来鬼岭找古墓，我就顺水推舟参与其中，到这个传说有进无出的鬼岭中探一下险。

我俯下身，仔细检查了一下那具尸骨，并没有发现什么异常情况。但在尸体的不远处，我们发现了几样未完全腐烂的盗墓工具，果然没猜错，这人真的是一个盗墓贼。我心想：既然找到了陵墓，又为何会死在这里？是分赃不均被同伙杀害，还是另有原因？

关灵忽然对我说道："斗爷，既然这人是盗墓贼的话，那么说不定附近可能会有盗洞呀，我们去找找看吧！"

我也同意关灵这个观点，于是两人便在周围的草丛里找了起来。果然，在一个比较隐蔽的地方，我们发现了一个洞口。这个洞口被草丛覆盖，要不是我们认定这周边会有盗洞而仔细寻找，也很难发现这个洞口的存在。等我们把遮挡住洞口的杂草弄开后，一个偌大的山洞露了出来，只见洞口有两米多高，一米多宽，呈拱状，里面黑漆漆的，看不见什么，但凭洞口的形状一眼就能看出来，这个洞是经过人为加工形成的。

我和关灵大为惊喜，但由于洞内的情况不明，我们不敢贸然走进去。而且，从洞的形状来看，似乎并非是盗洞。我弯腰捡起一块石头，用力扔进洞里，发现没有异常情况发生，于是我把手电筒打亮挂在头上，然后握着工兵铲，一步一步地摸索着进洞。

　　我对身后的关灵说道："你准备好火枪，如果有什么意外，就开火。"

　　关灵点点头，说了声好。有了蓬莱仙岛那次经验外，这次我们准备了质量靠谱的火枪和充足的火油、火绳等东西，没有枪没有炮不要紧，但一定要有火。因为经验告诉我们，火这种东西，是探险中最为重要的武器之一。

　　洞内很干燥，感觉不到一丝湿气，这跟外面浓雾缭绕的山体有着天壤之别。越往里走，空间越大，空气也很正常。走了一阵，亮光中突然出现了两个残破的骷髅头骨，在头骨周围，散落着一些骨架，已经残破不堪，不成人形了。但不用说，这两个人应该也是盗墓贼。不过，他们死在洞里，而另外一个却死在外面，这又是为什么呢？他们这伙人到底遭遇了什么？

　　关灵说道："斗爷，他们的死因恐怕不是人为的呀！"

　　我点点头道："确实不像，你看他们的骨头，已经接近黑色了，这洞里那么干燥，如果是正常死亡的话，骨头的颜色应该不会是这样的。我想，有可能是中了剧毒才导致这样的。"

　　这个时候，我突然想起老张说的那个关于他爷爷张许才摸到宝的故事。难道，这里就是张许才追双头蛇所发现的那个山洞？

　　我立即把这个想法说了出来，关灵也觉得很有可能。我们于是继续往洞内走去，果然在一处洞壁上，我们发现了一具尸骨被镶在上面，尸骨的下半身被埋了起来，只露出上半身，但头骨已经脱离掉落在地上，也残破不堪了。看来老张说的故事是真的，我们找到了张许才发现铜箱子的那个山洞。不过，眼前这具下半身被埋的尸骨令我疑惑起来，这山洞看起来并非是那种容易坍塌的结构，为何这个人会被一堆泥土埋了下半身？

我在心里打了一个问号，但同时也想到一点，这个人有可能是被人活埋的，由于上面的泥土松落下来，所以才露出了上半身，只有下半身被埋在泥土里。如果这堆泥土不是洞里坍塌下来的，那么会是从哪里来的？

想到这里，关灵突然拍了一下我肩膀说道："斗爷，这个洞看起来不同寻常，应该不是盗洞吧？"

我笑了笑，说道："大小姐，按这寻宝的资历来说，我应该比你浅啊，这方面你应该比我更懂吧？"

关灵得意地昂首道："呵，那当然，本小姐闯荡江湖，寻龙探宝的时候，你还穿开裆裤在地上爬呀爬呢！"

我打趣道："那是那是，那我得叫你一声姑奶奶了。话说，姑奶奶有没有盗过墓？"

听我这样一问，关灵别过脸说道："哼！不告诉你。"接着似乎意识到什么，叫道，"呸，什么姑奶奶，我比你还小呢……"

说笑之间，突然一个巨大的声音从洞外传来，好像是哪里开山采石点了石炮一样，有种山摇地动的感觉。我生怕这个山洞会被震塌下来，到时候就被活埋了，连忙一手拉住关灵就往外冲……

129

# 第十六章　香血水

等我和关灵跑回队伍中时，看见那里正冒着烟雾，好像刚有炮弹炸过一样，而马骝和唐教授他们躲在树丛里远远地望着。我和关灵不知道发生了什么，但等烟雾慢慢飘散之后，只见面前出现了一个大洞，而旁边散落着一堆泥土。这下子，我们终于明白发生什么事了，这分明是在挖盗洞！

这时候，其他人也围了上来，马骝看见我和关灵目瞪口呆的样子，笑道："斗爷，刚才你没看到，那电子炸弹的威力，可是够猛的，这一炸，洞口立即深了许多。"

我板起脸来，质问道："马骝，谁叫你挖洞的啊？炸弹是谁的？"

马骝一脸无辜的样子，指着米娜说道："炸弹是她搞的……你冲着我叫干吗啊？又不是我让挖的。"

我看向米娜，心想连炸弹都带上了，还真是有备而来呀。米娜发现我好像在生气，连忙笑了笑说道："金先生，别那么认真，我们这又不是干了什么坏事。还有，你帮忙看一下，从这个位置进去合适吗？"

我"哼"了一声，道："这座陵墓非常诡异，你们就这样放炸弹，难道就不怕到时惹来什么麻烦吗？"

米娜耸耸肩道："这会有什么麻烦呢？"

我看向唐教授，说道："教授，他们不懂，你也应该知晓这座陵墓的凶险吧？你就由着他们乱来？"

唐教授尴尬地笑了笑道："金先生，其实是我叫他们挖的，你就别怪他们了。我当然知道这座陵墓的凶险，但是想完成考古任务，挖洞进去是目前唯一的方法。而且，我们刚才挖到了大石块，挖不动，不得已才动用炸药的。根据我多年考古的经验，从这里开洞进去，应该是比较合适的。"

关灵把我拉到一旁，悄声说道："斗爷，别上脸，不挖也挖了，再计较下去就显得有点儿小气了。他们是考古队，对于如何进入陵墓，确实是有他们的一套经验。但是，命是他们自己的，咱们管不着，就算出了什么事，也是他们咎由自取。"

我点点头，关灵说得没错，既然已经警告过他们，再说也只会讨人嫌，只能多加小心就是了。在别人眼里看来，在这儿挖个洞并没有什么危险，但是我碰见了那几具尸骨后，就不这样认为了。我猜测，他们的死，并非是内部问题，而是外在因素，有可能就是因为挖了洞，进入墓里，才葬身在这里的。

这时候，马骝问道："喂，斗爷，你和关大小姐是不是发现了些什么？"

我对他们说了发现尸骨的事后，唐教授的脸色立即变了，只见他和米娜对视了一眼，然后皱着眉头道："这么说，我们不是第一个来到陵墓的人了？那这座陵墓，说不定已经被盗过了……"说完，他看着陵墓发出一声叹息。

陈国平说道："但是，他们都葬身在这里，会不会没有盗墓成功？"

唐教授摇摇头说道："我看这概率微乎其微，盗墓贼都不会空手而回的。就算他们死在这里，但保不准陵墓已经被他们糟蹋一空了。"

肖建忽然问我："金大哥，你知道他们是怎么死的吗？"

我摇摇头道："可能是被一些东西害死的吧！"

穆小婷听我这样一说，立即惊恐道："啊？一些东西？什么东西？难道不是分赃不均，内讧所导致的吗？"

关灵回答她道："不知道是什么东西，但应该不是内讧，从他们的尸骨来看，虽然残破不堪，但是死因很让人怀疑。"

这时，马骝好像突然发现了什么，快步走到刚被炸开的洞里看了看，便立即叫起来："喂喂喂，你们赶快过来看看，这洞好像不对劲儿！"

我们立即围了过去，只见洞里不知什么时候突然冒出了一些红色的液体，看起来就像在流血一样。液体不算多，但传来一阵阵古怪的香味，这香味不是花香，也不是香水那样的香，而是一种难以形容的香味，甚至令人心旷神怡，而忘记了那液体的恐怖，想凑过去尽情享受一番。

我问唐教授："教授，你经验老到，知道那是什么东西吗？"

唐教授摇摇头说道："我见过这山里挖出黄水、泉水什么的，但挖出这样的血水还是头一次见，也不知道是什么东西。"

我忽然想起一个事来，据说有个叫老龙洞的地方，也是突然有一天流出了锈红色的河水，将往日清澈见底的七彩湖染成一片血红。一些专家认为，这是因为地下暗河中的铁硫化合物分散所致。这种景象，还被当地人称为是"龙王啼血"。

想到这里，我立即说道："这会不会也是地下暗河中的铁硫化合物分散所致？"

唐教授再次摇摇头道："我看不像。而且，那些香味非常古怪，带有诱惑性质，并不是一般的铁硫化合物。"

穆小婷问我："金大哥，都说龙脉龙脉，这里会不会就是龙脉的地方，我们不小心弄伤了这条龙？"

我说道："这个只是形象而已，并非真的藏有活龙，如果挖到泉眼什么的，还可以说是龙的眼睛，但这流出香血水的，我也不知道跟龙有没有关系。"

马骝说道："我看就不算是龙，里面也一定藏有什么古怪动物，然后被炸死了流出香血来。这香气闻起来确实不错呀……"马骝一边说，一边靠近过去。

我连忙一把拉住他，叫道："别过去！在没弄清楚那是什么东西之前，千万别靠近。"

话音刚落，只听见周围的树丛中响起了窸窸窣窣的声音，好像有东西朝这边爬了过来。我们立即警惕起来，观察着周围的情况。

马骝从怀里掏出弹弓，叫道："斗爷，这声音很熟悉啊，应该是大蛇来了。"

穆小婷捂着嘴惊叫道："不会吧？大蛇……"

马骝果然没猜错，来的确实是蛇，但不全是大蛇，而是大大小小、各个种类都有。那些蛇从四面八方爬过来，多得令人毛骨悚然，好像鬼岭里的蛇都全部往这里聚集一样。我们还没来得及逃跑，就已经被蛇群团团包围了。

那些蛇竖起脖子，吐着芯子，紧盯着我们，似乎把我们看成了猎物。

还有一些蛇爬向流出香血水的那个大坑，一边探头下去喝那些血水，一边发出咝咝的叫声，好像人类喝到了玉液琼浆般兴奋。大家看到这样，都明白过来了，一定是那些香血水的气味把蛇给吸引过来的。

马骝往地上吐了口口水，叫道："这些血水到底是什么鬼东西？怎么会把那么多蛇给引过来的……"说着，突然一拉手上的弹弓，一条手臂粗的大蛇立即被打中，脖子一歪趴在了地上。

其他蛇似乎并未留意到同伴的遭遇，毫无惧怕地朝我们慢慢爬来。突然，一条拇指粗的黑蛇往前一蹿，如离弦的箭一样飞了过来，直扑米娜。米娜吓得惊叫一声，眼看黑蛇就要落到她身上，我连忙一挥工兵铲，把黑蛇拍倒在地上，然后一铲子下去，把黑蛇拦腰斩成两截。

这个时候，马骝也一连打了几弹弓，把冲过来的几条蛇打趴在地上。但是蛇太多了，如果这样下去，肯定会葬身在这里。我心想，那些香血水究竟是什么鬼东西？竟然有如此威力，可以引来那么多蛇。

马骝一边用弹弓打蛇，一边叫道："教授，咱们这次真的是闯祸了，你看那些蛇，都是冲着我和你这边过来的。我说，你定的位置是不是犯了什么风水禁忌啊……"

此时的唐教授早已吓得不知所措，哆嗦着声音道："我……我也不知道为什么会这样……我做了几十年考古，从未碰过这样的事情……"

马骝又叫道："大家想想法子呀，不然我们都得喂蛇了。"

关灵说道："可惜我忘记带硫黄粉了，要不然可以用来抵挡它们。"

我说道："这么多蛇，这地方又那么大，就算有硫黄粉估计也抵挡不了。我早就说过了，这座陵墓非常诡异，不要乱动，你们就是不听，现在好了，真的是为大家挖好坑了……"

唐教授听我这样埋怨，也不敢吭声。从他主张挖盗洞开始，我就对他少了一些好感，现在惹出这祸来，我心里更加烦躁。如果逃不出这蛇圈，真的如马骝所说，大家都得喂蛇了。

此时，越来越多的蛇聚集过来，包围圈也越来越小，这情景如科幻般不现实，但却又是活生生地出现在眼前。我忽然意识到什么，连忙嗅了一下自己的衣服，衣服上不知什么时候沾有一股奇怪的香气，正是那些血水的气味。

我立即明白过来，有可能在发现香血水的时候，大家身上都染上了那些气味，所以才导致那些大蛇围了过来。想到这里，我连忙叫关灵拿出一瓶花露水来，然后往大家的身上喷了喷，想用花露水的气味掩盖那些香气。还别说，这招还真的好使，几乎把整瓶花露水喷完后，周围的蛇好像嗅到了难闻的气味，开始发出咝咝的叫声，有的已经掉转方向，往那个大坑里爬了过去。

趁着这个机会，我连忙带着大家冲出包围圈，往发现尸骨的那个方向跑去。这时，米娜突然停住脚步叫道："等我一下！"说着，只见她从背包里拿出一个四四方方的东西来，有手掌般大；也不知道是什么东西，但看起来像是电子产品。

我不知道她要干什么，刚想开口询问，马骝突然兴奋道："没错，赶紧扔过去炸死它们！"

听马骝这样一说，我终于明白过来这是什么东西了，刚想制止，但已经来不及了，只见米娜举起电子炸弹，往那个大坑奋力扔去，然后传来"嘀嘀嘀"的电子报警声，米娜一边摁下手中的遥控器，一边呼叫大家赶紧逃跑。几秒钟过后，只听见一声巨大的爆炸声响起，无数条蛇被炸得飞上了天，场面极其震撼而又血腥。

我一边跑一边叫道："你这一炸，不知又死了多少生灵了……"

米娜说道："这些都是害人的东西，炸死它们不是更好吗？"

我懒得跟她理论，跑了一段路后，发现解除了危险，于是便停下来找了个地方稍作休息。马骝喝了口水后，对我说道："斗爷，你是怎么想到用花露水这个法子的？"

我说道："那些香味就是罪魁祸首，我们身上都有那香味，所以才引来那些蛇。今天要不是大小姐带了瓶花露水，大家还真的不知该怎么脱身了。"

马骝叫道："想不到这花露水还能救咱们一命，真是小看它了。不过可惜了呀，要是刚才拍个视频带回去，说不定厂家会找上咱们做代言人了。"马骝说着，自顾自哈哈大笑起来。

我看见唐教授坐在地上，神情凝重，脸色有点儿白，看来是吓到了，还有对于挖错地方、闯了祸一事耿耿于怀。其他几个人的表情也不见得很好，一个个都心有余悸的样子。见状，我对唐教授说道："教授，事情不发生也发生了，别想太多了。"

关灵也安慰道："是呀，谁也不知道会发生这样的情况，别放心上了。"

唐教授叹息一声道："唉，哪能不想啊……要不是我要挖那个地方，就不会给挖出个祸来，多亏你想到办法令我们脱身，要不然后果不堪设想呀……"

我说道："这寻龙探宝肯定会有风险的，特别是这鬼岭，风险更大，你们做考古的，多数情况下都是在安全的情况下进行的吧，那也难怪你们会那么害怕。不过，现在大家都安全了，要振作起来，再想办法进入陵墓吧。之前我和关灵发现这里有个山洞，我们可以进去看一看，说不定能找到进入陵墓的路。"

我之所以这样认为，完全是因为当时看到那堆泥土所产生的疑问，如果那堆泥土不是山洞坍塌下来的，那就很有可能是那几个盗墓贼挖盗洞挖出来的。也就是说，那些盗墓贼从那个山洞里挖了个盗洞进入了陵墓。

进入山洞后，我就把这个想法说了出来，唐教授和陈国平两人连忙对着那堆泥土和山洞的地质结构做了一番研究，然后都一致认同我的观点。

唐教授说道："这堆泥土虽然跟山洞的泥质一样，但从洞内结构上看，这个位置并未发生过坍塌，而是被人挖走的。也就是说，这个山洞是后来有人加工过的，它之前应该不是这个样子。"

陈国平接话道："没错，有可能是盗墓贼发现了这个山洞，然后选择从这里挖盗洞进入陵墓，所以才把山洞挖大，方便堆放挖出来的泥土。而且，刚才我看了一下那些未完全腐烂的骨头，他们好像都是中毒而死的。"

唐教授点点头道："嗯，确实是中毒身亡。也不知道中了什么毒，能把骨头也变成这个颜色。"

我说道："这有前车之鉴了，大家务必处处小心呀！"

这时，肖建环视四周问道："如果这里真有盗洞，那盗洞会在哪里？"

我指着那堆泥土说道："盗洞应该就在那里。"

# 第十七章　暗弩机关

马骝听我这样说，立即拿出工兵铲来，往手里吐了口口水，摩挲一下后叫道："斗爷，你说在那里就在那里，我马骝听你的，我来打头阵。"说着，就动手挖了起来。

我连忙对他说道："马骝，看着点儿，先把那具尸体给移开，不要乱来。"

马骝说道："这都死了那么久了，还管他干吗啊？随便挖走便是了。"

关灵对他说道："听斗爷的话，别乱来，要尊重死者。"

我对马骝厉声道："虽然是盗墓贼，但是也是一条人命，要尊重一下，别把自己弄得像个土匪一样。"

马骝点点头道："行行行，我知道你俩的意思，要尊重死者，尊重死者……我只是随便说说而已，我马骝也不是那种小人，这摸金前辈，给我们指了这么一条明路，咱们还是要尊重一下的。"

于是，我和马骝对着尸骨拜了拜，然后小心翼翼地把它移到山洞的角落里，并用泥土掩埋起来。干完这些后，我们两人开始对着那堆泥土奋力挖起来，挖着挖着，马骝突然停了下来，转过身来对一旁的米娜说道："米专家，你之前说的，如果我们挖盗洞，会给我们多加一万美元酬劳的，现在这样也是在挖盗洞，你不会耍赖吧？"

米娜笑了笑道："不会，你们放心挖吧。"

马骝竖起大拇指道："都说美国人热情大方，比得上我们中国，一点儿也不假。"

接下来，我和马骝再挖了几下，一个盗洞果然渐渐露了出来。众人为之振奋起来，我和马骝也加快了手中的速度，把落入盗洞里面的泥土也挖了出来。没用多久，一个可以容许一个人弯腰进去的盗洞终于完整地出现在大家面前。

从盗洞里飘来一阵阵腐味，混杂着泥土的气息，但并不刺鼻。可能在盗墓贼挖开盗洞的时候，那些千年墓气早已在当时被散发掉了。我打开手电筒，往洞里照了照。里面很黑，照不到尽头，估计到达墓室还有一段很长的距离。

我心想，那些盗墓贼为什么会选择在这里打盗洞进入陵墓呢？我对打盗洞这些不熟悉，也只是在书上面涉猎过，知道打盗洞是一门技术活，打得准的话很快就能进入墓里，打不准的话就会触碰机关，未进入陵墓就葬身洞里。很显然，眼前的盗洞是打准了的，那些盗墓贼也从里面盗取了宝物，只是不知道为什么最后会中毒身亡，葬身鬼岭。

这时，米娜走到盗洞前，突然将手里的一个东西扔进盗洞里。我以为她要投石问路，便问道："这是要干什么？"

只见她从背包里拿出一个仪器之类的东西，对我说道："这个东西叫空气测量器，可以测出洞内的空气值，以防出现意外。"

我知道米娜的意思，这好比我们点火把进洞，如果火把熄灭，那就证明空气中的氧气不足，要赶紧退回来，否则会因缺氧出现意外。

　　我忍不住笑道："你还真是有备而来啊，先是电子炸弹，现在又是这种高科技仪器。如果不知道你是个考古专家，还以为你是现代的摸金校尉呢！"

　　米娜似乎没听出我话里有话，笑笑道："我还有许多你们意想不到的东西呢，现在都是科技时代，有了电灯，谁还会用火把照明呢！"

　　我说道："有时候呀，火把比电灯更加有用呢！"

　　这时，米娜手中的仪器突然发出"嘟"的一声响声，好像是完成了工作，唐教授连忙问道："情况怎样？"

　　只见米娜点点头说道："空气值正常。"

　　马骝对她说道："你那东西一定要好使啊，千万别出什么差错，不然进去就出不来了。"

　　我瞪了他一眼，道："你这家伙，就不能说句吉利的话，赶紧吐口口水重新说一遍。"

　　马骝还真的照做，往地上吐了口口水，然后说道："斗爷，我也是实话实说而已，这高科技的东西，有时候也会骗人的呀……"

　　米娜用坚定的语气说道："大家放心，我这个仪器至今还没有出现过一次错误。"

　　这时候，唐教授摩挲着双手，笑笑道："那既然这样，我们也别在这儿候着了，赶紧进洞去看一下吧，也不知道里面有没有被盗墓贼给破坏了。"

　　马骝立即对唐教授做个请的手势，道："教授，请吧！"

　　唐教授尴尬一笑道："哎，这个嘛……还是由金先生带头吧，他毕竟在这方面比我有经验。"

我没有意见，说了声好，然后偷偷向马骝使了个眼色，对他说道："马骝，你来给大家殿后。"说完，我抓起工兵铲，戴好手电筒便钻了进去。马骝也明白我的意思，等唐教授他们全部进入盗洞后，他才最后一个钻进来。

我弯着腰，小心翼翼地往前移动，这盗洞也不算难走，但越往里走就越感到阵阵阴凉。走了没多久，前面突然出现了一个缺口，还有几块被弄破的墓砖，看来就要到达墓室了。

终于，我穿过缺口，进入了陵墓里。但出现在眼前的并非是陵墓的墓室，而是一条长长的墓道，墓道很宽，两边的墓壁上都画有壁画，画中都是一些日常生活内容，有人物、有动物、有房子，似乎把墓主人的一生都给描绘上去了，看起来栩栩如生。再看墓道的走向，分前后两边走向，用手电筒照过去，竟然两边都照不到尽头，乍看之下，有种摄人心魄的感觉。等大家都到了墓道后，都对眼前这条墓道露出了惊疑的表情。

关灵对我说道："斗爷，这看起来似乎不是很对劲儿，这盗洞竟然没有连接到墓室，而是到了墓道上，这会不会是个陷阱？"

我说道："陷阱倒是不像，不过这条墓道有没有机关，那就难说了。而且我觉得，我们如果进入这条墓道，会非常危险。"

关灵问道："怎么说？"

我摇摇头道："我也不清楚，但是直觉告诉我，这条墓道非常诡异，咱们要多加小心。"

这时，只见唐教授捡起地上的墓砖，仔细研究起来，然后咂咂嘴说道："这些墓砖上面都印有'人面纹'，是属于唐代的墓砖，但这种'人面纹'砖在唐代古墓中还是比较罕见的，真是值得好好研究研究呀！"说着，又举起手电筒去观看墓道上的壁画。

陈国平也拿起了一块墓砖看了看，接话道："教授说得没错，这就证明了这座古墓非常有研究价值。而且你看那些壁画，连绵不断，栩栩如生，真是令人大开眼界呀。"

唐教授点点头惊叹道："我从事考古工作几十年，发掘的唐代古墓也有不少，但说到壁画，估计没有一个能比得上这里的壁画那么丰富，你看那些人物，简直像活生生的唐人啊！"

我对唐教授说道："教授，这壁画虽好，但我觉得这墓道不怎么对劲儿，如果走进这条墓道，也许再也走不出来了。所以，我劝大家要不退出去，改天把大部队带来，再进行发掘研究吧。反正我们知道了陵墓的位置，也知道了进入陵墓的入口，再来也是一件很容易的事。"

马骝对我嚷道："斗爷，你还说我说话不吉利，你自己现在还不是一样？说什么进去后走不出来这些，多忌讳啊……"

我连忙骂道："你别在这儿嚷嚷打岔，我和教授说的是正经事。"

唐教授听我这样说，连忙把手中的墓砖放下，对我说道："金先生，虽说回去再来也可以，但是我们都已经脚踏陵墓了，再返回去会不会显得有点儿……"

我知道他想说什么，于是说道："这不是多余，也不是胆小怕事，只是我觉得，如果要进行挖掘研究的话，在有大部队的情况下进行才好，现在就我们几个人，可能应付不来这里的危险。"

肖建问道："金大哥，这里真的那么危险？"

我点点头说道："没错。"

穆小婷问道："金大哥，我们才刚刚进入陵墓的墓道，你是怎么

142

判断出危险的？"

我说道："不是我吓你们，这座陵墓的格局非常诡异奇特，那些盗墓贼能找到这座陵墓，而且能打盗洞进去，这可以说明他们非常厉害，但是他们打的盗洞竟然不是到达墓室，而是到达现在这条墓道，我想他们当初也感到非常疑惑。但是他们没有就此收手，而是继续盗墓，但像他们这样的高人最后也招来灭顶之灾，足以证明这座陵墓的凶险。如今我们就几个人，就能力来说，跟那些盗墓贼比，大家心里也清楚个高低。所以，为了大家的生命安全，我建议停止考察研究，打道回府，待他日择个黄道吉日，再进行保护性挖掘。"

唐教授皱了一下眉头，想了想说道："金先生，事到如今，我不妨告诉你，这次考古行动其实是秘密进行的，也就只有我一个人知道，就连米专家和国平他们也不知道。这次任务是上面下达的，不能虚张声势，要秘密进行，鉴于这座陵墓的规模，上面不可能派兵把手，万一泄露了消息，可能会招来各方面势力的争夺，到时候事情就会闹大了，秘密任务就无法展开了。"

我越听越怀疑，这考古怎么搞得跟盗墓一样神秘兮兮的？但关于考古方面，我不是很清楚，可能牵涉到许多东西，唐教授他们这次任务也许真的是一项机密任务。不过，我想这其中的秘密并非是找到这座陵墓，而是陵墓里面的宝贝。

于是我忍不住问道："教授，这次秘密任务估计并非只是找到陵墓那么简单吧？"

唐教授不假思索地点了点头道："没错，既然对你们说开了，也就没秘密可言了。根据我们的调查研究，这座陵墓有可能跟唐代的风水师杨筠松有关系，传说他有一件宝贝，叫作'玉龙杖'，也叫'赶龙鞭''赶龙杖'，我们这次考古的目的，就是要找到这个宝贝。"

我假装吃惊道："哦？为什么单单只寻这件宝物？"

唐教授说道："不管迷信不迷信，传说这件宝物很神奇，不仅能寻龙定阴阳，还能赶龙造乾坤，如落到不法分子手上，可能会有更多的古墓遭到破坏。因此，当我们发现那宝物有可能藏于鬼岭陵墓里的时候，上面就下达了这样的考古任务，任命我带队去秘密挖掘。这不，我能力有限，所以有求于多年的朋友关道长，不想青出于蓝，金先生和关小姐也有如此能力和法力，来助我一臂之力，真是万分感激呀！"

我和关灵对视了一眼，听唐教授这样说好像也合情合理。但看着眼前那条摄人心魄的墓道，我又犹豫了起来。我从来没有出现过像现在这样拿捏不定的感觉，这趟任务跟去寻找夜郎迷幻城不同，这不是我自己内心要去寻找宝藏，而是受人委托，身负重任在帮助别人，万一做不好，可能会连累他人丢了性命，到时一辈子都会感到内疚不安。

这时，唐教授似乎看出了我的心思，对我说道："金先生，正所谓命由天定，运由己生，我知道你忧虑什么，这项任务，我们可算是签了生死状的，说句难听的话，万一哪个出了事，其他人都不会有任何责任。所以，我们的命最后如何，你无须担心，虽然你们是我们请来相助的，但是并不是要保护我们不受损伤，而是破解重重困难，找到宝物，完成上面交代的任务。"

陈国平也帮口道："教授说得没错，金先生，我们的命掌握在自己手上，如果是因为要保护我们的安全，而不去完成任务的话，我们宁愿以死一博。我们做考古的，虽然经常被你们说是知识分子，不懂这，不懂那，但是冒险精神，我们还是有的。"

肖建和穆小婷似乎被两位教授的激情所传染，也一起点头道："没错，我们既然选择了，就不会后悔。"

看见他们说得如此激昂亢奋，我一时也不知道该说些什么。马骝看见这样，忍不住对我使了个眼色，然后说道："斗爷，人家都这样说了，你还需要顾虑什么呢？他们要找那个什么赶龙杖，那咱们就尽力帮他们找到好了，反正这墓里有没有这宝物，大家也不清楚。说不定，早就被盗墓贼给盗走了呢。如果就这样打道回府，岂不是被江湖人笑话？"

我能听懂马骝话里的意思，这陵墓那么大，估计宝贝多的是，到时要是偷偷顺走一两件，也不枉此趟远行了。要是现在就这样回去，也不知道那个米娜能不能兑现那几万块酬劳，确实会被笑话。

我看着关灵，征询她的意见。关灵对我说道："斗爷，我们既然答应了帮他们完成任务，如果现在回去的话，确实有点儿不妥。况且，大家都明白，也知道你的难处和忧虑，正如唐教授所说，命由天定，就算我们不干了，以他们的考古精神，也难保不会自己冒险闯进去找宝物。如果是这样的话，那我们就更加不安了。"

我点点头，深呼吸了一下，然后说道："好吧，既然如此，那我就在此搁下一句话，大家提高警惕，保护好自己，千万别走丢了。"

这时，一直没有说话的米娜突然举起手电筒打量着墓道，然后问我："金先生，那我们走哪一边进去呢？"

我拿出指南针来，想辨别一下方位，谁知那条针却不断摆动，竟然失灵无法定位。我又拿出定位器和手机等电子设备一看，果然，所有电子设备跟之前在迷魂林一样，都失去了作用。奇怪了，刚才进入盗洞的时候，米娜的那个空气测量电子器也能正常运作，为何进入墓里全部设备就失灵了？难道这里也有磁场干扰？应该是了，也只有大量的磁石存在，才会出现这样的失灵状况。这样看来，眼前这条墓道真的是凶险莫测。

大家也注意到这个情况，一个个脸上都挂着不安的神情。我把那些设备收好后，为了不失领队的尊严，只好指着前面的方向说道："既然无法靠设备辨别方位，那么我们只好遵循古人的做事方式，凡事都求个'顺'字，我们就顺着这墓道走吧！"

于是，大家跟着我往墓道前面走去。我虽然带了裹有松香的火把，但墓道里的空气只是有点儿混浊，也不觉得难受，便打消了点火把的念头。而随着我们走动，墓道两边的壁画连绵不断出现，令人感到惊讶的同时，也令人感到眼花缭乱，光线照到壁画上，有些鲜艳的色彩立即反射出刺眼的光芒，着实令人不敢细看。但经历过蓬莱仙墓里的机关，我生怕这墓道也同样有机关埋伏，便一边走一边拿工兵铲试探周围的情况。然而走了一段路后，周围都很安全，并未发现什么危险。

我心想，难道我的直觉不准？这条墓道一点儿危险都没有？又或者说，是因为盗墓贼早已光顾，所以机关已经被破？

刚想到这里，前面墓道的两侧突然出现了一排四方洞，那四方洞分上下两排，一共十二个，上面六个的位置刚好到普通人的胸口位置，而下面六个在小腿的位置。我心里一惊，心想果然有机关，于是连忙停下来，做了个停止的手势。

马骥探头过来问道："斗爷，怎么回事？"

我回答道："前面应该有机关，大家要注意点儿。"

唐教授问道："会是弓弩之类的机关吗？"

我摇摇头道："还不清楚，有可能是，你们看那两侧的四方洞，"我一边说，一边拿手电筒照过去，"一共有十二个，一边六个，分上下两边排列，不用说，肯定是藏着什么机关暗器。"

关灵忽然说道："斗爷，那几个盗墓贼如果来过，那他们是怎么躲开这些机关的？"

我想了一下后说道："这个，也许他们之间有高手，懂得如何避开或者破解这些机关。你想想，能找到陵墓并且进来这里，一般的盗墓贼可没这个能耐。"

米娜问道："那你可以破解这个机关吗？"

# 第十八章　镜像壁画

我说道："要想破解这样的机关，就要了解它是如何运作的，知道了原理，应该能破解。"我说得轻描淡写，但心里也没数。但是，想要破解这种暗藏的机关，确实要了解它是如何运作的才行，否则一切都是白搭。

开启这个机关的装置，我想应该是在脚下的砖块里面。于是，我试着往前走去，在接近那些四方洞的时候，脚下的砖块并没有要往下沉的迹象出现。难道机关不是在脚下？我拿手电筒往四方洞里照去，里面果然藏有类似箭头一样的锋利东西，应该是墓主人用来防盗的暗弩。

这下，我不敢再往前试探了，因为我猜到了触发机关的位置在哪里，应该是在中间的位置，人只要往那里一站，就会触动机关，两边十二个四方洞里的暗弩就会同时射出来，除非会飞，否则肯定逃不过这机关的上下夹击。

我把这个事说出来后，大家都一脸忧虑，马骝对我说道："斗爷，要不像之前那样，用弹弓把里面的机关装置给它打坏？"说着，把弹弓掏了出来。

我摇摇头道："这个不同，可能打不了，不过你可以试试看。"

马骝立即走上前来，对着四方洞打了几弹弓，但也没有什么情况发生。我对他说道："别费心机了，还是想想其他办法吧！"

米娜说道："既然知道了开启机关的位置在哪里，那我们跳过去就可以啦，这距离也不算很远。"

我摇摇头说道："这个使不得，你想到的，人家古人也想得到。保不准跳过去之后，又会踩到什么机关呢！"

唐教授问道："那如何是好呢？"

我一时也想不到什么办法，看了看身后的墓道，说道："这样，我们返回去，往另一边的墓道走走看，说不定，那几个盗墓贼走的就是另外一边。"

这个情况下，大家也只能同意我这个方法，往回走向另一边的墓道。果然，另一边走了很久，并没有碰到这样的机关。看来我的猜测没错，那几个盗墓贼走的应该是这一边。

走着走着，墓道突然发生了转向，斜斜向左边拐进去，同时在拐弯处出现了左右两条岔道。那两条岔道跟眼前的墓道同样的大小，也是很深，手电筒的光依然照不到尽头。

忽然，唐教授走进左边的岔道，盯着一幅壁画看了起来，大家看见这样，也跟着看过去。只见在左边的壁画上面，有一个老者拄着拐杖站在山顶上，前面是一片连绵起伏的群山，看样子似乎在登山望远。

陈国平看着壁画问道："教授，莫非此人就是杨筠松？"

唐教授点点头道："我想有可能是他。"

陈国平说道："那么说，他手里拄着的那根拐杖，就是传说中的赶龙杖？"

唐教授说道："我也没见过此物长什么模样，但如果画中人是杨筠松，那就很有可能会是赶龙杖。"

听到这里，我忽然想起什么，不禁怀疑道："教授，杨公墓不是在江西杨公坝吗？"

唐教授说道："江西杨公坝那个墓是后人为了纪念他而建造的，至于杨公真正的墓葬在哪里，至今依然是个谜。但是，据我们调查到的资料，这鬼岭里藏的那座陵墓，也就是现在我们身处的这座陵墓，有可能会跟杨公有关系，即使不是他真正的墓，也肯定跟他大有关系。"

这时，米娜拿出手机，对着壁画拍起照来。我连忙制止道："千万别用闪光灯！这里常年黑暗，如果有刺激的光源出现，可能会不好。"

唐教授也说道："没错，大家拍照的时候，记住别用闪光灯。有些物种由于常年生活在黑暗中，对强光非常敏感。"

这时，关灵突然惊叫道："你们看这边的壁画，跟左边的一模一样呀！"

大家听关灵这样一说，连忙把手电筒照向墓道右边的壁画上，果然，那里的壁画完全是左边壁画的镜像。我们把手电筒往里面照看了一下，这才发现岔道的左右两边的壁画竟然都是形成了如镜像般的奇异景象。再看右边的岔道，里面的壁画同样是镜像的情况。

唐教授露出一脸的痴迷道："这壁画实在太令人惊讶了……真的不可思议……不可思议……"

我对他说道："教授，这些壁画不会跑的，咱们先把那个宝贝找到，到时会有机会让你好好研究研究这些壁画的。"

关灵问道："斗爷，那我们走哪条道？"

我说道："先别管那岔道，按照原来那条走。"

于是，大家离开岔道，继续往前走，所幸一路走来，都没有发现什么机关陷阱。又走了一阵，前面突然又出现了两条岔道，在岔道两边，依然画满了各种各样的壁画，而内容竟然跟之前的岔道一模一样，左右两边的壁画同样是镜像内容。

我从书中也了解过许多古墓的结构，但眼前这座陵墓的结构也算是我见过最奇特诡异的一座，单从眼前的墓道来看，就让人觉得与众不同，更别说那些奇异的壁画现象了。但如此深的墓道，到底会通向哪里呢？

接下来，我们又往前走了一段路。我计算着步伐，大约走了一百步，就会出现两条岔道。毫无疑问，那两条岔道跟之前的相同，同样两边都有壁画，同样是镜像内容。

唐教授用手抚摩那些壁画，皱着眉头叫道："怪了怪了……怎么会这样？怎么连续几个地方都相同的呢？"

陈国平说道："这真的是很奇怪呀，这在唐代的古墓中，从未出现过这样的情景。这墓主人到底是谁呢？怎么会有这样的爱好？"

穆小婷问道："教授，会不会只是装饰用，而非另含其他意义？"

唐教授摇摇头道："这个我也不清楚。唐代壁画是很有价值的，内容丰富，大多数都是表现了墓主人生前的情况。而这里的壁画，确实让人想不明白。"

唐代壁画虽然是珍宝，但是我对它们不感兴趣，便对他们催促了一声，继续往前走去。墓道看似非常平静，无机关也无陷阱，空气也流通，令人不免有点儿放松警惕。但这样的景象是我最为担心的，通常这就是所谓的暴风雨前的平静，这座诡异的陵墓肯定藏有令人意想不到的危险。

果然，大家又走了大约一百步，再次出现了两条相同的岔道，简直就像复制过来一样。这一次，唐教授他们才意识到这条墓道的诡异，纷纷露出了惊异的表情。

陈国平摸着壁画叫道："教授，这么奇异的现象该怎么解释？"

唐教授摇摇头，没有说话。从他的表情来看，也知道他无法回答陈国平这个问题。马骝上前一步说道："管他画了什么，我们的目的又不在此，赶紧走吧！"

我也对他们说道："这墓道还没有走到尽头，后面说不定还会出现这样的情况。"

这次真的被我猜中了，接下来的岔道都跟之前的一模一样，直到走过第七对岔道后，这条墓道才出现了转弯，但好像是无穷无尽一样，转弯之后，又是一条看不到尽头的墓道。这下，真的是令人感到头疼，这座陵墓到底有多大呀？

这时，米娜忽然说道："哎，大家有没有发觉，我们好像走了那么久，却连墓室的影子都没看到。"

马骝说道："这还用问，一看就知道这陵墓大啦，说不定墓室就是在大山的中间，我们现在只是在边上走而已。"

穆小婷嘀咕道："那如果是这样的话，什么时候才能走到大山的中间……"

肖建拉了拉她的衫袖，用安慰的口吻说道："别担心，这墓道又没机关陷阱，肯定很快就能找到墓室的。"

我说道："肖建说得没错，这墓道看起来虽然长，但总会走完的。

也许如马骝所说，我们只是在边上走而已，再花点儿时间吧，肯定能到达目的地。"

我说是这样说，其实心里也没底，从走过的墓道来看，似乎并非马骝所说的那样，但是为什么走了那么久，也没碰到过一间墓室呢？这个问题的确令人费解。接下来，大家继续往前寻找墓室。

突然，墓道发生了变化，原本还是直直的，却突然变成七弯八拐的，转了几下后，已经令人分不清东南西北了。在拐完弯道后，前面又突然冒出来一条直直的墓道。沿着墓道往前走，却没想到百步之后又出现了相同的岔道和镜像壁画，这似乎形成了一个规律，每走一百步左右，就会出现两条这样的岔道，好像是在兜圈子。

这时，关灵突然神色紧张地对我说道："斗爷，你有没有觉得，我们好像走进了一个阵里？"

我微微吃了一惊，看来不只是我觉得这样的墓道是一个阵，便问道："你也有这种感觉？"

关灵点点头道："嗯，我想那些镜像壁画，是用来迷惑入侵者用的，因为就算你从其中一条岔道走过，你也不清楚自己走的是第几条。"

唐教授也意识到什么，慌忙问道："但是，如果这真的是一个阵，那会是什么阵？又是八卦迷魂阵吗？"

我摇摇头说道："这个不像是八卦阵，从刚才走过的墓道来看，我觉得我们有可能走进了一个迷宫阵。我也觉得奇怪，除了开始碰到的那个十二洞暗弩机关外，我们在墓道走了那么久，竟然没再碰到过机关，走得非常顺利。现在看来，不是这墓道没有机关，而是它本身就是一个庞大的机关。"

大家听我这样一说，顿时陷入了忧虑之中，一个个你看我、我看你，都不知道该怎么办。

我对他们说道："我们已经进山两天了，所带干粮和水都有限，万一在这墓道里走不出去，那就玩儿完了。所以，我提议退回去，再作打算。"说着，我看向唐教授，问他，"教授，你觉得如何？"

听我再次提出退回去，唐教授的表情明显有点儿为难，苦笑了一下道："这个，也许只是墓道多而令人觉得像迷宫阵而已，要不再往前走走，如果真的发现有问题，大家再退回来吧。嗯，你们觉得怎样？"

看见唐教授那不死心的样子，我在心里忍不住骂道：你这个老糊涂，你这不是考古精神，而是不知死活。骂归骂，但我嘴上还是很客气地说道："教授，恐怕再这样走下去，只会越陷越深呀。这样吧，要不我们举手表态，同意退回去的请举手。"

关灵第一个举起了手："我同意斗爷的话，先退出去，再作打算吧！"

穆小婷看了看肖建，又看了看唐教授，然后也慢慢举起手说道："金大哥的话很有道理，经历了那个迷魂林，我想这里的迷宫阵会更加可怕……"

肖建看见穆小婷举手同意，他也跟着举起手来。我看了一下唐教授，只见他瞪圆了眼，盯着穆小婷和肖建，虽然没有说话，但表情已经是在骂人了。

我看向马骝，瞪了他一眼，马骝有点儿不想举手的意思，对我说道："斗爷，这千辛万苦进来，就这样退出去，你真的甘心吗？"

我对他骂道："别废话，我的意思难道你还不懂吗？"

马骝被我这样一骂，似乎瞬间明白过来一样，乖乖举起手来。现在只剩下米娜、陈国平和唐教授三人没举手，但我想他们也懂少数服从多数的道理。

唐教授看了一眼米娜，叹了口气道："好吧，既然你们都同意退出去，那我再坚持就显得不好了。对了，米专家，你有什么意见没有？"

米娜轻轻摇了摇头，看着我说道："我在想，既然这个是迷宫阵，那么金先生没有办法破解它吗？为何要惧怕，选择退出去呢？如果到时重来一次，我们还不是要面对这样的墓道吗？"

我耸了耸肩道："我不是惧怕，只是为了大家的安全着想。想要破解这个迷宫阵，并非易事，如果深陷进去，到时脱不了身，而吃喝又成了问题，那神仙下凡也救不了咱们。米专家，你又不是没有经历过那个迷魂林，如果不是我偶然发现了其中的规律，我想现在大家都还在树林里寻找出路呢，后果如何，我相信你能想象得到吧！"

这时，唐教授看着肖建和穆小婷，忽然语气严肃起来，道："你们两个到底是不是我的学生？怎么一点儿考古精神都没有？在困难和挫折面前，要无所畏惧，一往直前，如此胆小怕事，怎么从事考古工作？"

我看见肖建和穆小婷被说得低下头，举起的手也慢慢放了下来，于是我连忙对唐教授说道："教授，你别说他们，他们只是看清了形势，同意我的建议而已。你说他们胆小怕事，恐怕是指桑骂槐吧？难道在生命和考古之间，我们要舍命去完成任务吗？难道这就是新时代的考古精神吗？"

唐教授笑笑道："金先生，我并无其他意思，我只是训导我的学生而已，并无指桑骂槐的意思，你别误会了。金先生，刚才米专家说得没错，到时重来一次，我们还是要面对这样的墓道，我知道你身怀藏龙之术，难道区区一个墓道阵法，就不能破解吗？"

这语气听起来令人很不舒服，似乎在讽刺我一样，心想你这老家伙真是不知死活,那就干脆让你们自己去找算了。刚想说话,关灵却突然站出来说道:"唐教授,我们虽然懂点儿法术,但是如果仅仅是为了完成上级的任务,而把大家的安全放在一边,到时候要是有无谓的牺牲,我想你们的上级也难辞其咎吧?到时候闹出什么风波来,恐怕您老人家晚节不保啊!"

唐教授尴尬了一下,似乎不知怎么反驳。但从他的眼神可以看出,他是很不同意退回去的。他看了看身边的陈国平,又看了看米娜,好像是在寻求他们的支持,但两人也似乎不知道该怎么做。

我之所以提出返回去,第一点是因为这墓道确实诡异,如果真的是一个迷宫阵,我生怕仅凭自己的能力很难对付。虽然我有《藏龙诀》在身,但是也不保证其中有口诀能破解这个大机关。第二点,我同时也是在试探唐教授他们,从挖盗洞开始,我就觉得他们有事瞒着我们,虽然后来对我说明了这是一项秘密任务,目的是找到传说中的赶龙杖。但作为一个考古专家,功利性未免太强了,而且很少考虑到其他人的安全。从刚才的举手表决来看,我就觉得他们并非只是完成任务那么简单,有可能这当中还存在另一个真相。

# 第十九章　墓道迷宫

大家沉默了片刻，我对关灵和马骝说道："我们走吧，唐教授他们要是想留下来，那就留下来好了。我们的命比较贵，那几万块酬劳也算不了什么，大不了我也不要了。"

马骝这次也同意道："就是，找到宝贝又如何，没命花呀！区区几万块美元而已，斗爷不要，我马骝也不要。我们三人走吧，他们要去要留，悉听尊便。"说完，转身就往回走。

我和关灵对视了一眼，也转身而走。唐教授看见这样，似乎有点儿惧怕了，连忙说道："金先生，请等一等，我可能是对这任务比较上心，一时闹了些不愉快，是我的不对。既然这样，那大家别再多说了，既然一起来，那就一起回去吧！"

听见这样，我停下脚步，转过身来，刚想说句什么，忽然看见米娜对唐教授使了个眼色，似乎有话要说，但唐教授对她摇了摇头，然后带着队员们追上我们。

我说道："教授，我也只是为大家着想而已，也没有说不帮助你们完成任务。我金北斗曾经答应过你们，一定会帮你们完成任务，找到赶龙杖。我说话算话，你们大可放心。"

唐教授笑了笑，一连说了几个"是"。由于知道刚才走过的墓道并没有机关，于是大家加快了脚步，在走完了那些岔道后，理应很快就会到达盗洞口的，但是却一直没有到。感觉已经往回走了半个小时了，但眼前还是一条深不见底的墓道。这个时候，大家都知道情况有点儿不对劲儿了。

马骝吐了口口水叫道："怎么回事？我们是不是走错路了？怎么那么久也走不回去？"

关灵皱起眉头说道："我们好像走不出去了！"

穆小婷一听，立即惊叫起来："啊！不会吧，我们不是照着之前的路往回走的吗？"

我也意识到问题的严重性，说道："没错，我们确实是按照原来的路走，但是不知道哪里出了问题，我们好像走着走着，无意中被绕了进去一样。"

唐教授问道："这么说，我们已经被迷宫阵困住了？"

我点点头道："可以这么说。"

米娜苦笑一下，语气有点儿不爽道："哟，现在好了，想出去估计也困难了。当初要是不走，继续走下去多好，还不用浪费那么多体力呢……"

这时，肖建好像突然想起了什么，一拍大腿叫道："我去！我们碰到的会不会就是传说中的幽灵冢？"

陈国平立即厉声训斥道："什么幽灵冢？别胡说八道，不能信奉这些。所谓的幽灵冢，是指衣冠冢，并不是什么幽灵作祟，什么幽灵鬼怪，根本就是无稽之谈。"

肖建被训得低下了头，不敢再说话。出现这种情况，也很难令人不往幽灵那方面去想，因为除了这个，谁也想不到一个合理的解释。

马骝说道："有些事情可别不信，这千年古墓，谁敢保证不会有幽灵存在？不过也是的，这墓主人怎么老是爱玩这些，先是迷魂林，接着是那些陷坑，现在又出来一个墓道迷宫阵，这陵墓里到底藏了什么惊世之宝啊？竟然到处是陷阱……"

唐教授说道："能设下这样的陷阱，我看只有杨公有这本事了，说不定这座陵墓就是他老人家的。如果被证实了，那将会是一起震惊考古界的大事啊！"

就在他们你一句我一句讨论的时候，我在脑海里仔细分析起这事来，回想之前走过的路，我很肯定没有走错。因为从一开始，我都坚持没走岔道，而是沿着眼前的墓道一直走。刚才走回来的时候，我们也经过那些岔道，也看到过那些壁画，但是走到最后一条岔道，稍微拐个弯后，原本会看见盗洞洞口的墓道，但却似乎变成了另外一条墓道。这到底是哪里出了错呢？

接下来，我们又试着往回走了一次，结果还是没有发现哪里出了错，还是绕了回来。这情况实在是太诡异了，看来我当初的感觉是没错的，这墓道的机关真的非同小可，本来想趁还没深陷进去，提出返回去，却没想到早已进入了迷宫阵中，这真的完全超出了我的想象。如今想走出墓道，看来只能从岔道入手了。但是这样一来，肯定会令路况更加复杂。因为所有的迷宫阵都有一个特点，如果走的路越多，就越会被绕进去，就越难走出困境。

这时，关灵忽然问我："斗爷，关于迷宫阵，你了解吗？"

我说道："也不是很了解，但是迷宫阵应该也是利用了五行八卦、奇门遁甲这些，才如此厉害的吧！"

关灵点点头道："没错，我也觉得是这样。那我们只要把其中的规律找出来，说不定就应该能找到出路。就不知道，那几个盗墓贼当时是如何面对这些墓道的。"

这个问题我也想不明白，但从那个阴阳葫芦来分析，他们肯定是进到了墓室，所以才带出来了张许才捡到的那个铜箱子。也许，他们当中真的有一位盗墓高手，可以破解这个迷宫阵，进入墓室之中。但是话又说回来，他们既然盗得铜箱子，为何没有找到传说中的赶龙杖？是找不到，还是压根儿就没有这东西？又或者是另有原因？

这时，马骠忽然想起什么，对我说道："斗爷，我们像之前破解迷魂林那个八卦阵一样，沿路做些记号，不就可以走出去了吗？"

我摇摇头道："这个墓道迷宫阵有多大，我们一点儿也不清楚，而且周围也无任何参照物，单凭做记号，估计行不通。而如果想要找到其中的规律，恐怕要把每条岔道都走一遍了，但这样一来，无疑更加危险。"

马骠挠了挠脑袋，往地上吐了口口水叫道："那怎么办？哎呀，我最怕碰到这些伤脑筋的事，要是碰到个怪物，我还没那么愁呢……"

唐教授的表情也显得有点儿焦急，看着我问道："金先生，那现在该如何是好呢？"

我说道："现在唯一的办法，就是选一条岔道走，看看能不能找到出路。"

现在这种情况，大家也别无他法，只好跟在我后面，随便选了一条岔道走了进去。岔道跟主道一样，走了一段路，也没有发现什么暗弩等机关，其实根本用不到这些机关陷阱，单凭这样在墓道里兜来兜去就已经够难受的了。因为每走一百步左右，就会出现另一条岔道和镜像壁画，壁画的内容也跟之前的全部相同。起初我还不知道设计者这样做是什么意思，但现在总算明白过来了，在相同的环境下，镜像内容会更加扰乱和迷惑入侵者的思维，从而把入侵者困死在墓道里。

我曾经在网上看过一个这样的迷宫阵，那就是在迷宫通道里挂满了镜子，人一旦走进迷宫阵里，身体就会经过镜面的多重反射，形成无数镜像，令人眼花缭乱，分不清哪里是镜面，哪里是通道，从而使人迷失。这种迷宫被叫作镜子迷宫。据说，在古代如果出现这样的镜子迷宫阵，甚至可以用来抵挡百万大军。而眼前这个墓道迷宫虽然放的不是镜子，但跟镜子迷宫没两样，岔道上的镜像壁画就相当于镜子一样，令人眼花缭乱，产生错觉。

为了记下这些墓道的方向，我一边走，一边拿出记事簿来记录。唐教授他们也有样学样，都拿出记事簿，把走过的路线一一记录下来。也不知走了多少条岔道，大家始终绕了回来，困在墓道里，无法走出困境，照这样下去，逃生的希望真的是非常渺茫。再尝试着又走了两条墓道，大家已经累得筋疲力尽了，便找了个地方靠着墓道稍作休息，拿出干粮和水来补充一下体力。

关灵喝了口水后问我："斗爷，走了那么久，对这个迷宫阵感觉如何？"

我说道："你看我记的路线，这复杂程度完全超出了我的想象，比仙龙乡那个鬼仙道还要复杂。"说着，我把手中的记事簿递给关灵。

我的话并没有夸大的成分，记事簿上的路线纵横交错，犹如蛛网般复杂，而我画的地方只是其中一小部分，就把我们几个绕得团团转，相信要把整个迷宫阵画下来，估计完全没有可能。因为不可能有走完整个迷宫阵的这一天，我们刚才走了那么久，已经够难受了，要是在迷宫阵内消耗个几天，而又断了补给的话，必然会死掉。

关灵一边看着记事簿，一边说道："这就是我们刚才走过的地方呀……真的是太令人吃惊了，如果照这样走，估计永远也走不出去。"

马骝摇了摇头，一屁股坐在地上，绝望般道："唉，该不会这里就是我猴爷的葬身之地吧……"

我拍了一下他的肩膀，道："别灰心，振作起来，咱们都是命大之人，千年鬼虫都没咬死咱们，区区一个迷宫阵就想收了我们？"

马骝苦笑一下道："斗爷，我可没你那么乐观呀，你说跟怪物打，被怪物打死了还说得过去，现在是活生生被困在这里困死了，那叫一个冤呀……"

我喝了口水道："不向命运低头，这是我金北斗做人的原则。要是真的被困死在这里，那我无话可说，但是在被困死之前，我肯定不会那么容易向命运低头的。"

马骝点点头，咬咬牙道："斗爷，你说得有道理，不向命运低头，不向挫折屈服！"

这时，唐教授对我说道："金先生，按照这样下去，我们不得不向命运低头啊，这干粮和水最多只能支持三五天，到时要是还找不到出路的话，后果……"唐教授说到这里停了下来，好像想不到该用什么词来形容这个后果。

我说道："教授，你之前不是说什么命由天定运由己生吗？既然这样，又为何惧怕走不出去呢？"

唐教授听出我的语气带有一丝讽刺，似乎有点儿生气，但还是忍住，死要面子道："唉，你看我这副老骨头，也算是一只脚踏进鬼门关的人了，有何惧怕？我不放心的是那两个孩子，才二十出头，正是大好青春的时候，对考古、对历史又非常热爱，如果有个不测，怎么向他们的家人交代呀，又怎么向国家交代呀……"说完，看了一眼肖建和穆小婷，然后长长叹了一口气。

我心想：这个时候才考虑到别人的安全，未免太迟了吧。而且听这老家伙的语气，说得好像是那么一回事，但是我觉得这只是应付我的言辞而已，并非出自真心。不过，我还是表现出很自然的表情对他说道："教授不愧是教授，他们两个作为你的学生，也算是非常有福气了。既然这样，那为了这两个未来的国家栋梁，我无论如何也要找到出路啊！"

唐教授立即对我抱了抱拳道："那我们一干人等，就交托在斗爷手上了。"

休息了一阵，大家再次出发。可能是地方比较大，空气流通，所以大家也没有出现呼吸不畅的情况。虽然墓道好走，空气也没有问题，但是这样无休止地兜来兜去，确实让人感到头昏脑涨，甚至开始怀疑人生。

不知不觉，我们已经在这墓道里走了很长时间了，依然无法走出困境，直到困意袭来，大家这才又停了下来，找了个地方休息。我掏出手机想看看时间，这才想起这些电子设备都失灵了，但凭感觉，现在应该是夜晚了。大家走了一整天，也都困了。于是，大家就这样席地而睡，等明天起来再继续寻找出路了。

穆小婷忽然说道："这怎么睡呀……会不会有什么危险？"

陈国平说道："大家都是这样睡，怕什么？以前我们干活累了，也是在坟地里睡觉，你们这一代历练太少了，做考古工作，必须要把胆子练大，这样才能干出成绩来。"

听到陈国平这样训自己，穆小婷只好尴尬地"哦"了一声。一旁的肖建看见这样，连忙安慰她道："没事的，陈教授说得对，就当是练练胆子。而且，这墓道我们都走了好几遍了，也不见有什么危险。好好睡吧，我在你身边，会保护你的。"

马骝打趣道："很难说哦，小姑娘，你长得那么漂亮，万一墓主人半夜起来方便，看中了你的美色，哈哈，那就凶多吉少呀！"

我连忙伸出脚去踢了他一下，骂道："你这家伙，都什么时候了，还这么吓唬人，就不能说点儿好听的？"

马骝笑道："哎呀，难道还要来个睡前故事呀？我这不是因为大家都累了，又在这样的地方睡觉，活跃一下气氛嘛。大家没那么紧张了，也就可以睡个好觉呀！"

关灵说道："有你这样活跃气氛的吗？你这是在活跃什么气氛？恐怖气氛啊？还不如说个烂笑话来听听呢。要不，把你那些不开心的情史说出来，让大家开心开心呗！"

马骝哈哈笑了几声，说道："大小姐你真是会开玩笑，要是说我猴爷的情史，恐怕三天三夜也说不完啊。简单一点儿，要不我跟你说说我们斗爷的情史吧，哈哈哈哈……"说完，又笑了起来，笑声在墓道里显得非常诡异。

我连忙叫道："有什么好笑的？赶紧闭嘴！"

关灵却好像来劲儿了一样，说道："不是哦，我倒是想听听呢！"

我又踢了马骝一脚，警告道："马骝，你胆敢泄露半句，我就让你半夜变成公公，你信不信？"

我的话令穆小婷他们都笑出声来。马骝自己也捂着嘴笑道："哪敢不信啊……关大小姐，等出去后，我再爆料给你听吧。好了，现在是睡觉时间，所谓食不言寝不语，大家闭上眼的同时，把嘴也闭了吧！"

　　我对大家说道："好了，大家放心睡吧，比起外面的原始森林，这里应该会安全很多。等睡饱了，养好精神，明天再继续战斗。"

　　大家真的走累了，躺下后不久，便传来阵阵鼾声。我躺在地上，看着墓道上的壁画，思绪万千，虽然也感到很困，但是却一点儿睡意也没有。趁着这个时候，我在脑海里过了一遍《藏龙诀》，试图从中寻找出能破解这个墓道迷宫的方法。虽然《藏龙诀》对破解机关有一套方法，但对于现在这个墓道迷宫似乎用不上。不过，在第二部分关于藏宝秘诀里面，我还是找到了这样一句口诀：阴阳反背，乾坤倒置，数往者顺，知来者逆。

　　虽然这句口诀没有直接指出迷宫阵的破解之法，但是有设计之术，如果换位思考，站在设计者的角度去想，会不会就可能破解其中的奥秘呢？我想起关谷山曾经说过的一段话：法自术起，机由心生，机关微小，却"牵一发而动全身"。但凡藏龙者，必设下机关阵法，大局者，能设几千里，凡人只能窥见一斑，而不能识全貌。小局者，也能设几十里，即观全貌，也难窥探其中奥秘。此乃藏龙之术也。

　　而眼前这个墓道迷宫，应该就是所谓的藏龙大局了，因为任你怎么走，怎么绕，都不能识其全貌。而《藏龙诀》里面那句口诀，似乎说的就是藏龙大局的意思。我闭上眼睛，想悟懂这口诀的具体含义，也试图根据现有的路线来找出走出迷宫阵的活路。就这样想呀想，一直到下半夜，我才抵不住困倦，在迷迷糊糊中睡去。

　　蒙蒙眬眬中，一阵奇怪的脚步声突然响起。我睡得比较浅，一下子就被惊醒过来。我微微睁开眼睛，竖起耳朵仔细倾听声音的来源，发现是来自身边不远处的地方。这似乎说明，有人醒来行动了。

难道是半夜起来方便？我在心里这样想。等脚步声稍微远了一些后，我慢慢转过身来。当初为了安全起见，我们在睡觉前，都在两端亮起了一支手电筒，以防万一。而现在，那边的手电筒已经被人拿走了，此人正蹑手蹑脚地往前走去，从背影来看，好像是唐教授。

# 第二十章　迷　失

昏暗的光亮下，只见那人走到一条岔道，然后闪身进去不见了。我连忙坐起来，检查了一下周围的人，果然不见了唐教授。我在心里嘀咕起来，他要去干吗？难道是梦游？或者……有可能是老人家身体不好，起来方便而已，我这样跟自己说，然后又重新睡了下来。

但过了很久，也不见唐教授回来，如果只是方便，理应不会那么长时间的，难道出了什么事？要是在这墓道出了事，那就非同小可了。我越想越不对劲儿，再次爬起身来，拿着手电筒悄悄走了过去。

来到岔道的时候，竟然没有发现唐教授的身影。怪了，明明看见他进来这里的，怎么会不见了呢？难道走远了？我沿着岔道一路寻找过去，竟然整条岔道走完后也没有看见唐教授。这老家伙到底去了哪里？难道他不知道一个人在这迷宫里行走有多危险吗？

我在心里骂了起来，但还是一横心，继续往前走去。走过岔道，我用手电筒照了照两边，依然没有唐教授的身影。唐教授是带了手电筒的，要是他人在墓道里，应该会看见光线，但现在墓道两边都黑漆漆的，没有半点儿光存在。这下，我也不知道该走哪一边去找他了，而且这样贸然一个人行动，别说找不到人，连自己都会分分钟走丢。

于是，我急忙折返回来，把全部人都叫醒，大家一听我说唐教授不见了，惺忪的眼睛瞬间变得惊慌起来。关灵问我："你是怎么发现他不见了的？"

我说道："我看见他起来了，起初以为是老人家半夜起来方便，谁知等了很久也不见他回来，于是我就跟了过去，结果走完了一条岔道，都没有发现他人。"

马骝搓了搓眼睛，一脸不爽道："这老家伙搞什么鬼呀？一个人在这迷宫里行走，难道不知道危险吗？真是寿星公吊颈——嫌命长啊……"

米娜忽然问道："金先生，你看唐教授的样子，会是梦游状态吗？"

我摇摇头道："我也没看清楚，说不定还真是梦游。"

米娜皱起了眉头，一脸担忧道："要是梦游的话，那就麻烦了……他这样一个老人，独自在迷宫里行走，肯定会迷失的……"

关灵问道："那……如果不是梦游呢？会不会去干点儿什么私事？"

米娜看了一眼关灵，说道："这三更半夜的，有什么私事要干？"

关灵耸耸肩道："我也不清楚，不过看他之前的情况，好像有许多事情瞒着咱们。之前要不是斗爷说离开，日后再来挖掘，我们还不知道他要来找'赶龙杖'这个宝贝呢。所以呀，他这次单独离开，说不定不是梦游，而是有事要干呢！"

米娜听关灵这样一说，脸色忽然变了变，但很快就恢复了原来的样子。即使现场不是很亮，但这一下还是没能逃过我的眼睛，因为在关灵说话的同时，我已经在偷偷观察米娜的表情，果然被我捕捉到她那一丝不安的神情。我在想，米娜为何会听了关灵这番话而感到不安呢？

这时，只听见陈国平说道："唐教授都是一个上了年纪的人了，这半夜起来去干事，恐怕没这个可能吧。而且，他是个理性的人，不会如此鲁莽行事的。"

肖建也附和道："对，唐教授这么经验老到的一个人，做事肯定会有分寸的。"

穆小婷紧张道："我们在这里猜测也没用，现在该怎么办？"

马骝叫道："能怎么办？肯定要去把他找回来啊！让他一个人在这里瞎逛，等于自杀。"

我点点头道："嗯，没错，大家打起精神来，去把唐教授给找回来吧！"

于是大家收拾好东西，往唐教授走失的地方寻找过去。我们大声呼叫了几声，如果唐教授在最近的几条墓道里，肯定能听见我们的呼叫，但是除了回声外，没有任何回应。从时间来判断，唐教授不可能会走那么远的。

来到新的岔道口，我们选择往左边那条走去，走完岔道，往另外一边拐过去的时候，前面突然出现了亮光。大家急忙跑了过去，只见有一支手电筒掉落在地上，旁边还有个人睡在那里，仔细一看，原来是唐教授。大家连忙跑过去扶起他，只见唐教授脸色苍白，不省人事。

大家七手八脚地好不容易才把唐教授弄醒，询问到底发生了什么事。唐教授醒来后一脸糊涂和惊讶的样子，突然，他好像想起了什么事，指着我骂了起来："你你你……你这个人，我唐天生哪里得罪你了？竟然下毒手害我……"说着，忽然又指了指其他人，叫道，"还有你们，一个个都心怀鬼胎，嫌我这个老家伙是个累赘吗？扔下我不管……"

我被他骂得一头雾水，大家也被唐教授这番话骂得一脸糊涂，真是丈二和尚——摸不着头脑。我连忙解释道："我没有做过任何对不起你老人家的事，我也不知道你在胡说什么……"

关灵连忙俯下身问道："教授，是不是有什么误会？你有没有梦游的习惯？"

唐教授稍微平复下心情后摇了摇头道："没有，我的身体一直很好，从来没有梦游症状。"

我伸手拉开关灵，对唐教授质问道："唐教授，你刚才说是我下毒手害你？那你详细说说，我金北斗是怎么下的毒手？！怎么害的你？！今天你要是说不出个一二三来，就别怪我金北斗不客气了。"

关灵看见我说出气话，拉了拉我的手道："别这么气，教授也许是碰见什么东西，一时精神错乱而已。"

我说道："能不气吗？我金北斗什么都不怕，就怕被人冤枉。"

唐教授斜着眼睛看向我，一脸怒气道："哼！我没有精神错乱，我清醒得很！那好，我就跟你详细说说。刚才我因为人有三急，起来方便，便走到不远的那条墓道里，结果刚方便完，就看见你们全部人都走在墓道里，我心想，你们不是在睡觉吗？怎么会突然出现在这里？于是上前问你们，谁知道你……你……"唐教授咳嗽了两声，指着我叫道，"谁知道你一把将我推开，还踢了我两脚，我痛叫起来，但你们几个完全不理不睬的样子，任由我被他欺负，我这副老骨头哪里经得住他的打？没两下就把我给打晕过去了……"

陈国平一脸无辜的样子说道："教授，我们刚才一直在睡觉，压根儿没有离开过啊！"

米娜也说道："没错，我们找了你很久，才找到这里，看见你晕倒在地上。"

唐教授半信半疑道："那……那你们怎么会出现在这里？"

陈国平说道："要不是金先生发现你不见了，叫我们起来，我们还不知道你晕在这里呢！"说到这里，陈国平突然一变脸色，惊恐地看着我说道，"你之前好像说过，你看见教授他走开了，然后你起来跟了过去……"

我知道他想说什么，连忙制止道："我呸！你是想说，我跟过去之后，把教授给打晕了？我金北斗行得正，坐得直，我和教授无冤无仇，请问我打他干吗？"

马骝说道："我屌，斗爷想打人，还需要用如此下三烂的手段吗？分分钟把你们一窝端了都可以。"

我瞪着马骝，问道："你大爷的，你这是帮我，还是害我？"

马骝一脸认真的表情叫道："我当然是帮你啊斗爷，我这不是打个比喻嘛，我们行走江湖这么多年，从没有害人之心，怎么可能会对一个老人下手呢……话说，老教授你不会是尿到了肮脏的地方，撞鬼了吧？"

唐教授晃了晃脑袋，喝了口水，绷紧的脸开始慢慢松缓下来，似乎觉得自己刚才的举动有点儿失礼，连忙变了语气道："唉……我也不知道怎么回事，但我很清楚，我不是梦游，也并非老糊涂，我的思维是清晰的，我真的看见你们在前面的墓道里走。我当时还以为自己没睡醒，看错了，就掐了一下大腿，疼的，这证明我看到的是实情。我当时就想不明白，你们为什么会半夜突然出发了……"

我想，如果唐教授说的是假的，那么用梦游就可以解释清楚。但如果说的是真的呢？那又用什么来解释？幻觉？抑或其他东西？

一想起"幻觉"这个东西，我浑身立即起满了鸡皮疙瘩，忍不住举起手电筒照看了一下墓道。在迷幻城和蓬莱仙墓的时候，我们都经历了那些令人毛骨悚然的幻觉，如今我们身处的地方是诡异的陵墓墓道，难保没有这些奇奇怪怪的事情发生。

我也压住心中的火气，对唐教授说道："教授，别说我没打过你，要不是我醒了，发现你失踪了，你有可能现在还晕倒在这地上。你仔细回想一下，你觉得你碰到的那些人，真的是我们几个吗？我为什么会突然打你？其他人又为什么会不理睬你？好吧，就算我发了疯，打了你，但是其他人呢？没可能全部人都发了疯吧？在大家都不正常的时候，就你一个正常，你做了考古那么多年，你不觉得这当中有问题吗？"

我一连几个问题，把唐教授问得低下了头，似乎在回想自己刚才碰到的那情况到底是怎么一回事。

关灵也说道："教授，你也别怪斗爷他生气，你刚才这样指着他骂，让大家都以为他去找你的时候，真的对你下了毒手。这一路过来，斗爷他是怎么对待大家的，相信大家也有目共睹吧！"

马骝咳嗽了一下，道："就是，斗爷打你干吗？没有任何动机啊？你说要是你有值钱的东西，他打你是……"

我听马骝这样一说，连忙一脚踢过去，骂道："你大爷的，有你这样说话的吗？是不是脑子跟屁股调换了位置？"

马骝连忙躲开我的脚，立即把嘴闭上，做了个封口的手势。我回过头来，对唐教授又说道："教授，我刚才说了些气话，我现在跟你老人家说声对不起。但不管怎样，我金北斗都不是那种小人，为了你们的安全，我几次提出返回去，到时再作打算，但你坚持要完成任务。现在好了，碰到了墓道迷宫不说，你这种情况，十有八九是被什么东西给迷惑了，你看见的所谓'我们'，根本不是真的我们。"

唐教授忽然露出一脸的尴尬，对我抱了抱拳道："金先生，真是对不起，刚才我也是一时不清醒，才说出那些话来，多有得罪，多有得罪，万望你大人有大量，多多包涵啊……"

我摆摆手说道："我也说了点儿气话，我也有不对。现在大家既然都认识清楚了，咱们就别把这事放心上，目前主要是分析一下你说的那情况，到底是怎么回事。"

唐教授皱起眉头道："我也不知道怎么回事，但感觉真是非常真实。"

我问道："你碰到的'我们'，有没有什么特别的特征？比如面无表情、脸色苍白这些。"

唐教授摇摇头道："没有，完全没有，就跟现在的你们一模一样。不光是样子，连说话都是一个样，也是因为这样，我才认定自己不是在做梦，不是出现幻觉。"

这样一来，这诡异之事确实令人百思不得其解。也许真的如马骝所说，唐教授是撞鬼了，要不然，真的无法解释这起诡异之事。

这个时候，我看大家也没有了睡意，便说道："先不管这事到底是什么情况了，既然大家都醒了，而教授身体也没什么大碍，我们也别休息了，抓紧时间继续寻找出口吧！"

大家点头表示同意，于是我带头往前走去。凭着《藏龙诀》那句口诀，在碰到岔道的时候，我先带着大家往左拐，同时留意岔道上的镜像壁画。在走到第三条岔道时，镜像壁画的内容突然变成了反方向。

我一看这样，心里立即兴奋起来，连忙退出来，往右边的岔道走去，看来那句口诀还真的被我悟懂了其中的含义。

马骝一边走，一边问我："斗爷，你这样一时往左，一时往右的，是不是已经破解了这个迷宫阵？"

我说道："还不能说破解，但是我觉得这个方法好像有点儿用。你们留意一下那些壁画，我们是走在了新的墓道上，而并非之前那样绕圈子了。"

大家听我这样一说，都仔细打量起墓道的镜像壁画来，关灵一脸惊喜地对我说道："斗爷，你真是太牛了，还真的被你找到了其中的规律呀，只要我们避开了绕圈子的陷阱，那么走出这个迷宫阵还是很有可能的呀！"

唐教授也露出兴奋的表情，道："金先生真是高人啊！就是不知道这短短时间内，你是怎么破解这其中的规律的？"

我回答道："现在也不能说破解了其中的规律，只不过是在尝试而已。我想啊，这古人设计的阵法，都离不开五行八卦、阴阳风水这些，只不过这里是墓道，环境黑暗，而且有两边的镜像壁画迷惑，令人很难根据方位来判断，同时也容易忽略其中的不同点。说白了，这迷宫阵就是走向问题，走错一步，全盘皆输。而所谓的走向，也就是迷宫阵的设计原理——方位。"我把之前画下墓道的记事簿拿出来，然后继续说道，"你们看这部分迷宫，其中的岔道方位非常奇怪，不管转向如何，除了弯道外，均对称形成，简直无懈可击。"

关灵听明白我的话，说道："也就是说，不管多厉害，只要找不到其中的方位，是根本走不出这里，只能不断绕圈子。而这只是其中一部分墓道，如果把整个迷宫画出来，别说走，看都把人看晕了。"

我大概说了一下这墓道迷宫的设计原理，这也是《藏龙诀》的功劳。那句所谓的"阴阳反背，乾坤倒置，数往者顺，知来者逆"口诀，虽然还未能全部理解，但我想其中的意思，说的应该就是方位的重要性。

古人向来对方位都很敏感，也很重视，古人建屋多为南向，南方为前，北方为后。就连古时的座位方位，也用来分尊卑。特别是在墓葬方面，方位更是非常重要，小到陪葬品的安放，大到墓道的走向、棺椁的放置等，这些方位直接决定了整座陵墓的风水。而方位也分阴阳，阳从左，阴从右，所谓阳从左边团团转，阴从右路转相通。有人识得阴阳者，何愁大地不相逢。

唐教授不解道："按你这样说，我们现在走的方位是对的？"

我说道："也不一定对，因为如果走反的话，我们不仅到不了出口，还会因此进入一个未知的地方，比如这个迷宫的中心。"

马骝说道："迷宫的中心？那说不定会是墓室呢！"

米娜看着我问道："我想知道，这个你是怎么判断出来的？"

我说道："古人认为人与方位、时间、星辰、季节是相互关联、相互制约、相互作用的。我记得在《淮南子·精神训》中，有这样一段论述：'头之圆也象天，足之方也象地。天有四时、五行、九解、三百六十六日，人亦有四支、五藏、九窍、三百六十六节。'这就说明了人与方位的关联性，所谓人体之背，方向之北；人体之面，方向之南。在这里的环境下，我们按正确的方位走，前面就是南向，背后就是北向。之所以一时左拐，一时右拐，那是根据镜像壁画的走向来定的，你看这墓道两边的壁画人物，这个时候是面朝前、背朝后的，我们就跟着这个方向走。"

果然，大家听我这样一说，都开始留意起壁画的人物朝向，在走到另外两条岔道的时候，左边的壁画人物朝向突然变成逆向，跟我们是面对面的方向。而右边那条岔道的壁画人物是顺向，这就说明，我们应该要走右边的墓道。

唐教授啧啧称赞道："果不其然啊，要是不细心发现，根本不会留意到这些壁画的方向，就连我也只是专注于壁画上的内容，从而忽略了其中的奥秘所在。"

马骝说道："我就说了吧，跟着我们斗爷，绝对死不了。"

我敲了敲马骝脑壳道："你这家伙，别给我戴高帽，增加我的负担。"

马骝嘻嘻笑道："我说的是事实啊，斗爷你也别谦虚，你自己想想，什么时候我们不是在危难关头被你那聪明的脑袋给想到法子，然后得救的呀？我就想不明白，我跟你同科出身，同一所学校毕业，你学东西怎么就那么快，而且还无师自通，是不是有什么秘诀？赶紧拿出来教教我啊！"

我被马骝这样一捧，心里还真有点儿小激动，看来那本《藏龙诀》还果真能让我成名，便对他说道："这有什么秘诀可言，只不过看了几本风水书而已。不过，我想我跟你最大的区别就是我是人，你是猴子。"

大家哈哈大笑起来，就在这个时候，只听见穆小婷突然收住笑声，一脸惊恐地拿着手电筒乱晃起来，并惊叫道："啊！你们快看！肖建他不见了！不见了……"

# 第二十一章　另一队我们

众人的笑容立即变成了惊恐，我连忙停住脚步，往身后照了照，果然队伍里面少了肖建。我心想，真是祸不单行啊，这么大一个人了，竟然还会在这样的情况下跟丢了队伍。之前在经过草甸的时候，先是肖建发现穆小婷不见了，现在又轮到穆小婷发现肖建不见了，这两个小家伙，真是够累人累己的。

我连忙问穆小婷："他不是跟你一起走的吗？"

穆小婷惶恐道："是呀，一直走过来，他都是在旁边的，我也不知道他什么时候不见的……"

关灵也疑惑道："这墓道一直走来，也没有什么机关，怎么会突然失踪了呢？"

唐教授一脸焦急道："小婷，你们是走在一起的，你怎么会不知道？"

陈国平皱起眉头，用训人的口吻对穆小婷说道："你呀你，我们千叮万嘱，一定要照看好身边的队员，你连人什么时候丢了都不知道，真是太不像话了！"

穆小婷低下头委屈道："我真的不知道……"

我看见陈国平还想训人，一手把他拉开，然后说道："行了行了，不知道有什么奇怪？这墓道本来就黑乎乎的，伸手不见五指，就算有手电筒在手，照明范围也不大，况且每个人的手电筒都是用来照路的，谁也不会想到在这地方会有人走失，所以就算发生这样的情况，也在情理之中。现在要弄清楚的是，肖建为何会突然失踪，是个人问题，还是发生了什么意外，这才是重点。"

陈国平"哼"了声，还在埋怨道："肖建这个家伙真是的，怎么搞的……"

大家连忙往回走，一边走一边呼喊肖建，但跟我们之前寻找唐教授一样，也是没有人回应。难道和唐教授的遭遇一样，不明不白晕倒在墓道里？

马骝也想到这个问题，脱口而出道："不会像教授那样又撞鬼了，自个儿晕倒在墓道里吧？"

我说道："别胡说，哪有那么多鬼来撞……要是有，我还真想撞一下看看呢！"我这样说，其实是给大家壮壮胆。虽然不相信什么鬼神之说，但是在一座千年陵墓里面，什么诡异的情况都有可能发生。

往回走了一段路，果然在墓道里发现了晕倒在地上的肖建。大家又是七手八脚地把他弄醒，谁知他一醒来，恍恍惚惚般看了众人一眼后，突然指着马骝就骂了起来："你这个死马骝，臭猴子，你干吗突然偷袭我？"

这次轮到马骝一头雾水，用手指着自己的鼻子叫道："你说什么？我马骝偷袭你？你有种再说一次！看我不一弹弓把你给收拾了。"说着，

178

伸手就掏出弹弓来，拉弓对准肖建。

一看这情况，我知道那诡异事件再次发生了，连忙一手拉住马骝叫道："别冲动，你看他说话的样子，肯定又是鬼上身了。"

有了之前唐教授那件事，马骝也知道肖建说的话不对劲儿，于是把弹弓收回，"呸"了一声道："好事轮不到我，这种坏事偏偏就扯到我头上……"他扭过头来，对我说道，"斗爷，咱兄弟俩真是够倒霉的啊，先是你被唐教授冤枉，现在轮到我被这家伙说偷袭了他，你说我们是不是得罪了墓中的神灵？不然，为什么偏偏挑我们兄弟俩来搞……"

"先别管这些，我们问一下他，到底是怎么回事。"我说完，问肖建，"肖建，你仔细回想一下，把经过给大家说说。"

"还用回想吗？我走在最后，一边看墓道上的壁画，一边跟着大家走，拐了个弯后，我发现你们往前走远了，于是跑上去跟上你们，谁知这个家伙，"肖建一脸生气地说着，他用手指向马骝，"他突然转过身，对我诡笑一下，然后用工兵铲狠狠地拍了一下我脑袋，我就这样被拍晕在地上了。"

马骝抖动着身体，似乎想打人，"哼"了声叫道："我马骝要是真的用工兵铲拍你，你还会晕在这里？你早就见阎王去了……"

关灵扯了一下他，说道："马骝，别这样，他还没清醒过来，这事情一看就邪乎得很，你如果认真就输了。"

唐教授似乎想起自己刚才的经历，接过穆小婷递过来的水，给肖建喝了几口，让他缓过气后，才用安慰的语气问道："肖建，没事的，大伙都在，你要是有什么事，尽管跟老师说，老师给你做主。嗯，你跟老师说说，你当时追上去看到的那些人，到底是不是我们，有没什么不同的地方，你仔细想想。"

肖建抱着脑袋，似乎在拼命回想刚才发生的事，最后突然抬起头来，深呼吸了一下后说道："没有什么不同，就是你们。不过……"他斟酌了一下后说道，"不过，按道理，你们不可能走那么快的，虽然我一边看墓道的壁画，一边跟在后面走，但是距离你们也不过两三米远。可一转了弯，你们就已经出现在十几米远的地方，我以为自己走慢了，也没多想，就跑了过去，结果跑到马……孙大哥身后，他突然回头用工兵铲把我拍晕了。"肖建说到这里，抬起头来，带着恐惧的表情看了一眼马骝。

马骝冷笑两声，道："臭小子，你肯定是撞鬼了。"

这里面除了唐教授外，谁也无法感受到肖建内心的恐惧。他们遭遇的情况一模一样，只是"凶手"由我变成了马骝。这墓道一直走来，都没有碰到能令人出现幻觉的东西，到底是什么引起他们出现这样的情况？

我问肖建："你在看到所谓的'我们'的同时，有没有留意到真的我们在哪里？"

肖建摇摇头道："没有，墓道就只有你们。我是说，那个假的你们。"

我说道："这就不对劲儿了。你刚才说，一转弯，发现我们出现在十几米远的地方，也就是说，你转弯进入一条岔道后，发现了十几米远的我们，这会不会是你走错了岔道，所以才出现了这样的情景？"

肖建翻了翻眼珠，仔细回想了一下，摇摇头道："我也不清楚。但这岔道都是左右开的，如果你们走了右边，我走了左边的话，没理由我看不见你们这么多手电筒的光，却偏偏发现了假的你们。"

我忽然想起什么，对唐教授问道："教授，你之前也是转弯之后，

180

才看见我们的吗？"

唐教授点点头道："没错，我转弯进入岔道解手，就看见你们在不远处出现，我就跟了上去，结果就发生了我之前跟你们说的那些情节。"

马骝叫道："看来问题是出在那些岔道上啊！"

米娜说道："可是，我们也是这样走，这些事怎么只发生在他们两人身上呢？"

关灵忽然想到了什么，说道："不知道大家有没有注意到他们之间都有一个共同点？那就是离开了队伍。唐教授独自一个人走进岔道，肖建因为看壁画而没跟上队伍，我想这就是他们为什么会出事的重要线索。"

我点点头道："大小姐分析得没错，他们两个都离开过队伍，这就给某种东西造成了可乘之机，在他们面前出现了另外一队'我们'。幸好这个'我们'只是把你们打晕，要是杀人夺命的话，就更加可怕了。"

穆小婷把身子靠到关灵身边，细声道："这……这是什么鬼东西呀？感觉好像幽灵一样……"

我忽然想起一个重要的线索，连忙问道："对了，你们都说自己是被打晕的，但是你们身上有没有伤痕？"

马骝听我这样一说，立即叫道："没错没错，唐教授说是被斗爷的拳脚打晕，可能留下的痕迹不明显。但是肖建你，你这臭小子一醒来就指着猴爷我骂，说被我用工兵铲拍晕的，那理应会有被打的痕迹啊，你赶紧让我检查一下，还我个清白。"

马骝一边说，一边走过去，不由分说就抓着肖建的头发，左左右右、前前后后地检查了一遍，却什么伤痕也没有找到。马骝检查完，放开肖建，突然哈哈大笑起来："我都说了，你们两个肯定是撞鬼了，还不相信……"

唐教授说道："我身上没有伤痕，但是醒来后，痛感还是有的。肖建，你是不是也是这样？"

肖建重重地点了点头道："嗯，现在我都感觉脑袋还有点儿痛，沉甸甸的，如果没有被打，怎么会出现这样的痛呢？"

大家也想不明白，既然查不到伤痕，那么被打一说就不成立了。但唐教授和肖建都一口咬定自己是被打晕的，醒来后还感到皮肉之痛，这又怎么解释呢？

关灵忽然对我说道："斗爷，此地不宜久留，再出现这样的情况，想必不是真的也被闹成真的了，到时大家都会被这些事给逼疯。"

"嗯，咱们必须尽快找到出口。"我点点头道，然后说，"大家记住了，别离开队伍，一定要跟紧，互相多照应一下。"

经历了两次诡异事件，大家走起路来都变得异常紧张，生怕不知什么时候又轮到自己遭殃。在进入一条岔道后，前面突然出现了一片亮光，大家立即被吓了一跳。只见在亮光之中，一队人正疾步往前行走，这些人穿的衣服跟我们一样，走路的姿势也一样，虽然看不到正脸，但分明就像镜子中的我们。

难道说，唐教授和肖建看到的那些人就是他们？

我壮起胆来，冲着那队人喊道："喂！你们是谁？"

我们两队人相差也就是十多米远，但那队人好像听不见一样，毫无反应，继续向前走去。我心想，既然被我们碰个正着，那就不管是人是鬼，咱们也要会一会了。

想到这里，我立即取出工兵铲，向马骠使了个眼色，然后两人飞奔过去。等我们追上去后，那队人已经在墓道里转了弯，突然就消失不见了。

马骝吐了口口水，骂道："真见鬼了……"

关灵和唐教授他们也赶了过来，关灵问道："他们人呢？"

我摇摇头道："转了个弯就消失不见了，也不知道去了哪里。"

穆小婷颤巍巍道："这不会是幽灵作祟吧？"

马骝说道："哼，管他是幽灵还是鬼，下次再让我看见，我非得给他们几弹弓尝尝。"

米娜也紧张道："看来，教授他们两个的遭遇是真的啊，真的出现了另一队我们……这到底是怎么回事？难道我们无意中闯进了一个平行世界？"

米娜所说的平行世界，我也大致了解过，那是一种多重宇宙科学理论，跟那些所谓的穿越差不多。但我不怎么相信在这个墓道里面会有这么奇幻的事情发生，相比之下，我情愿相信是撞鬼了。

关灵说道："虽然现在解释不了这些情况，但无论如何，我们大家都亲眼看见了，就应该可以排除幻觉一说了。这样，我们继续走，看看还会不会再碰见它们。"

接下来，我们又走了几条墓道，但那些"人"并没有再出现。这要不是我亲眼所见，我还不相信有那么邪乎的事情出现，但用鬼神之说来解释，未免太过迷信了。在走过一条两边都画着许多古代人物壁画的墓道时，我突然想到了一个东西，便脱口而出道："你们说，这情况会不会是我们看错了造成的？"

马骝说道："这八个人，十六只眼睛，这也会看错了？不会大家都得了白内障吧？"

唐教授毕竟文化高，一听我这样说，就立即猜到是什么意思，说道："金先生，你是想说，这是视觉误差造成的？"

我点点头道："没错。从这个墓道迷宫的设计来看，似乎是'镜像'这个东西在搞怪，因为我们看到的是一模一样的东西。古人在设计这个迷宫阵的同时，估计在空间、光线和视觉方面也下了不少功夫。人的视觉和思维很奇妙，有时候眼见也不为实，这就是视觉误差，而迷宫的方向和镜像壁画应该在其中起到了很大的作用。"

唐教授摸了摸下巴，想了一下道："嗯，这也不是没有可能，有资料表明，人眼是有视觉限制的，而人脑会创造出自己的一套逻辑，将非现实的信息予以合理化。我们人的认识很主观，认识习惯往往会使我们忽略了事物的真实面貌。这也好像可以解释我们所遭遇的那些古怪现象了。"

肖建问道："如果说是视觉误差造成的，那我和教授都被打晕过去了，这又怎么解释？如果没有外力的话，我们怎么会晕倒？怎么会在醒来的时候有痛感？"

我想了一下后说道："这个，我想是你们自己造成的。你们听说过鬼剃头和鬼压床吧？这当然不是有鬼，而是自身的生理问题，导致出现这样的病症。"

马骝立即说道："那么说，他们两个都有病？"

我摆摆手道："不是这个意思，他们可能是被某种东西给迷惑了，才令自己晕倒的，还有出现那所谓的痛感。而他们两人都有一个共同点，那就是对那些镜像壁画比较上心。当然，这只是我的猜测，但我认为这肯定与鬼神无关。"

唐教授同意我的说法，点点头道："金先生分析得有道理，我当时也是专注看了那些壁画后不久，才突然发现'你们'的出现，而肖建刚才也是因为看壁画才有同样的遭遇。"说着，唐教授举起手电筒，往墓道的壁画上照去，然后继续说道，"这些壁画看似没什么，但估计看久了会令人出现幻觉，尤其在这样的环境下，任何情况都有可能发生。"

接下来，大家一边讨论一边向前走去。走着走着，前面的墓道突然出现了几级台阶，大家看到这样，立即兴奋起来。这台阶的出现，虽然不是原来的出口，但也似乎说明我们终于破解了迷宫阵，走到了一个与墓道迷宫不同的地方。

# 第二十二章　巨型怪虫

我们立即加快脚步，越过阶梯后，眼前是一条斜斜向下的甬道，甬道两边没有壁画，但有六个互相对称的壁龛，很遗憾的是，只有两个壁龛残存有一些骑马俑和仕女俑。走过甬道，尽头处是一副砖封门，内有石门，但是这门已经被人弄塌了，露出了里面的墓室来。墓室呈方形，有二十多平方米大。墓室内绘有壁画，但相比墓道迷宫里的壁画，这里的壁画大多已脱落，几乎找不到一处相对完整的图案。这种差异，估计是用料和做工不同。

唐教授掩盖不了兴奋的表情，对我们说道："这个是耳室，唐代的陵墓多是用耳室围主室而建，耳室一般有几个，是依墓主人生前的地位而修建的。"

果然，我们在附近一连发现了四个耳室，这样看来，墓主人的身份还是非常高的。而我们所到的耳室，都是些陶陶罐罐的陪葬品，唐教授似乎对这些没有兴趣，催促我们道："哎，大家别顾着看了，赶紧找到主墓室要紧，像赶龙杖这样的东西，是不会放在这些耳室的。"

从进入鬼岭，到找到陵墓，再到进入迷宫，一直都是以我为首。但现在进入墓室后，唐教授的才华似乎得到了施展，竟然一马当先，带着大家往里走去。看见他那焦急的样子，我连忙对他说道："教授，走慢一点儿，小心有机关埋伏。"

　　唐教授摆摆手说道："没事的，我对唐代墓室的结构很了解，尽管放心走吧！"看他那信心十足的样子，我没再说话，希望他的头衔不是虚的吧！

　　走了一阵，前面突然出现了一个很大的墓室，约莫有一百多平，看来应该是主墓室了。只见墓室呈四方形，四壁向外呈弧形，构成一个约五米高的穹顶。墓室的壁画也跟之前看到的一样，大多脱落了，只有东南角方向的还保存得比较好。不过，还是能看得出之前是有多么壮观。

　　在墓室的西面，有一副石棺，长大约有三米，宽也有两米左右。这种情况下，也不用唐教授说话，大家都自然而然地朝着石棺慢慢走了过去。我围着石棺走了一圈儿，仔细打量起来，它的造型跟之前看到的夜郎时期的石棺还是大不相同，这里的石椁顶呈四面坡形，由四块盖板组成，棺椁上有精美的线刻，其中中部的位置还刻有假门，门上有泡钉，周围线刻有花草和灵兽，而在左边的一端刻有头戴襆头拱手而立的男侍，右边一端刻有体态丰腴的侍女，整个石棺看起来规格非常高。

　　从表面上看，这石棺似乎没有被人动过，但考虑到死在墓道外面的那几个盗墓贼，我知道这个可能性不大。因为，张许才捡到的那个宝箱，有可能就是从这里弄出去的。

　　马骝看了看我，说道："斗爷，这里的石棺好像很特别，跟那个……"

我知道马骝想说什么，连忙制止道："你问问教授，有教授在这里，这石棺有什么特别之处，他比咱们都懂。"

关灵瞪了一眼马骝，说道："没错，不懂就问唐教授。"

唐教授一边拿手电筒照看，一边说道："这是唐代的庑殿式石棺椁。在唐代，墓葬形式及棺椁的使用规格都有很森严的等级，像这样的石棺椁只有皇帝对墓主人有特许或恩典，才能使用，可见这座墓葬的主人有很高的社会地位。"

陈国平说道："那个杨筠松在唐朝当过国师，地位也很高啊，而且从这墓的规格和机关布局来看，也似乎只有他能做到了。"

唐教授点点头道："是呀，估计连皇帝的陵墓也没有这样的墓道迷宫机关作为掩护。"

穆小婷说道："如果真是这样，那'赶龙杖'肯定就在石棺里面了。"

穆小婷这样一说，唐教授和米娜立即互相看了一眼，接着两人都没有说话，突然很有默契般地走到石棺那里，戴上手套，然后把一块盖板慢慢抬了下来。但很快，唐教授的脸色就变了，一脸失望的表情道："没了……没了……全都没了……"

我往石棺里面照了照，只见里面只有一堆凌乱的骸骨，什么宝物也没有。这种情况一看便知，这座陵墓已经遭到盗墓贼光顾了。接下来大家又找了一遍其他地方，但什么也没有找到，也没有发现墓志铭。

唐教授突然颓废地坐在地上，背靠着石棺，一脸茫然地看着黑暗处，自言自语起来："没了……什么都没了……一切都白干了……"

而陈国平和米娜似乎不死心，拿出工兵铲不断拨弄那些骸骨，企图可以找到宝物。看见这样，我对他们厉声道："喂！你们别弄了，这要是传出去，说你们这些考古专家如此不尊重死者，你们就摊上大事了。这'赶龙杖'明显已经被盗墓贼盗走了，你们这样搞，跟他们有何区别？"

陈国平和米娜被我这样一说，立即停下手来，不敢再弄。这个时候，气氛有点儿糟糕，那几个考古队的人都露出一脸的失望和茫然。那也是，千辛万苦找到了陵墓，竟然早就被盗墓贼光顾过，这是做考古的最不想看到的事，也是最痛心的事。我们三人也同样感到失望，本来想趁机弄几件宝贝回去，却没想到到头来白忙活了一场。

就在大家茫然自失的时候，关灵忽然向我使了个眼色，示意我过去她那边。我不知道发生了什么事，便走了过去。关灵朝东南角的地方努了努嘴，看她的表情，似乎发现了什么。我连忙举起手电筒照过去，只见那地方什么也没有。

就在我感到疑惑的时候，关灵对我说道："斗爷，你看那个位置的壁画，是不是跟其他地方的壁画有点儿不同？"

一开始进来的时候，我也注意到这里的壁画，但除了颜色比其他壁画深一点儿、保存得比较好一点儿外，并没有什么特别之处。我有点儿不明白，便问道："灵儿，你说那壁画不同，到底是什么意思？"

关灵说道："你不觉得这壁画保存得比其他的要好吗？"

我点点头道："没错，剥落情况确实没那么严重，但这能说明什么？"

关灵皱了皱眉道："我只是觉得这里好像不对劲儿。你看，同样的环境下，为什么这里的壁画会保存得相对要好？"

关灵的这个问题似乎有点儿道理，但是我不知道该怎么回答她。这个时候，唐教授似乎听见了我们的对话，爬起身来，快步走到东南角的地方，用手抚摩着那里的壁画，喃喃自语："这不对劲儿……不对劲儿……"

我连忙问道："教授，有什么不对劲儿？"

唐教授说道："关大小姐刚才的话提醒了我，相同的环境下，这个位置的壁画不可能保存得那么好的。除非……"教授像是在卖关子一样，说到这里又停了下来。

马骝焦急道："你有话不能一次说完吗？除非什么？被人动过手脚吗？"

唐教授没理马骝，用手敲了敲壁画，然后才说道："除非这里面是空的，要不然，从物理现象来看，是不可能出现这样的情况的。"

马骝又嚷嚷起来："哎呀，我说你这些专家怎么说话都是这个慢吞吞、故作深沉的样子？就不能爽快一点儿，把话说明白吗？"

"别打岔，专家说话，你认真听就是了，哪来那么多废话？你以为谁都能做专家的吗？说得爽快、明白的那是新闻播报员。"我对马骝说道，然后对唐教授说，"教授，你别理他，你解释一下，为什么会出现这种情况吧！"

唐教授说道："从常理出发，这墓室是依山而建的，也就是说壁画的砖墙后面一定是山体。山体潮湿，水分子活动大，湿度也就相对较高，这是造成壁画脱落的原因之一。"

听到这里，我已经猜出这其中的原因了，便说道："也就是说，这个位置的壁画之所以保存得比其他的要好，是因为它里面没有靠着山体，而是空的？"

唐教授点点头道："没错，刚才我试着敲了下，确实传来一些空洞的声音。所以，我猜测这里面还有通道，也就是所谓的墓中墓。这样的话，我们现在身处的墓室，有可能是个假墓室。"

米娜问道："这里有这么大规模的石棺，怎么可能会是假墓室？"

我说道："那还用说，肯定是用来防盗的。你是外国人，不了解我们中国古人的厉害，盗墓贼进来之后，肯定以为这是主墓室，掠夺一番后就走人，这样真墓室就能得到保存。"

"金先生说得没错，这里的用作防盗，里面那个才是真的！"唐教授说道，说着，他对陈国平和肖建招了招手，叫道，"国平，小建，你俩赶紧拿工具过来，把这里挖开看看！"

陈国平和肖建应了声，立即拿着工兵铲走过来。米娜看见这样，建议道："这样挖，什么时候才能挖得开？干脆把它炸开吧！"说着，就要伸手进背包里拿电子炸弹。

唐教授连连摆摆手道："不不不，不能用炸弹，这墓室看起来虽然很坚固，但炸弹产生的威力，有可能会带来灭顶之灾。我们不用挖太大，能钻进去就可以了。"

关灵叫道："没错，要是炸塌了，咱们都被活埋了。"

陈国平一边用工具把壁画敲落下来，一边说道："这是砖墙而已，虽然硬度和密封性都很好，但我们也有专门的破拆工具，也没什么难度。"

果然，两人捣鼓了一阵，很快就拆了几块墓砖下来，露出了一个洞。陈国平用手电筒朝洞里面照了照，立即惊喜道："教授，里面果然还有一条墓道！"

唐教授连忙探过头来看了看，也一脸兴奋道："果然是墓中墓！这次真要感谢关大小姐呀，要不是你发现了那壁画的不对劲儿，咱们也发现不了这里原来有个墓中墓……你俩赶紧挖！赶紧挖……"

原本大家还一脸死灰的样子，现在发现了这个墓中墓，精神一下子上来了，陈国平和肖建两人也干得非常带劲儿。很快，原本脸盆大的窟窿，被他俩挖了一阵后，立即变成一个可以弯腰进去的洞口。

这个时候，大家都看清楚了，出现在洞里面的是一条墓道，这条墓道比之前走过的都要宽敞，但不是很深。在墓道两边，同样画满了壁画，但剥落情况一样严重。看来唐教授说得没错，这真是一个墓中墓。

就在大家感到兴奋的时候，一阵诡异的声音突然从墓道里面传来。很快，只见一只身长几米、浑身长满鳞甲的怪物出现在墓道里，这身鳞甲上面，还长了一些像锥子一样的东西，看起来非常恐怖。而这怪物的头部还有无数条触角，两只大眼睛被手电筒的光一照，发出刺眼的光芒，在眼睛下面，是一张长满锯齿的圆嘴，密密麻麻，乍看之下，就像一朵向日葵。要是被这嘴巴咬一口，后果不堪设想。

未等大家做出反应，怪物突然张开大嘴，把一条两米多长的舌头伸了出来，然后往前一冲，舌头立即把刚好站在洞口外的陈国平一下子卷起来，然后往墓道里面拖去，很快就消失得无影无踪。

这个突如其来的变故令大家一下子慌了手脚，一个个吓得不知所措，眼睁睁地看着陈国平被怪物拖走。良久，唐教授才反应过来，扑到洞口处大声叫唤着陈教授的名字。我生怕那怪物还会出现，连忙和马骝过去拉起唐教授，把他带离洞口。

唐教授坐在地上，老泪纵横，忽然，他好像想起了什么，惊叫道："是'棱刺锥葵嘴虫'！没错了，刚才那家伙就是这种怪虫！"

我一听这名字，立即想起在"迷魂林"里碰见的那几个生物学家，他们来鬼岭就是为了寻找这种被认为没有灭绝的史前生物。难道说，刚才拖走陈国平的怪物就是这种史前生物？看那怪物的长相，确实很符合"棱刺锥葵嘴虫"这个名字。

米娜从背包里拿出那本笔记，翻了翻后说道："教授说得没错，刚才那个怪物跟笔记上描述的一模一样。"

马骝往地上吐了口口水道："原来那些家伙藏在墓室里……这次真是中大奖了，连生物学家都找不到的怪物，竟然被我们撞见了。"

穆小婷哆嗦着问道："那……那现在怎么办？"

马骝回答她道："还能怎么样？要不就救人，但这样无疑等于去送死；要不就打退堂鼓，就这样空手回去。"

我说道："人肯定要救的，我们不能眼睁睁看着陈教授被害而见死不救。"

关灵也说道："没错，现在要想办法，看怎么对付那个怪物，然后把陈教授给救出来。"

米娜忽然看着马骝说道："你之前不是说，你的弹弓很厉害的吗？可以打怪物的吗？现在是你一展身手的时候了。"

马骝被她这样一说，有点儿害怕了，但还是死要面子道："这……这还用说……你叫那怪物出来，我让它尝尝弹弓的滋味。"

我摇摇头道："刚才你们也不是没看见，那家伙满身鳞甲，弹弓对他起不到作用，除非打它的眼睛。"

关灵对马骝说道："马骝，你忘记了那种满身鳞甲的怪物吗？你那弹弓打过去，人家还嫌你挠痒都不够力呢！"

马骝想起蓬莱仙墓里面那个变异怪物，立即起了一身鸡皮疙瘩，气势一下子没了，耸了耸肩道："行吧，竟然你们都觉得我的弹弓没用，那就你们自己想办法救人吧！"

我问米娜："米专家，你背包里有没有什么厉害的武器装备？比如手枪之类的？"

米娜怔了一下，说道："你当我的背包是武器装备库呀？哪有什么枪支弹药？最厉害的就是那种电子炸弹了，本来是想在挖盗洞的时候用的，看来现在可以派上用场了。"

肖建叫道："对，炸死它们。我就不信，它们的鳞甲可以抵挡这炸弹的威力。"

关灵说道："炸不是不行，但到时要看清楚环境再炸，不然把墓室炸毁了，咱们也逃不出去。"

我看向唐教授，问道："教授，你说怎么办？"

唐教授看着被陈国平和肖建挖开的那个洞口，眼神迷离道："救人……一定要把国平给救出来……"

看见他这样，我也不指望他能有什么办法救人了，便把关灵和马骝拉到一边，商量如何救人。米娜忽然走过来，对我说道："金先生，你看这个有用吗？"说着，她把那本生物学家的笔记本翻开，然后说："上面有说到，那种怪物最惧怕一种东西——火。"

火？

我忽然想起他们带的那些火枪和炸药，原来是这个用途。看来我的猜测没错，对付那些怪物，火确实是最厉害的武器。

马骝叫道："那还怕它们干吗？我们早有准备，带了许多能生火的东西。"

米娜问道："能生火的东西？打火机还是火柴？"

马骝冷笑一下，把自己的背包拉开，道："看你说的，什么打火机、火柴……给你亮一下这些装备吧！"说着，把背包里的东西一件件拿出来，说，"这是火枪，这是火绳，还有火弹，火弹是我专用的。这个火弹最厉害了，一旦被打中，必烧它个滚烫。"

我看见这样，连忙对马骠说道："得了得了，别在这里耀武扬威了，你这家伙，把家底全露出来了，赶紧把东西收拾好去救人。"

关灵对我说道："斗爷，要不给他们考古队一点儿武器防身？"

我点点头道："嗯，还是你考虑得周到。"

于是，我给他们每人分了一杆火枪，并教会他们怎么使用。可别小看这火枪，最大威力可以喷出一米多的火焰，如果那怪虫真的惧火，那这火枪也足以用来防身。

大家手握武器，似乎一下子有了勇气，一起走向怪物出现的那条墓道里。我和马骠在前面带路，走过墓道，往左拐了个弯后，突然出现了一个墓室。只见墓室里面，有三只怪虫一字排开，三双眼睛怒视着我们，同时发出一种类似嘶叫而又凄厉的叫声。

我悄悄观察了一下墓室，发现除了那三只怪虫外，墓室里并没有其他任何东西，连一些陶罐的陪葬品都没有。但在怪虫的身后，有一条通道，按此来看，里面应该还有墓室。

我们在"迷魂林"的时候，就曾经听过这种诡异的叫声，原来真的是这些怪虫发出来的。但是现场除了那三只怪虫，并没有发现陈国平的踪影。难道已经被它们分吃了？但周围没有半点儿血迹，而且唐教授曾经说过，这种怪虫的进食方式是吃尸蛆，这样的话，应该不会活生生把人给吞了。要是这样的话，陈国平有可能是被它们拖进了巢穴里。

这时，那三只怪虫突然张开大嘴，向我们爬了过来，同时伸出了长长的舌头，企图把我们卷住。别看它们身形巨大、体态臃肿，但是爬行起来非常灵活。

我和关灵、马骠三人都经历过和怪物对战的情况，算是有点儿经验，所以也没有慌。但唐教授他们就不行了，看见怪虫冲过来，一个个都忘记了用手上的火枪来防身，纷纷掉转头往回跑。

眼看那三只怪虫就冲到面前，我和关灵、马骝三人连忙把火枪开启，三道火焰同时喷了出来。那三只怪物似乎没有料到我们会有这一招，一下子收住了攻击的姿势，往后退去，但没有走，只是退后了几米，然后对着我们不断嘶叫。

看来那些生物学家说得没错，这怪虫果然是惧怕火。我连忙把唐教授他们喊回来，对他们说道："你们别害怕，这些怪虫果然是怕火的，只要我们手上有火枪，估计它们一时半会儿也不敢攻击我们。"

马骝也说道："我说你们怕个毛啊，手里有武器，还怕它们干吗？这火焰一出，别说这些怪虫了，就算是千年僵尸也得怕三分。"

穆小婷战战兢兢道："可是，它们的样子实在太过恐怖了……"

马骝笑道："哎哟，小妹妹，这有什么恐怖的？你把它们当作你的前男友，那样就不用怕了，往死里打就是……"

穆小婷还真的把马骝这话当真，说道："我哪有那么多前男友啊……"

就在大家为他俩的对话感到好笑的时候，其中一只怪虫突然发起攻击，向着唐教授那边冲了过来。

# 第二十三章　石棺里的宝藏

唐教授哆嗦着身子，想把火枪打开，但双手如筛糠般颤抖，弄了几次也没把火枪弄开。看见这样，我急忙三步并作两步，冲到教授那边，把手中的火枪往前一伸，一团火焰立即从火枪口里喷射出来。那只怪虫顿时收住脚步，刚吐出的舌头差点儿被火焰烧到，"咻"地缩回嘴里，那满口利齿的嘴一张一合，一副要吃人的架势。要是迟那么一点儿，估计唐教授又要被怪虫卷走了。

这时，马骝收回火枪，取出弹弓，趁着怪虫张嘴的那一刹那，突然一弹弓打过去，只看见那子弹刚好击中怪虫的嘴巴，随即"噗"一声燃烧起来。原来马骝刚才打的是他特制的火弹，一旦击中物体就会炸裂燃烧起来。

那只怪虫被烧得痛苦嘶叫，四处乱冲乱撞起来，不久便倒在地上垂死挣扎，再看它的嘴，已经被火弹烧得黑乎乎一片，不断有血水从嘴里流出来。另外两只怪虫似乎明白过来，低叫两声，突然掉转头，往身后的通道逃跑了。

马骝得意地吹了吹弹弓，道："我就说了嘛，必要的时候，还得靠我马骝的弹弓。走，咱们深入虫穴，把它们给一锅端了，救出陈教授。"说完，举起火枪，大踏步往怪虫逃跑的通道走去。

大家看见这样，也只好跟上去。这条通道并不像墓道，因为两边没有了壁画，而且弯弯曲曲，毫无规则。把墓道走完后，前面又突然出现了一个墓室，这次的墓室不同，非常宽敞，而且整整齐齐摆放着好几排石棺，数了数，竟然有十五副之多。看见如此情景，大家都显得非常惊愕和不解，这里为什么会出现如此多的石棺？石棺里面葬的又是些什么人？

大家仔细观察这些石棺，发现外观跟外面看到的那副一模一样，只是要小一些，而且排列的方式似乎是按照九宫格来排列的。而在墓室的后面，出现了三条甬道，不知通往哪里，想必那两只怪虫是从甬道里逃走了。

我问唐教授："教授，能看出什么来吗？"

唐教授摇摇头道："在以往的考古中，从未见过如此景象。难道说，这不是杨公的陵墓，而是多人合葬的墓？"

关灵说道："你们看那些石棺，都很完好，似乎并没有遭到盗墓贼的光顾。而且，如此排列，肯定是有问题的。"

我说道："嗯，估计盗墓贼也就到了外面那个假墓室而已。这里面的墓室，他们还没有发现。不过这样看来，这里应该还不是真的主墓室。"

马骝往前走了几步，叫道："管那么多干吗？过去开棺看看有没有宝贝吧。说不定，那什么'赶龙杖'就藏在其中一副石棺里呢！"说着，就要动手揭开其中一口石棺。

关灵连忙伸手制止道："等一下，马骝，这石棺估计会有机关。"

这时候，马骝已经把石棺的顶盖给移开了一点儿，听见关灵这样说，连忙停下手来，对关灵说道："大小姐，你可别吓我，这石棺能有什么机关？"

关灵说道："不是我吓你，但凡事都要小心为上，这石棺是按九宫格来排列的，肯定不是为了好看才这样，一定是有原因的。"

趁着说话的工夫，马骝忍不住举着手电筒往刚移开的石棺里照了照，顿时哈哈大笑起来："哈哈哈哈，我说关大小姐你真的是多虑了，这哪里有什么机关？分明是用来放陪葬品的呀！不信你们看。"说着，伸出手用力把顶盖掀翻在地，道，"你们看看，你们看看，这全是金银珠宝呀！"

大家往石棺里面看去，也都惊呆了。真的是整整半个石棺的金银珠宝，什么玛瑙、翡翠、珍珠，还有许多说不出名字的，在手电筒的照射下，一个个闪闪发光，耀眼夺目。

米娜两眼放出青光，惊叫出声："哇！真的不可思议，我从来没有看见过这么多宝贝……"

我心想，比起夜郎的迷幻城和仙墓的金银洞，这些根本算不了什么。但我怕又因为这些东西而引发幻觉，来个自相残杀，便绷紧神经，时刻警惕着周围的变化。

这时，马骝又掀开了旁边两副石棺的顶盖，里面同样是数不清的金银珠宝。这个发现真的令我们大为惊喜，一时间，大家都瞪圆了眼睛盯着那些宝藏，连大气都不敢喘一下。马骝向我使了个眼色，又对着唐教授努努嘴，我立即意会，连忙对唐教授问道："教授，这么多宝贝，如何处理是好？"

唐教授似乎想装镇定，脸上没什么惊讶的表情，但那两只眼睛却一直停留在那些金银财宝上，看得非常入神，似乎没有听见我的问话。见此，我又问了一遍，唐教授这才回过神儿来，对我说道："啊，这个呀，当然是不能乱动，这是国家财产……"

　　我试探着问道："那我们怎么处理？带走吗？"

　　未等唐教授开口回答，米娜忽然咳嗽了一声，说道："放心吧，这些东西，唐教授会懂得如何处理的。是吧，唐教授？"

　　唐教授先是愣了愣，接着看向米娜，脸上突然闪过一丝难以察觉的异样神情。然后，他像是明白过来一样，连连点头道："是是是，这些都是国家财产，我到时会向上级汇报，亲自处理的，亲自处理的……"

　　本来我也觉得他们的对话没有什么问题，但是看见唐教授在与米娜对视的时候，那一闪而过的异样神情，我还是忍不住在心底打了个问号，难道他们是想打这批宝藏的主意？但在没有确切证据的情况下，我也只能是猜测。其实，我也希望自己只是多疑了。

　　这个时候，关灵忽然说道："按照唐朝的丧葬制度，这里的墓室应该不是存放陪葬品的地方，放置十五副这样的石棺，而且里面装满了金银珠宝，肯定不是那么简单。"

　　唐教授扭过头来看向关灵，说道："这墓室的确不是耳室，唐朝的墓室规格都比较统一，但出现如此情况，我一时也搞不明白。也许，还真的如关大小姐所说，另有用意呀！"

　　在我们说话的同时，马骝和肖建两人已经把其余的石棺全部掀开，无一例外，里面装的全是金银珠宝。如此多的宝藏，究竟是何人所为？

　　这个问题连经验丰富的唐教授也解释不清，但谁也不敢伸手去拿，只能眼睁睁地看着。我看见马骝吞咽了好几次口水，摩挲着双手，看样子心里煎熬得很。

这时，唐教授忽然嘀咕道："难道我们找错了墓？这不可能呀……"

马骝立即说道："哪能找错？难道那些寒酸模样，只有几个烂陶罐的墓室才是我们要找的吗？这些东西随便一件都价值不菲呀，看来这次要发大财了……"他一边说，还一边靠近那些金银珠宝，露出一脸贪婪的表情。

我连忙伸手拉了他一下，骂道："发什么财？这是国家的，我们只是来协助考古队完成任务的，不是来寻宝发财的。"

唐教授也好像醒过来了一样，突然一脸认真道："各位千万别起贪念，这文物是国家财产，任何个人和组织都不能占用，切记切记。"

马骝连忙打圆场道："哎，教授，我也只是一时激动乱说话而已，千万别见怪。你看，这么多财宝在眼前，金光闪闪的，你们这些做考古的见得多，也就无动于衷。可怜我这些穷苦出身的孩子，第一次看见这样的场面，很难说一点儿杂念都没有呀，你说是不是？这也是人之常情而已。"

马骝这个圆场打得很好，唐教授听后连连点头道："没错没错，人之常情。想当初我进入考古队的时候，面对那些挖出来的宝物，也是像你这样。但幸好有人鞭策，有思想觉悟，久而久之，就会永远记住，这些宝贝是国家财产，不得私有化。我们挖掘到这些东西，是为了壮大国家，复兴国家，而不是为了一己之私利。"

我看见唐教授说得如此铿锵有力，便说道："教授，这些道理我们都懂的，马骝也是一时口快而已，大家就别再讨论这些了。既然这样，那就到时交给国家派人来处理吧，大家现在还是救人要紧。"

大家听我这样一说，似乎才想起来要去救陈国平，于是连忙穿过那些石棺，来到墓室后面。我用手电筒照了照那三条甬道，都黑漆漆的，也没有壁画，跟之前的墓道有点儿不同。

关灵问我："斗爷，我们要走哪一条？"

我想了一下说道："大家检查一下地下，看哪条甬道有那些怪虫爬过的痕迹，咱们就走那条。"

大家于是蹲下身子检查起来，但没想到三条甬道都有怪虫爬过的痕迹，这下就让人犯难了，该走哪一条好呢？我挠挠后脑勺，一时也没有了办法。

这时，唐教授忽然说道："根据我多年的考古经验来判断，我们应该走中间这条比较靠谱。能不能找到国平，我不敢保证，但是应该可以到达真正的主墓室，也就是这陵墓的墓主人最不想让人打扰的地方。"

唐教授都这样说了，我们也没有其他办法，只好沿着中间那条甬道走去。所幸一直走都没有发现什么机关陷阱，这也让大家稍微感到安心。那也是，那个墓道迷宫已经是非常厉害的机关了，如果能被人破解，进入假墓室，从而又发现了真墓室的话，那再布局其他机关，也根本是多余。不过，这甬道没有机关而已，不保证里面没有。毕竟这陵墓非常奇特，也许会在大家都放松警惕的时候，突然来个机关陷阱，把大家都弄去陪葬，那就真的被一锅端了。

甬道大概有几十米长，中间出现两个转弯，但一路走来都比较顺利。很快，甬道走完了，前面是一堵砖门，封存得很好，没有像外面那样被人破坏。但同时也说明，那些怪虫并没有把陈教授拖来这里。

我问唐教授："现在怎么办？"

唐教授似乎有点儿犹豫不决，一旁的马骝却嚷道："都来到门口了，怎么也要开门进去做做客吧？"

　　唐教授没有说好，也没有说不好。看见这样，我也懒得再问了，和马骝使了个眼色，便从背包里拿出工具来撬开了砖门，然后又把里面的石门也弄开了。顿时，一个墓室又出现在我们眼前。

　　大家看见这个墓室，都忍不住倒吸了一口冷气，只见墓室非常之大，而在正中间有一副巨大的石棺摆放在那里，似乎象征着墓主人的高贵身份。四周的墓壁上画满了各种各样的壁画，仔细一看，这里的壁画跟外面看到的大不相同，除了一些仕女、宦官外，竟然还画有九条巨大的龙，张牙舞爪，栩栩如生。要知道，龙这种东西在古代只有皇帝才能拥有，而这里竟然出现龙的壁画，难道这是座帝陵？但是一般的帝陵都不会选择在这样隐秘的地方吧？

　　这时，马骝忍不住发出一声感叹，道："哇靠，这样的墓，有龙的图案，不是皇帝，也起码是个王爷呀！"

　　我问道："教授，现在最重要的问题是，我们要过去开棺，看有没有'赶龙杖'这宝贝，还是退出去，寻找陈教授？去或留，你来做主吧！"我把难题抛给了唐教授，看他如何做出选择。

　　唐教授听我这样一问，顿时皱起眉，想了一下说道："既然不来也来了，也被我们找到了真正的主墓室，还是去开棺看一下吧，如果真的有'赶龙杖'，那也算是完成了这次的任务。嗯，我想，国平知道后也不会怪我们的。"

　　米娜也附和道："教授说得有道理，况且，我们现在的补给不多了，人员也处于疲惫状态，万一退出去，又找不到陈教授的话，或者遭到什么机关陷阱，又或者被那些怪虫袭击，那就得不偿失了。"

穆小婷说道："这样的话，我们会不会因此错失了救人的时间？"

唐教授扭过头来，盯着穆小婷说道："从接到任务开始，大家也清楚明白，即使丢了性命，也要把任务完成。刚才米专家也说了，我们现在的补给不多，不能再耽误时间了。"

穆小婷被唐教授说了两句，悻悻地低下头，不敢再多言。我心想，果然还是功利在先，人命在后呀。看来我的猜疑没错，唐教授这老家伙城府极深，对于这次任务，应该没有完全对我们透底。

这时，马骠嚷嚷道："你们在这里一人一句地，说个没完，有这个时间，我都把棺材给打开了。大家别再废话了，既然唐教授决定要先完成任务，那么大家尽力配合就是了，哪来那么多话叨叨呢？"

于是，大家没再说话，开始慢慢走近那副巨大的石棺。等走近一看才知道，那副石棺是放置在一个四方砖床上面，砖床分了三层，从上而下，一层比一层大，看上去就像一个石雕艺术品一样。那副石棺的雕饰跟外面那副一样，只不过规格大了许多，看上去非常气派。

我生怕会有机关埋伏，一时也不敢轻举妄动。但唐教授不知道是因为仗着自己经验丰富，抑或是求宝心切，突然大踏步走上砖床。我看见这样，连忙一个箭步跟上去，对他说道："教授，小心有机关。"

唐教授对我笑了笑，摆摆手道："没事的，放心。这陵墓虽然布局奇特，但是这里应该就是真正的主墓室，以我对唐代墓室的了解，一般出现机关的可能性非常小。"

听唐教授这样说，其他人也毫无顾忌了，纷纷走上砖床。唐教授围着石棺转了一圈儿后，对我说道："来，咱们把这边的顶盖抬走。"

我点点头，和唐教授一人一边，但使出了吃奶的力气，那顶盖依然纹丝不动。这顶盖虽然有点儿大，但以我们两人的力气，肯定可以抬得起的，怎么回事呢？

马骝瞧见这样，忍不住笑道："教授，你老咯，让我来吧。来，斗爷，咱们一起光明正大搞破坏。"

我揶揄道："你看着点儿，别闪了腰。"

肖建说道："要不，让我来吧！"

马骝瞪大眼睛，忽然一脸严肃道："你是看不起我吗？"

肖建吓得连连摆手道："不是不是，不是这个意思……"

马骝随即换成笑脸道："跟你开玩笑呢，别害怕，不会打你。你就在一旁乖乖看我猴爷的表演吧！"

接下来，我和马骝再一次发力，但两人憋得脸都红了，结果还是一样，没能把顶盖抬起来。这次马骝被自己打脸了，忍不住吐了口口水骂道："这东西咋这么沉呢？是不是被什么胶水粘住了？"

我俯下身仔细看了看顶盖与石棺的衔接处，还别说，果然被一层白色的东西粘住了。马骝像捡到了台阶下来一样，指着那顶盖说道："你们看，我都说了吧，肯定是被什么东西粘住了，要不然凭我猴爷这神力，怎么可能抬不动它……"

唐教授一看那白色的东西，立即叫道："这是白膏泥，看来想要开棺，要动用工具了。"

马骝说道："教授，只要你一声命令，我马骝可以帮你把它给拆了。"

唐教授摇摇头道："不不不，这是非常重要的东西，不能使用暴力。我的背包里有一些开棺工具，可以派上用场。"

我心里想；这个唐教授还真的经验老到啊，竟然连开棺工具都随身携带。不过转念一想，他作为考古专家，有这方面准备也很正常。

这时，只见唐教授拿出他那套开棺工具，往有白膏泥的地方喷了些液体，接着又敲敲打打了一番，然后对大家说道："可以了，不过等下开棺的时候，可能会有尸气，大家要离远一点儿，注意周围的情况。"

我对唐教授说道："教授，我们也早有准备，带了那个防毒面具，就让我们来开棺吧！"

唐教授点点头："太好了，还是你们想得周到。"

马骝说道："尸气倒不怕，别诈尸就可以了。"

唐教授笑笑道："这不是拍电影，没有那么虚幻的东西。不过，你们还是要多加小心，这封存了上千年的尸气非同小可，一旦吸入，后果不堪设想。"

马骝说道："放心吧，教授，开棺而已，我们也有经……"

我知道马骝想说什么，连忙喝住他："马骝，别废话了，赶紧动手吧！"

# 第二十四章　被　困

等唐教授他们离开后，我和马骝放下背包，拿出防毒面具来戴上。我对着石棺拜了三拜，马骝见状，也跟着拜了三拜。完事后，我们一起抓住顶盖的边沿往上抬。果然，这次不用多大力气，顶盖就被抬了起来。与此同时，一阵烟雾从石棺里飘了出来，我和马骝连忙把顶盖放在地上，然后跑到一边，等烟雾散尽后，才跑回去把其他几块顶盖也一同抬走。

这个时候，只见石棺里面出现了一具腐烂得几乎已经不完整的尸骨，在灯光的照射下，令人有点儿毛骨悚然。尽管墓主人用了白膏泥封住顶盖，但还是未能把尸骨保存下来。在尸骨旁边，有一条类似竹杖的东西，长约八十厘米，直径约两厘米宽，一共十三节，浑身洁白，头部是一只龙头，而在龙眼的地方刚好有一点儿碧绿色，栩栩如生，整个东西看起来让人觉得非常奇特。除此之外，并无其他陪葬品。

似乎怕毒气未散，唐教授向前走了两步，又退了回去，然后对我喊道："金先生，怎么样？有没有发现什么？"

我戴着防毒面具，对唐教授点了点头，然后我从口袋里掏出手套戴好，俯下身把那支竹杖拿了上来。即使隔着手套，但也能感觉竹杖透出一阵冰凉，凭手感来看，这是一件完整雕琢出来的玉器，而且是上等的昆仑玉，重达两斤多。如无意外，这应该就是唐教授他们要找的宝物——赶龙杖。

我拿着赶龙杖走到唐教授那边，摘了防毒面具，对唐教授说道："教授，你看看你要找的东西是不是这个？"

唐教授早已戴上了手套，颤巍巍地接过后，仔细看了好几遍，那眼珠子几乎要掉出来一样，然后，他点点头激动道："没错没错！这应该就是传说中的赶龙杖！真是千辛万苦，终于找到了。"

其他人也一起围了过来；都为找到赶龙杖而感到高兴。米娜戴上手套，摸了摸那赶龙杖，满脸兴奋道："想不到还真的被我们找到了，真是太幸运了！"

关灵从唐教授手上接过赶龙杖，说道："原来真的跟我爷爷说的一样，一共有十三节。那么说，这墓主人真的有可能是杨公了。但杨公不可能藏有那么多宝藏呀，当地都传说这是两个太监的墓，你们说这会不会是墓套墓的情况？"

唐教授点点头道："也不是没有这个可能呀。要是能找到墓志铭，一切都真相大白了，不过这事还是留给其他考古人员去做吧！"

趁着大家的注意力都放在赶龙杖上的时候，米娜突然向唐教授使了个眼色，然后两人悄悄走到一边，细声商量起什么事来。他们的一切举动，都落在我的眼里。

我故作看赶龙杖，然后竖起耳朵想偷听他们在说什么，但他们说话的声音非常小，即使在这个空洞的墓室里，还是听不清楚。很明显，他们有事情瞒着我们。虽然听不清他们的谈话，但可以看见唐教授脸上的表情非常复杂，好像是遇到了什么难题。最终，他露出了一个妥协的表情，然后点了点头。

我一边偷偷观察，一边在心里分析唐教授那些表情的含义。之前发现大批宝藏的时候，我就对他们产生了怀疑，现在又出现这样的情况，我不得不认同自己的推测——那就是这个叫米娜的外国女人的身份，比唐教授还要高一些。而唐教授在她面前，一切都得言听计从。

我装作若无其事，等唐教授走回来后，便对他说道："教授，这东西归你了，我们也算完成任务了。君子协议，那些酬劳可要兑现哪，别打什么机关欠条。"

唐教授眨了眨眼睛，对我笑了笑，那笑容似乎带有一丝愧疚。但还未等他说话，米娜就抢着说道："别担心，你们的酬劳一分也不会少。"

我点点头道："那就好。"我一边说，一边看着唐教授，但他急忙避开我的目光，似乎不敢看我。

然后，我看见他突然双手捧着赶龙杖，走到砖床跟前，双膝跪地，对着那副石棺磕了三个头，嘴里还念念有词，也不知道在说什么，看样子像是在祈祷。

我心里还惦记着陈国平的安危，便对唐教授喊道："教授，宝物拿到手了，但是如果还不去救陈教授的话，恐怕来不及了。"

唐教授被我这样一说，这才意识到事情的严重性，急忙站起身来，从背包里拿出一条黑色的大方巾，把赶龙杖卷好放回背包里，然后说道："一高兴起来，把救人的事都忘记了，真是老糊涂呀！"

大家赶紧收拾好东西，走出了墓室，来到甬道口。这次，我们选了左边那条甬道，大家都祈祷能早点儿找到陈教授，因为所带的水已经剩下不多了，要是再找不到，大家的生命也有危险。

这条甬道跟中间那条一样宽，但弯道却特别多，还时不时飘来一股腐臭味。这种味道从进入这甬道后不久才开始有的，之前我们去过那么多地方，都没有闻过这种味道。而且越往里走，味道越大，这似乎说明，我们有可能走进了怪虫的巢穴里，因为它们都喜欢吃腐烂的东西。

走着走着，我突然感觉身边有点儿不对劲儿，连忙用手电筒晃了晃，糟了！少了两个人！仔细一看，竟然少了唐教授和米娜！

我连忙问其他人："你们有没有看见唐教授和米专家？"

大家听我这样一问，都一头雾水，不知怎么回答。左顾右盼了一下，在发现唐教授和米娜果然不在队伍里后，都一脸惊慌起来。

关灵说道："他们一直跟在我们身后的，什么时候不见了？"

肖建问道："不会发生什么意外了吧？"

穆小婷也问道："会不会又像之前那样……"

我摇摇头道："大家先别猜测，返回去找一下看看吧！"

马骝说道："这古墓真是要人命啊……活生生的两个人说不见就不见了。"

我带着大家转身往回跑，去找唐教授和米娜。但我心里隐隐感到一丝不安，我心里闪过唐教授看见金银财宝时的异常神情和他与米娜的秘密交谈，加上他们是两个人同时消失的，我渐渐觉得他们应该不是出了意外，而是带着宝贝偷偷离开队伍，逃走了。

大家跑出甬道后，发现墓室里的那些金银珠宝还在，但是没有他们俩的身影。他们继续往外跑，去找唐教授和米娜，我叫住他们："你们先别跑了，他们应该没事，他们很可能是带着赶龙杖逃走了。"

马骝惊讶地大叫道："什么？斗爷，到底怎么回事？你是不是知道些什么？"

我心灰意冷地说道："唐天生跟米娜总是有眼神交流，而且他看见墓室里的金银财宝时，看向米娜的神情都有点儿恍惚，我当时就有点儿疑惑，一个一心为考古事业努力的教授，看见些金银财宝而已，怎么会那么在意？后来又看见他跟米娜两个人躲着我们，偷偷摸摸地不知道在说些什么，肯定有鬼。现在他们两个人同时消失，很可能是带着宝贝逃走了。"

这时，马骝咬牙切齿地骂道："去他大爷的，我们千辛万苦帮他们找到了赶龙杖，一找到就带着宝贝逃走？如果真是这样的话，这两个挨千刀的，等我追上去，一人一弹弓，把他们打趴在地上求我猴爷……"

关灵也气愤道："这两个家伙，该不会真的是带着宝贝逃跑了吧？"

肖建问道："大家是不是有什么误会？唐教授如此德高望重，怎么会扔下我们，自己逃跑了呢？"

"这应该不是误会。有可能是他们两人的计划，我们都被他们骗了。"我说着，看着穆小婷和肖建，我突然想到了什么，对着他们两个人说道，"糟了！他们为什么没有把你们两个带出去？他们这样当着你们的面逃走，等你们出去了，肯定会告发他们以考古之名做着贩卖文物的勾当，这说明……他们压根儿没想让我们活着出去！我现在不怕什么，就怕他们跑出去封了洞口，那我们就在这里陪葬了。"

我在心里直骂自己蠢死了，竟然没有想到这一点。当初觉得唐教授只不过是功利性强，为了完成考古任务而不顾危险，却没想到会突然来这一遭，真的是千算万算、日夜提防，还是被这老狐狸给摆了一道。

穆小婷说道："他们就算逃跑，也要经过那个迷宫吧？那么复杂，没有金大哥带路，他们能逃得出去吗？"

我忍不住骂道："你怎么那么笨啊，我之前不是把破解迷宫的秘诀说了出来吗？只要沿着壁画的方向走，肯定能走得出去。当时我们想走出去的，只不过走反了方向，进入了墓室而已。我们快往外跑，别被困死在这里了。"

我们一边说，一边往外跑，一直跑出了真墓室，来到外面的假墓室，但依然没有发现他们俩的身影。突然，墓道迷宫那边传来疾步行走的脚步声，我们急忙追了上去。也不知在迷宫里追了多久，前面终于出现了两支手电筒的亮光，虽然离得很远，但我们还是认出他们就是唐教授和米娜。

我大喊一声："你们给我停住！"声音在墓道里传来阵阵回声，肖建和穆小婷也一边追一边喊，但唐教授和米娜完全没有停下的意思，不断往前奔跑。

唐教授毕竟上了年纪，加上跑了那么久，速度终于慢了下来，回过头来看了我们一眼。但很快就被旁边的米娜一把抓住手臂，拉着他往前跑去。突然，两人往旁边一闪，一下子消失不见了。

等我们跑到一看，这才发现他们消失的地方竟然就是之前进来的那个盗洞。我和马骝刚想钻进去，冷不防听见盗洞里面传来"嘀嘀嘀"的电子报警声，我之前见过米娜用电子炸弹来炸那些蛇，现在一听这声音，立即反应过来，急忙叫大家散开，赶紧趴在地上。

与此同时，盗洞里传来一声震耳欲聋的爆炸声，如天崩地裂般恐怖，一些泥石被炸飞出来，直接砸落在我们身上。浓浓的烟尘从盗洞里冒出来，瞬间把整条墓道笼罩了起来。

过了很久，等那些烟尘没那么厉害后，我们才敢爬起身来，一个个都像刚从工地走出来一样，一身的尘土。而肖建和穆小婷可能被烟尘呛着了，扶着墓壁一个劲儿在咳嗽。

我用手电筒照了照盗洞，只见那里已经坍塌了一大块泥土下来，把整个洞口完全封死了，想再挖通出去，估计不可能了。我心想，这个洋妞真是够狠毒啊！要是我和马骝钻进了盗洞，现在可能被炸得支离破碎、死无全尸了。

我对大家晃了晃手电筒，示意他们先离开这里。那些烟尘没地方散去，一直往墓道里面飘进去。我们在墓道里绕了很久，才逃离了那些烟尘。大家之前跑了那么久，加上又被炸弹吓了吓，一个个犹如槁木死灰般，躺在地上大口大口喘起气儿来。

我拿出水壶来喝了两口水，发现剩下的水已经不多了，照这样下去，估计撑不了两天时间。大家喝过水，稍微喘顺了气后，都知道现在面临的情况非常严重。

关灵抹了一下脸上的灰尘，经历过许多事情的她，此时也有一丝的恐慌，看着我问道："斗爷，现在怎么办？"

我安慰她道："天无绝人之路，我们一定能出去的。"

马骝一骨碌从地上坐起来，对我说道："现在这种情况，怎么出去？"

肖建说道："他们虽然炸了那盗洞，但是我们有工具呀，可以把那个盗洞挖通出去啊！"

马骝冷笑两声，道："怎么挖？你以为那炸弹的威力是吃素的呀？这一炸，就算整个盗洞没有被封死，你以为那两个家伙不会在外面再给填土？他们的目的就是想把我们困死在这里。"

我说道："马骝说得没错，以我们现在的情况，根本不可能把盗洞挖通，挖盗洞需要很大的体力，补水就是一个问题，大家看看自己的水壶里的水，估计两天都撑不了。在没有水补充的情况下，别说挖洞，走路都成问题。"

关灵叹息一声道："唉，我们被卷入进来，带他们来寻宝，结果却被他们陷害，真是知人知面不知心，堂堂的考古教授、外国专家，竟然会做出如此心狠手辣的勾当……不过，我想最可怜的，还是你们两个考古队员了，啊，还有陈教授，你们三个也算是倒大霉了。"

穆小婷和肖建互相对视了一眼，不约而同问道："什么意思？"

关灵说道："那两个家伙本来就是商量好的，来找我爷爷协助他们寻宝。没错，寻宝是真，但所谓的任务肯定是假的，什么上级的秘密任务，呸！统统都是骗人的。为了掩饰这个谎言，别说我们，你们三个作为自己人，都被唐教授给利用了，因为他不带一两个队员的话，单凭自己和那个外国专家，肯定会令我们起疑的。所以说，你们是不是倒大霉？"

肖建一脸不解道："我真想不明白唐教授为什么要这样做，平时他都是很好的人，德高望重，在考古队里没有人不尊敬他的。会不会是那个外国女人怂恿他，或者逼他干出这些事？"

马骝"哼"了一声道："德高望重？装出来的吧……你也说平时，现在他是什么人，你清楚了吧？一个被认为德高望重的人，会因为被威胁或者怂恿，而去设计害死大家？"

肖建说道："可是，我还是不明白唐教授为什么要这样做。如果说要得到那赶龙杖，他也已经得到了，为什么还要害我们呢？"

我说道："我想，这次寻宝应该是出于个人利益吧，他的目的不仅仅是赶龙杖，还有那十五副石棺里的金银珠宝。"

穆小婷问道："可是，那些金银珠宝他们没有拿走啊，而且他们自己也把盗洞封死了，想要进来也不可能了吧？"

我对穆小婷说道："我们挖出去难，但他们可以从外面挖进来啊，一个星期不行，挖一个月总会挖通吧，反正他们有的是时间，但我们就不同，我们现在要跟时间赛跑，时间就是生命。"

关灵接话道："没错，他们封死洞口，把我们困死在这里，过上一段时间，他们再偷偷进来，到时别说十五副石棺的金银珠宝，连那些壁画一块块给撬走也有时间。"

穆小婷低下头嘀咕道："真是太可怕了……"

这时，马骝对我说道："斗爷，我说大家也别在这里耗着了，赶紧找出路要紧呀！"

我点点头道："嗯，大家不要灰心，打起精神来，这座陵墓那么大，肯定还有出路的。况且，除了我们几个活人，还有其他生物跟我们做伴嘛！"

肖建瞪大了眼睛，惊讶道："什么生物？"

我说道："你忘记了那些叫'棱刺锥葵嘴虫'的怪虫吗？它们既然能在这里生活了那么久，难道不用吃喝啊？"

肖建立即醒悟过来，兴奋道："你是说，它们要活命，肯定要出去觅食，这样的话，就肯定会有出去的路！"

我笑道："没错，看来还没蠢到家嘛！"

马骝站起身来，拍了拍身上的灰尘叫道："那还等什么？赶紧去找它们聊聊呀。我们有火枪在手，还怕它们不给咱们带路吗？"

于是，大家离开墓道，走回墓室那边。经过那十五副石棺时，马骟突然停了下来，对着那些金银珠宝叫道："出得去算命大，出不去也不能让自己死得那么寒酸，现在不下手，更待何时？"说完，把背包里的一些没用的东西全掏了出来，然后一把抓起那些金银珠宝，一个劲儿往背包里塞。

我刚想出手制止，却没想到有个人比我还快，对着马骟叫道："住手！这是国家财产，不许乱动！"

# 第二十五章　怪虫巢穴

我一看，原来站出来指责马骝的人是穆小婷，这个看似柔弱的女生，现在看起来非常有气势。但马骝才不理她，一边往背包里装财宝，一边说道："嚷什么嚷？一边去，这都什么时候了？还在叫嚣着国家财产，这都是搜刮而来的东西，是属于贫苦大众的，是人民的财产。"

穆小婷不知哪里来的勇气，走过去一把夺过马骝的背包，语气坚硬道："我说了，这些是国家财产，任何人不许动！"说完，把马骝装的金银财宝全给倒回石棺里，然后把背包扔在马骝脚下。

马骝真的是气不打一处来，往地上吐了一口口水，突然上前两步，扬起手来就要打人。旁边的肖建看见这样，急忙冲过来护着穆小婷。我也冲过去把他们隔开，然后对马骝说道："放下手来，别冲动，有话好好说，这都什么时候了，还搞内讧？"

马骝指着穆小婷骂道："我呸！这两个家伙肯定是跟唐教授他们一伙的，你还护着她干吗？"

我说道："她现在跟我们在一起，要是出不去，也只有死路一条。

217

她是天真了点儿，但如果她是同伙，怎么可能傻到把自己留在这里？我看你是被这些金银珠宝搞坏了脑子……"

马骝叫道："我屌，不是同伙，那干吗在一旁乱吠？还过来捣乱？"

关灵半说半笑道："哎哟，马骝，你也不看清楚点儿，这里除了我们，还有两个国家考古队的人，肯定不允许你乱来啦。这丫头傻是傻了点儿，但胜在够坚强呀，面对像你这样的恶势力，还敢这样做，也真是难得呀，哈哈。"

关灵的话令气氛稍微缓和了点儿，但马骝还是不依不饶，继续蛮不讲理道："你以为他们这些考古队是好人？打着考古的旗号，还不是出了唐天生这样的败类。所谓上梁不正下梁歪，他们两个也肯定不是什么好人。我说要不干脆把他们绑起来，扔给那些怪虫，让他们自生自灭吧，免得在这里碍手碍脚。"说着，捡起地上的一捆绳索，露出狰狞的笑脸。

穆小婷和肖建一听马骝这样说，顿时吓得脸色都变了，一连退后了好几步。关灵走过去拍了拍穆小婷的肩膀，笑道："没事，别怕，马骝这人就是喜欢开玩笑，你们别当真，有我和斗爷在，谅他也不敢乱来。"

马骝气愤道："我管他什么爷，老子今天就是大爷，是猴爷，我说了算，就算今天老佛爷在这里跪着求猴爷我，也没情可讲。"

我越听越生气，忍不住一巴掌扇过去，把马骝打得晕头转向。大家没想到会来这一遭，都吓了一跳。马骝更是想不到我会出手打他，捂着半边脸，对我吼道："你大爷的，金北斗，你还真的动手啊？"

我歪了歪脑袋，看着马骝生气道："动你咋了？还需要择日啊？看我不把你打醒，叫你绑人……肯定是被这些金银珠宝迷惑了，我一定要把你打醒。"我一边骂，一边拿出工兵铲来。

"我没有被迷惑，我还是我，我是马骝……斗爷，我是马骝啊……"马骝见状，连忙大声叫道，一边说，一边往后退，"斗爷，你……你……你别乱来啊，要是真的打起来，还不知道鹿死谁手啊……"

关灵连忙走过来拉住我，叫道："斗爷，别冲动，马骝可能真的是开玩笑而已。"

马骝立即冲我叫道："没错，没错，我是开玩笑而已，我怎么可能这样做，这等于谋杀啊……斗爷，我承认我贪财，刚才是我的不对，有话好好说……大小姐，你赶紧劝劝斗爷，他是你的未婚夫，他肯定听你的话。要是我们打起来，他伤了我不要紧，我伤到他的话，你去哪里找那么帅气、那么聪明的男人做老公啊？"

我听到马骝最后说的那句，终于忍不住笑出声来，对马骝说道："还算你小子会说话，那现在你说，你是大爷，还是我是大爷？"

马骝连声说道："你是大爷，你是大爷……"

"没事了，你们别怕，马骝估计是气坏了脑袋，乱开玩笑而已。"我扭过头来对肖建和穆小婷说道，接着对马骝说，"赶紧过来跟人家道个歉吧，看被你吓得，脸都白了。"

马骝知道我刚才的举动并没有恶意，也不是真的对他生气，便又闹起脾气来，捂着被我打的那边脸说道："你打了我，也没跟我道歉，还要我去跟他们道歉？要道歉你帮我去道，算是你还我的……"

穆小婷连连摆手道："不用道歉，这事我也是冲了一点儿，可能做了考古这一行，了解多了，对于盗墓贼那些行为非常痛恨，也就控制不住自己，出来捣乱了。"

我说道："你做得很正确，我们应该在任何情况下，都不能抱有侥幸心理，不能破坏和挪用历史留下来的珍贵宝物。这整起事件，估计罪魁祸首还是我们，要不是我们带唐教授找到这里，估计在他们有生之年，也不可能会找到这座陵墓。所以，要是我能走出去，我金北斗发誓，一定会想尽办法，把赶龙杖夺回来，交给国家，交到你们这些真正做考古的人手里，绝不会让它流到国外。"

穆小婷和肖建听我这样说，都感到非常激动，对我连声感谢。穆小婷连忙把马骝背包里的东西收拾好后，递给马骝，并对马骝鞠了个躬说道："马骝大哥，对不起！"

马骝摇了摇头，接过背包，叹息一声道："唉，你这丫头原则性太强了，谁要是做了你的男朋友，那可有的受咯！"说着，马骝看向肖建，说，"喂，小子，要是我们能出去，以后你可给猴爷我保护好这丫头啊，她可是考古界里的一股清流，未来的栋梁之材呀，要是她少了根头发，我唯你是问，你也见识过我的弹弓，到时别说斗爷，玉皇大帝都保不了你。"

肖建被马骝说得红起了脸，连连点头道："我会的，我会的……"

这场突如其来的纷争，虽然耽搁了一点儿时间，但同时也让我们见识到什么是真正的考古精神，特别是在这种情况下，也无疑是给我们这些"寻宝猎人"上了一课。

接下来，大家再次走进那条有腐臭气味的甬道，即使面对生死问题，但我们还是有说有笑，关系似乎比之前更加好了。走着走着，前面突然被什么东西挡住了去路，仔细一看，我的妈呀，竟然是一只巨大的怪虫。那怪虫比我们之前看见过的还要大，那臃肿的身躯几乎占了甬道的三分之二，趴在那里就像一头大象一样，令人毛骨悚然。

大家连忙停住脚步，纷纷拿出火枪来。我让大家往后退，然后对马骝说道："马骝，给它来一个火弹。"马骝立即拿出弹弓来，对准怪虫的头部打了一火弹过去。那怪虫忽然头一低，火弹从头顶飞过，打在脊背上，只听见"噗"的一声，火光四溅，怪虫的背上立即燃烧起一团火焰来。

怪虫叫了一声，突然向着我们冲了过来，别看它身躯臃肿，可跑起来动作也很快。我连忙喊了一声："开火！"顿时，几支火枪喷出火焰来，把甬道照了个通亮，那只怪虫看见火光，也收住了脚步，在离我们几米远的地方昂起头来大叫，发出一种很诡异的叫声。

突然，怪虫弓起身子，张开嘴巴，喷射出一股黑色的液体。大家连忙往旁边躲闪，但肖建还是迟了一步，手背被那些黑色液体沾到，立即发出一声痛叫。这个时候，马骝看准时机，拉弓对准怪虫的嘴巴打了一火弹过去，这次怪虫来不及躲闪，火弹在它的嘴里爆开，烧得它嗷嗷痛叫，拖着臃肿的身子转身往甬道深处逃跑而去。

再看肖建的手背，只见上面被黑色液体沾到的地方已经开始腐烂起来，如被泼了镪水般可怕，痛得肖建大叫起来。我怕这液体的毒会顺着血液流到心脏中，连忙拿出绳索来，绑在肖建的手臂上。

关灵也连忙从背包里拿出一瓶消毒水和一瓶药粉来，对肖建说："你忍着点儿，这药是我爷爷研制的解毒药，应该可以暂时缓解一下。"说着，她用消毒水清洗了一下肖建的手臂，然后撒上药粉，用绷带包扎起来。

此时，只见肖建躺在地上喘着大气，脸憋得通红，满头大汗，看样子非常痛苦。那被毒液沾到的手已经慢慢变成了紫黑色，似乎失去了知觉，放在地上完全动不了。穆小婷蹲在他身旁，默默流泪，不知所措。

我蹲下来问肖建："现在感觉怎样？能走得动吗？"

肖建点点头道："行……只是……只是这手好像失去了知觉，开始还麻痹，现在什么感觉都没有了。"

我把肖建扶起来，掐了一下他的手臂，肖建摇摇头，表示没有痛感。关灵把我拉到一边，小声对我说道："斗爷，虽然用了药，但是看起来毒性很强，这药可能起不到什么作用，要不及时送出去救治，估计他撑不了多久。"

我点点头，也知道问题的严重性，如果时间久了，肖建很有可能会因此而丧命，便催促大家赶紧找出路。大家于是继续往前走，大约走了几分钟，甬道终于走完了，出现在我们眼前的是倒塌的砖门和石门，但看样子并不是人为弄塌的。而这个时候，那些腐臭味更加浓郁了，还伴随着一些窸窸窣窣的声音，这似乎说明，里面极有可能就是怪虫的巢穴。

大家的心都几乎悬上了喉咙，蹑手蹑脚地踏过石门，用手电筒往里一探。只见出现在眼前的竟然又是一个大墓室，但这个墓室不同，没有石棺，也没有陪葬品，只有一堆腐烂的尸体和十几只大大小小的怪虫。那些腐烂的尸体都是各种动物的尸体，大的有野猪、野鹿，小的有野兔、山羊，场面极其恐怖，同时也令人非常恶心。而那些怪虫一见我们进来，立即停下啃食的动作，发出一阵诡异的叫声。而在角落里，还有那两只被火弹烧伤的怪虫，但看起来已经奄奄一息。

马骝捂住鼻子叫道："这么臭，还怎么战斗……臭都臭死人了……"

我同样捂着鼻子，但还是压不住内心的兴奋，激动道："这总比困死要强啊，你们看那些动物的尸体，连那么大的野猪也可以被拖进来，附近一定有出路。"

关灵说道："没错，现在我们要保持体力，能不战斗就不战斗，尽快找到出路逃出去。"

我用手电筒照了一下墓室，只见在东北方向有几个大窟窿，看起来像盗洞一样，一个人弯着腰走完全没有问题。但这肯定不是盗洞，应该是那些怪虫出去觅食的通道。我对着大家做了个手势，示意大家往窟窿那边走去。

就在大家沿着墓壁慢慢往前移动的时候，那堆动物尸体中，有个东西突然动了起来，随即还传来一阵痛苦的呻吟声。大家都被这突如其来的一幕吓了一跳，目光齐刷刷地往那东西身上看去，这一看不要紧，却把大家吓得惊叫起来。

只见在手电筒的光照下，那东西血肉模糊，好像被泼了一脸镪水一样，正从地上挣扎着想爬起来，再仔细一看，原来这个东西不是别的什么，正是给怪虫拖走的陈国平陈教授！

# 第二十六章　真　相

穆小婷和肖建一见是陈教授，立即惊叫出声，刚想冲过去，我连忙拦住他们，对他们说道："别轻举妄动，他身上沾有毒液，不能靠近！"

穆小婷焦急道："那……那怎么办……"

马骝说道："我屌，他这样子还能怎么办？华佗再世也没办法了吧！"

这个时候，陈教授坐起身子，趴在一头死鹿身上，忽然开口说话："你们……你们怎么来到这里的？"虽然脸上的皮肉已经被毒液腐烂，但是听陈教授的语气，似乎思维还很清晰。未等我们回答，他的眼珠子晃了晃，似乎发现了什么，连忙又问了一句，"唐教授和米专家呢？"

我也不想隐瞒他，于是便把我们如何找到"赶龙杖"，唐教授和米娜如何逃走，又如何把我们困在墓里的情况说了个大概。陈教授听完后，突然哈哈大笑起来，但似乎把脸上的肌肉扯痛了，很快就痛哭起来。忽然，他咬牙切齿地叫道："这两个家伙，竟然那么自私，我做鬼都不会放过他们……"

马骝这时还不忘添油加醋，对陈教授道："对，别放过他们，你现在弄成这样，都是拜他们所赐。我们本来争分夺秒去救你的，但是那个唐教授却说要先完成任务，就这样被他耽误了一下时间，我们现在才找到你。"

陈教授抬起头来，从他的眼神里可以看得出，他有点儿不相信马骝说的话。马骝连忙指了指肖建和穆小婷，说道："不信你问问你的学生，要不是唐教授坚持要这样做，我们可能早就找到你，把你救出来了。"

陈教授的眼珠子从马骝身上移到肖建和穆小婷身上，忍住怒气问道："是不是真的？"肖建和穆小婷互相对视了一眼，都点了点头。

陈教授怒道："早知道他们是这样的人，我就不帮他们……"

我一听他这样说，似乎知道些内情，便问道："陈教授，正如马骝所说，你这样子都是拜他们所赐。我想，你们是不是早就有了这个取宝走人、杀人灭口的计划？"

陈教授摇了摇头，说道："我也不知道他们两人之间有什么计划，但是对于这次任务，唐教授对我透露很少，这在以前完全没有发生过。不过现在我总算明白了，他们是想独吞，所以才把我们蒙在鼓里。"

关灵忍不住问道："这么说，那个所谓的任务，也是假的？"

陈教授又摇了摇头道："我也不清楚，但应该没有所谓的任务。事到如今，我也不怕把我们之间的秘密说给你们听，他唐天生既然做初一，就别怪我做十五……我和老唐表面上虽然是考古教授，但是在现在这个充斥着各种诱惑的社会里，我们其实也没有别人说的那么高尚，也会受到利益的诱惑，从而做出有损国家的事情……我们曾经利用职务之便，暗中贩卖过一些文物，现在回想起来，我们跟那些盗墓贼没两样……"

我心里也早就猜到八九分，但还是忍不住骂道："哼，你们比盗墓贼更加可恶，而且还更加可怕，他们偷偷摸摸去盗墓，而你们光明正大地去盗墓，毁了自己不说，连带我们也被你们毁了。"

马骝一连往地上吐了几口口水，骂道："你们这些孙子，原来个个都是披着羊皮的狼，我马骝闯荡江湖那么久，阅人无数，竟没想到会被你们几个玩死……"

陈教授辩解道："我们也只是做过几次而已，后来查得严了，我们也收手没做了。"

马骝叫道："哼！管你几次，一次不忠百次不容……"

陈教授顶撞马骝道："我就不相信，你们没干过这样的事！普通人，哪有你们这等本事，而且还那么经验老到？"

马骝刚想还击，关灵扬起手制止道："别扯这些，说重点。我问你，陈教授，那个所谓的外国专家，也是假的吗？"

陈教授说道："这个不是假的，她确实是个专家，但不是什么考古专家，而是文物专家，同时也是国外一个地下文物贩卖组织里的人。"

马骝又骂道："什么文物专家？还不是骗子一个。斗爷，我说过我会相人术，现在你相信了吧？一开始看见这洋妞，我就跟你说过，她带点儿邪气，不像个专家，现在怎样？被我说中了吧？"

我没理会马骝，对陈教授问道："你们和米娜之间是什么关系？"

马骝又嚷嚷起来："你管他们是什么关系，都知道他们是坏人了，咱们赶紧走人吧，出去后再找他们两个算账。"

我说道："你别打岔，这个弄清楚好一点儿，所谓知己知彼，百战不殆，先把他们的情况摸清楚，到时出去后找他们也相对容易点儿。

不然，到时候抓他们不了，还让宝物流到了国外，那情况就糟糕了。"

陈教授说道："金先生说得对，绝不能让宝物再次流到国外……我已经是个将死之人了，我就把事情都给你们说清楚，让你们出去后能早点儿抓住他们，夺回宝物……"

原来，米娜从一些中国文献里面发现了"赶龙杖"这个宝物的存在，并知道这个宝物有可能存在于鬼岭的一座神秘陵墓里。于是她找到唐教授，希望他能帮忙寻找这个宝物。唐教授起初不愿意，后来不知怎么就同意了。唐教授便游说陈国平，并且说得到的利益和陈国平五五分账。陈国平虽然也是个考古专家，但私底下也偷偷干过贩卖文物这个勾当，知道其中的利益可观，便一拍即合。而那个所谓的外国专家米娜，则是个文物修复和复制的技术专家，同时也是海外文物贩卖组织的牵线人。为了不让人起疑，唐教授还叫来了肖建和穆小婷两个学生，以秘密任务为名组建了一支考古队伍。但他们知道鬼岭的厉害，也不敢擅自行动。这时，唐教授便想到了"穿山道人"关谷山，想请他帮忙寻找陵墓。但无奈关谷山年事已高，不能相助，便向唐教授推荐了我和马骊两人。

大家听陈国平说出真相后，都惊讶不已，看来关灵之前的猜测完全正确，这一次所谓的秘密任务都是在利益的驱动下进行的，而且还牵涉到外国文物贩卖组织，也不知道有多少宝物经他们之手流到了国外。

穆小婷红着眼说道："我想不到你们真的是那种人……我热爱历史，热爱考古，本以为跟着你们两位教授，可以学到许多东西，没想到……"说着，穆小婷哽咽起来，没再说下去。

陈教授叹了口气，说道："我开始也跟你们一样，对考古非常热爱，但是所谓近朱者赤，近墨者黑，在这个看钱的世界，我当初那坚定的心也被摇动了。"陈教授忽然苦笑一下，继续说道，"你们知道吗？这古墓里的宝贝，在国外溜一圈儿，那赚的钱，做几辈子考古学家都不可能赚到。如此高利润的诱惑下，难免不动心呀……"

我问道："对了，你刚才提到的那个外国文物贩卖组织，是个什么样的组织？"

陈教授咳嗽了一声，回答道："我对这个组织也不是很了解，只知道他们行事神秘，成员遍布全球，专门从事地下文物交易，而这估计只是冰山一角，他们好像还有地下军火交易和毒品交易，是个非常庞大的犯罪组织。你们只要找到那个米娜，应该就可以把唐教授找到，说不定还能找到那个神秘组织……"

我斟酌了一下，问道："唐教授跟这个组织熟不熟？"

陈教授摇摇头道："应该不熟悉，我们之前贩卖文物，也是通过这个叫米娜的人牵线的。但不知道老唐这次为什么会突然做出这样的事，不救我不说，还把你们困死在这里。我想，这其中必有原因，一定是那个米娜搞的鬼。"

马骝冷笑道："哼，牛不喝水强按头，他老唐要是不愿意，还能被这么一个洋妞牵着鼻子走？我看就是这老东西想吃嫩草，看上了人家，吃腻了家常便饭，想吃点儿西餐，乱搞关系……"

陈教授说道："老唐不是这样的人，他跟我虽然做过错事，但是他绝不是那种人，可能这个女人抓住了老唐什么把柄，威胁他……"

马骝打断道："那他为何急着开棺取宝，而不是急着去救你？"

陈教授被马骝这样一问，立即哑口无言。就在这时，一只怪虫趁我们不备，悄悄走近了几步，突然伸出舌头，把陈教授一下子卷起来，送进了满是利齿的嘴里。然后嘴巴一合，陈教授的脑袋和身体立即分了家，场面非常血腥，惨不忍睹。

这一下来得太突然了，穆小婷和肖建都吓得惊叫起来，差点儿吓晕过去。我们三人虽然经历过那些恐怖怪物袭人的场景，但还是被眼前这一幕吓得大气都不敢喘，一时不知所措。

似乎发现我们被吓住了，有几只怪虫昂首怪叫一声，同时对我们发起了进攻。我们连忙打开火枪，阻挡它们冲过来。趁着这个时候，我立即叫大家往那三个洞口跑去，毕竟这样斗下去不是办法，我们根本没时间去消耗。

然而就在大家差不多跑到洞口的时候，洞里突然钻出五只怪虫来，挡住了我们的去路。看那阵势，非要把我们困死在这里不可。而洞里面，好像还有怪虫，可能是听见了同伴的叫声，从外面赶回来助阵。

# 第二十七章  人虫大战

这时，马骝举起弹弓，往堵在中间洞口的那只怪虫的嘴里打了一火弹。那只怪虫也不傻，身体往地上一趴，火弹立即从背上掠过，打到了墓壁上，顿时火花四溅。

马骝骂了一声："这些家伙怎么突然好像长脑筋了？竟然躲得过我的火弹……"他一边说，一边再次拉弓，但这次还是那样，那只怪虫的脑袋好像长了雷达探测器一样，对马骝打过来的火弹一下子就躲了过去。

一直自称弹无虚发、百发百中的马骝，这次两弹都没打中目标，不免有点儿尴尬。他往地上吐了一口口水，说了句脏话，又一次拉弓，这次他上了两只火弹，同时瞄准刚才那只怪虫。这次那只怪虫就没那么幸运了，躲过了第一弹，但第二个就狠狠地击中了它的下颌，烧得它嗷嗷大叫，在地上打起滚来，想把火弄灭，但这火弹都是马骝专门研制的，一旦燃烧起来，很难弄灭。那只怪虫打滚了一阵，突然站起身来，如发癫般在墓室里跑来跑去，最后在我们进入墓室的那个洞里跑了出去。

这时，守住洞口的那几只怪虫突然对我们喷出了黑色的毒液。我们深谙那些毒液的厉害，都不敢乱来，慌忙跑到一边躲开。那些怪虫惧怕我们的火枪，但我们也惧怕它们的毒液，彼此就这样僵持对峙。

马骝叫道："斗爷，火弹不多了，再这样耗下去，死的肯定是我们啊，赶紧想想办法吧。我的火弹算是最厉害了，但现在那些家伙都好像变聪明了，知道躲闪火弹。还有，这火枪再这样烧下去，很快就烧完了，到时没有了火，咱们未必能脱得了身呀，总不能这样等死吧？"

我说道："先别慌，只要能保住性命，肯定能出得去。看它们的阵势，肯定是想围困咱们，这样，你往那洞口处打几下火弹，先让那地方烧起来，顺便把那几只怪虫赶离洞口。"

马骝问道："这火弹不多了，这样打，岂不是浪费弹药？"

我反问道："那你现在能保证一弹一个准儿吗？而且，这些怪虫虽然怕火，但不打住要害，根本烧不死它们。"

马骝一时也无言，只好照我说的去做，往洞口那边打了三个火弹，顿时把守住洞口的那几只怪虫逼到了一边。但即使这样，我们还是不敢直接跑过去，因为这个时候，有两只怪虫往洞口方向喷去毒液，企图用毒液扑灭地上的火。其他几只看见这样，也围了上去，火弹燃烧的火并不大，没多久就被那些毒液给浇灭了。

马骝忍不住埋怨道："斗爷，你看，又浪费几个火弹了……"

我也想不到那些怪虫还有这一招，看来真的是小看它们了。这时，几只怪虫突然叫了一声，像互相传达信息一样。然后，有两只怪虫转了方向，对准肖建和穆小婷那边冲了过来，另外又有四只怪虫从正面向我们三人发起攻击。

我们本来烧着火枪，根本不怕这些怪虫，谅它们也不敢近距离靠近。但是人不经吓，特别像肖建和穆小婷这样没经历过被怪物袭击的人，一慌就手忙脚乱，吓得连忙往旁边空的地方跑去。

我一看这样，暗叫不好，这些怪虫想必是要分离我们，然后逐一攻破，而肖建和穆小婷这样一跑，正中它们下怀。果然，攻击他们两人的那两只怪虫并没有进一步动作，只是隔在我们之间，晃动着身躯。而对我们三人冲过来的那四只怪虫，在距离我们两三米多远的地方停住了脚步，然后开始对着我们喷出毒液。

我们连忙往后退去，这样一来，与穆小婷他们的距离就变得越来越远。我心想，这些怪虫怎么突然间好像都长脑筋了，竟然会用这样的策略来攻击我们。此时，穆小婷和肖建被那两只怪虫逼到了角落，他们手里的火枪似乎快要烧完了，火焰只剩下一点儿，吓得两人哇哇大叫。

马骝一看这样，连忙往那边打了两下火弹，暂时逼退那两只怪虫。但是，马骝的举动却招来了其他怪虫的攻击，几只怪虫直直地向着马骝冲了过来。我和关灵连忙伸出火枪，企图阻挡怪虫的攻势，但不料我的火枪刚喷出一团火焰后不久，便慢慢熄灭了。我骂了一句，连忙抽出马骝身上的火枪，三人再次往后退，找地方躲闪。

这时，关灵突然对我说道："斗爷，还记得'擒贼先擒王'这话吗？你看它们之间，是不是好像有只家伙时不时会叫一声的？像不像在发号施令？"

我说道："看起来还真是这么一回事呀……马骝，赶紧用火弹打最后那个！等它叫的时候，给它来一火弹。"

马骝应了声，看准时机，对着最后那只怪虫同时打出两个火弹，那只怪虫避开了第一弹，但第二弹还是没避开，跟之前那只那样，正中下颌，烧得它嗷嗷大叫。其他怪虫看见这样，纷纷退开。

看见这样，我们连忙跑去穆小婷那边，重新把队伍合在一起。再看出口那边，依然有怪虫在守着，想在这个时候出去，还不是时机。但我们也只能这样耗着，一时也想不到什么对策。

我对关灵叫道："灵儿，还是你聪明啊！知道'擒贼先擒王'，我金北斗说的，今天要是大难不死，回去后我就下聘礼娶你。"

马骝一听我这样说，立马叫道："斗爷，还下聘礼？你忘记那葫芦的事啦？"

我说道："一码归一码，意思意思也要的嘛。我金北斗结婚，怎么能那么随便？肯定有多大排场，搞多大排场……马骝，你就做伴郎吧。啊，小婷，你干脆做伴娘吧。哈哈，就这么定了。"

关灵"呸"了一声，佯怒道："都什么时候了？还是那么不正经……谁说我一定要嫁给你的……"

马骝忽然嬉笑道："大小姐，你不嫁斗爷，难道要嫁给我啊？"

关灵歪了歪嘴角，打趣道："咱们刚认识的时候，你不是一直在撩我吗？现在怕了我是吗？"

马骝连连摆手道："我……我……我当时也不知道你是什么人，反正看见美女，我马骝心里的泡妞装置就会自动开启，现在你是斗爷的人，我马骝哪还敢乱来……"

我突然伸出手，一下子揪住马骝的耳朵说道："这家伙呀，别说看见美女，就算看见什么猪呀狗呀的都会喜欢。"

关灵揪着我的耳朵问道："好啊，金北斗，你这是拐个弯儿骂我是吗？"

我连忙解释道："没有没有，我骂的是马骝……"

肖建和穆小婷看见我们这样打闹，都忍不住笑出声来，紧张的气氛也慢慢被我们的打闹缓和了一下。我恢复认真的表情对马骝说道："马骝，你还有火弹不？"

马骝摸了摸口袋，回答道："还剩两颗。"

我点点头，说道："好，你等下用火弹把那守住洞口的怪虫赶走，接着我跑过去淋火油，来一个火油圈阻挡它们。马骝，你拿着你的火枪打前锋，接着是灵儿和小婷，肖建，你和我最后拉着火绳走，这样那些怪虫应该就不敢追上来。"

安排妥当后，马骝立即打出剩下的两颗火弹，把守住洞口的那三只怪虫赶走。我看准时机，拧着火油罐跑了过去，然后在地上洒了一圈儿火油，等大家进入火油圈后，我立即用东西把火油点燃。也趁着这个时候，我们立即跑向那三个洞口，却发现中间和右边这两个洞口都有小怪虫在探头探脑，发出一些怪声，看样子应该是那些怪虫的崽。

就在我们想钻进最左边那个洞的时候，那只发号施令、被马骝烧了下颌的虫王以为我们要伤害它的崽，突然嗷嗷大叫，一边叫一边不要命地冲过了火油圈，那些火油沾在了它身上，瞬间燃烧了起来，但它顽强得要命，对着我们狂喷出一股毒液。

大家急忙往两旁闪开，那怪虫晃动着脑袋，拖着着了火的身躯，突然冲向穆小婷那边，伸出长长的舌头，一下子就把穆小婷卷了起来。眼看怪虫就要把穆小婷送进嘴里，突然，一个人飞扑了过去，用双手拉住了怪虫的舌头，两只脚狠狠地踢蹬怪虫的脑袋，仔细一看，原来是肖建！

怪虫被肖建扯痛了舌头，一下子松开了穆小婷。见状，我连忙冲过去，把穆小婷拖回来，发现她已经吓得脸色苍白、浑身颤抖，但从表面上看，应该没有受伤。

这个时候，肖建与怪虫已经打在了一起，只听见他不断在喊叫："快走！快走……"

我知道这种情况下，再不走的话，到时全部人都走不出去了。因为火油圈燃烧不了多久，而且那些怪虫以为我们要伤害它们的崽，有了第一只不怕死，肯定会有第二只。果然，我刚动身，又有一只怪虫在火油圈前试探，想冲过来。我连忙拉住关灵，马骝拉住穆小婷，四人急忙往洞口那边跑去。

突然，穆小婷大叫一声肖建的名字，挣脱了马骝的手，想跑过去救人。马骝大叫一声，扑上前去，抱住了穆小婷，用力把她拖了回来。

我看了一下肖建那边，只见他双手缠住怪虫的舌头，而那怪虫不断晃着脑袋，把肖建撞击在地上，企图挣脱他，但肖建早已将生命置之度外，任凭那怪虫如何晃打，他死都没有松开手。这样的情景，不禁令我想起了在迷幻城里的上官锋，他同样是牺牲生命，让大家逃跑……

我连忙叫马骝和关灵把穆小婷拉进洞里先走，我来殿后。等他们全部人钻进洞里后，我连忙点燃手中的火绳抛了出去。此时，刚才在火油圈外面试探的那只怪虫突然冲了进来，叫了一声后，突然冲到同伴那里张大嘴巴，往肖建的脑袋上狠狠地咬了下去，然后扭过头来，看样子是想追我们。我攥着火绳的一端，拼了命般从洞里钻出去……

火绳一直燃烧着，但无奈火势太小，那只怪虫经历过了那么多，也似乎像肖建那样，早已将生命置之度外，跟着我们后面追了过来。

我们拼了命般往前跑，也不知跑了多久，直到钻出洞外，我这才松了口气，心想总算出来了。

我仔细看了看眼前的地方，原来是一开始我们发现的那个巨石岩洞。我当时没有猜错，这些洞口真的是通往怪虫的巢穴。也真是多亏这些怪虫，我们才大难不死，逃出生天。

这时，洞口处传来了怪虫的声音，听声音似乎不止一只。马骝急忙叫道："快走快走，等它们追上来，就斗不过它们了。"

我吐了一口口水，说道："你们先走，我殿后。"说着，我从背包里拿出之前从那些生物学家的背包里捡来的炸药，之前在怪虫巢穴里，这东西肯定不能用，毕竟一旦爆炸起来，谁也活不了。但现在不同了，正是用得上的时候。

马骝一看，顿时明白过来，对我叫道："斗爷，你……你……"

我连忙制止他说话："你你你什么，别磨叽了，赶紧带她们出去。"

关灵也知道我要干什么，一脸的惊恐道："斗爷，别这样，这炸药足以把这个洞给炸毁，万一你跑不快，会没命的。"

我一边把那几包炸药堆放在洞口里，一边说道："我知道其中的危险，但如果不这样做，等它们追了出来，我们谁也逃不了，这鬼岭是它们的地盘，我们只是它们的猎物。唐教授是叛徒，陈教授死了，肖建为了救我们也牺牲了，现在穆小婷是我们唯一的保护对象，千万别让这颗考古火种也熄灭了。"

关灵还想说些什么，我连忙转过身对她说道："别说了，我知道这其中的危险，我是认真的。"我看着关灵的脸，一脸的真情，说道，"你别忘了，我还要活着出去娶你的。就你这脾气和手段，我看这世上，也只有我才能容忍你。"

关灵看着我，流出了眼泪，似乎不知该说些什么。我伸出手来，擦拭了一下她脸上的泪水，然后亲了一下她的额头。接着，我看向马骝，对他喊道："马骝，一辈子的兄弟，相信我的话，赶紧带她们出去，快！"

马骝知道我的脾气，点了点头，对我说道："金北斗，我只有一句话，你他妈的别让大小姐守寡！别让我马骝为你伤心流泪！"说完，咬了咬牙，一手拖一个，往洞口外面跑了出去。

就在这个时候，那些怪虫已经追上来了。我一看是时候了，连忙点燃炸药，然后转身往外面冲了出去，身后很快就传来一声巨响，我整个人被巨大的爆炸冲击力掀飞了起来，又狠狠地摔落在地上……

# 第二十八章　玉佩资料

也不知昏迷了多久，等我醒来的时候，关灵和马骝两人正盯着我看，一见我醒来，两人同时松了口气，表情也从担忧转为喜悦。而穆小婷则坐在不远处，看着山洞那边发呆，发现我醒来，也连忙走过来询问我的情况。我看见她一脸的憔悴，想必肖建的死对她来说应该是个很大的打击，加上知道了唐教授他们的真正面目，可谓是双重打击。这一趟任务，这个无辜的小女孩可真可怜。

我晃了晃脑袋，感觉沉沉的，两边太阳穴传来阵阵刺痛，但幸好思维清晰，应该没有受多大的伤。关灵蹲下身，把水壶凑到我的嘴边，关切道："来，喝点儿水，缓一缓吧！"

我看见她双眼通红，脸上还挂着泪痕，便对她笑笑道："是不是怕要守寡给急哭了呀？"

关灵一把将水壶塞在我身上，佯怒道："还会贫嘴，那就是没事啦……自己喝去……"说完，站起身来别过脸去。

马骝似乎看不过眼，对我说道："哎，斗爷，你这就不对了，你知道你刚才的处境吗？你差点儿就被落石掩埋了，要不是我们挖开那些石头，你这会儿已经跟那些怪虫一个死样了。关大小姐为了救你，徒手挖石头，可怜这纤纤玉手啊，全都给挖出血来了。"

我知道自己贫嘴惹祸了，急忙说道："我……我这不是缓解一下气氛嘛……灵儿，对不起，是我说错话了，来来来，抱一个，别生气了。"

关灵转过身来，"哼"了一声，道："我才没你那么小气……你也不看看你自己，还想抱抱啊？叫马骝抱你还差不多。"

马骝连连摇头道："我又不搞基的。大小姐你不抱，那就让小婷来吧！"

穆小婷惊讶一声，脸红道："啊？我……我可抱不来呀……"

我不知道他们这样说是什么意思，刚想抬起手来，却发现左手传来一阵剧痛。我吃了一惊，仔细一看，原来左手上面缠绑着两根树枝，这才意识到自己骨折了。

我呻吟了一声，道："你们都不抱我，那就让我烂在这里吧！"

关灵蹲下身来，再次把水壶递到我嘴边，说："你双腿又没事，别在这里装可怜了。你知道你现在像什么吗？我告诉你，你现在就像你们粤语中的一句——'死剩把口[1]'。"

我喝了两口水，瞪着马骝，问道："不用说，是你教她的吧？"

马骝笑嘻嘻道："大小姐那么聪明，这还用教吗？明眼人一看就知道，你就是这个'死剩把口'的模样。"

这时，穆小婷忽然一脸认真地对我说道："金大哥，我有些事想问你。"

---

[1] 死剩把口：广东方言。指一个人拿不出理由说服别人的时候还要硬撑下去，或者是某人竭力掩饰、反复解释，越说越尴尬。

我问她："什么事？"

穆小婷说道："刚才你在山洞里被石头压着，我们大家去把你抢救出来的时候，我无意间看见你脖子上戴着的那块玉佩……"

我听穆小婷提起那块玉佩，一下子来了精神。这玉佩是在仙墓里找到的，外形跟我背上的夜郎符一模一样，但是这玉佩和夜郎符的来历，我还没弄清楚。本想把玉佩放在那个金锁铜奁里的，但后来我还是不放心，反正也没什么戴在身上，干脆就把那玉佩戴上了，也算作对自己的一种安慰吧！

我问她："这块玉佩怎么了？难道你见过？"

我只是随便问问而已，没想到穆小婷还真的点点头道："没错，我见过。"

穆小婷这样一说，不只我感到吃惊，连关灵和马骝都一脸惊讶，马骝连忙追问道："小妹妹，你可别逗我们哪，你是在哪里见过这玉佩的？"

穆小婷没有回答马骝的问题，而是看着我问道："金大哥，你先告诉我，这玉佩是从哪里得来的？"

我知道穆小婷的性格，她是个原则性很强的女孩，之前马骝因为要拿石棺里的财宝，就被她出来制止过。如今突然问起我这块玉佩的来历，如果被她知道是从仙墓里得来的，真不知道她会想什么，于是我撒了个谎道："这玉佩是我爷爷留下来的，也可以说是个传家宝吧！"

穆小婷半信半疑，说道："金大哥，你就别骗我了，这玉佩不可能是你们家的传家宝，因为它是夜郎时期的东西，怎么可能是你爷爷留下来的呢……"

我听穆小婷说出"夜郎"这两个字，又吃了一惊，连忙问道："那你怎么知道它是夜郎时期的东西？"

穆小婷笑了笑说道："别忘记了，我是学考古的，虽然没有其他人那么厉害，但是辨别一件物品的年代的能力，我还是有的。但是，我并不是靠这个辨别出来，而是我见过跟这个玉佩一模一样的图案。"

我急忙问道："你在哪里见过？"

穆小婷说道："我外公是个考古学家，我是从他留下的笔记里见过这个玉佩的图案，简直一模一样。"

我一听，心里兴奋极了，但我努力压制着，没表现出来，继续问道："那你外公的笔记里，有没有记载一些关于这玉佩的资料？"

穆小婷重重地点了点头，说道："有。所以刚才你说这是你爷爷留下来的传家宝，我觉得你对我撒谎了。"

我被穆小婷说穿，也不禁有点儿尴尬，就在我纠结要不要对她道出事实的时候，马骝突然咳嗽两声，说道："斗爷，人家都知道你是撒谎，你就别再丢人现眼了，还是告诉她真相吧！"

我笑了笑，只好说道："没错，我刚才对你撒了谎，不好意思。不过嘛，你也知道你的身份，要是我说这玉佩是怎么得来的，估计你又会搬出那些考古精神来，叫我上交国家了。"

穆小婷咧了咧嘴道："我没那么不讲道理吧？你放心，这次我只是作为一个好奇人，想了解一下而已。"

我点点头道："嗯，那好。这玉佩的确不是我爷爷留下的传家宝，它是我们三人在蓬莱一座墓里发现的。但先说明白，我们不是盗的，我想你和唐教授他们一样，肯定怀疑过我们三人的身份，但我告诉你，我们不是盗墓贼，我们是'寻宝猎人'，性质不同的。"

穆小婷收紧下巴，说道："哦……'寻宝猎人'，还挺有意思的。

没错，我之前确实怀疑过你们的身份，但同时我也觉得你们不像盗墓贼，毕竟你们很有正义感。你刚才说这玉佩是在蓬莱的一座墓里发现的，能说说是怎么发现的吗？"

于是，我便把蓬莱仙墓的情况大概说了一下，然后对穆小婷说道："好了，你现在能告诉我们，你外公那笔记是怎么回事吗？"

穆小婷说道："我外公生前是一名考古学家，我也是受他的影响，才学考古的。我读高中的时候，有一次跟家人去探外婆，因为好奇，在翻看外公生前的遗物时，我无意中发现了一本笔记，笔记里面记载了许多奇奇怪怪的东西。其中有几页就记载了一个叫作'夜郎'的古国，还画有一些图案，由于那个玉佩的形状特别诡异，所以我对它印象很深。笔记上还说，在夜郎古国被灭后，国中的一些巫官开始四处逃生，而为了防止族人叛变，据说他们还掌握了一种秘术，只要是有异心的夜郎后裔，身上都会被种上一种名叫'夜郎符'的东西。据说那个'夜郎符'的形状，就跟那玉佩一模一样。"

我听穆小婷说完，脊背已经被冷汗浸湿了，身上有"夜郎符"的地方似乎有点儿隐隐作痛。一个考古学家记录下这些东西，肯定是有意义的，难道其中还有什么秘密？于是我问道："小婷，那你外公的笔记，有没有说这些资料是去哪里考古得来的？"

穆小婷说道："牂牁江。"

关灵疑问道："牂牁江？难道你外公是认为那里有夜郎王的墓葬？"

穆小婷点点头道："没错。关于夜郎属地，我也查过一些资料，说是在湘、黔、滇这些地方，但至今还在争论中，根本无法确定。但是，我外公他们就是去了牂牁江那边考古，笔记里面写到，他们在那一带找到了一些资料线索，也就是关于那块玉佩的传说。"

我急忙问道："什么传说？"

穆小婷说道："传说，这块玉佩是夜郎巫官与鬼仙通灵的东西，同时也是权力的象征，拥有这块玉佩的巫官，就是那些巫官里面权力最大的人。而在夜郎时期，巫官们都掌握着这个国家的国运，在夜郎国王死后，就是由拥有玉佩的巫官去秘密下葬，但几乎没有后人知道墓葬在哪里。"

我留意到穆小婷刚才说的"鬼仙通灵"这一词，这个在我们去寻找迷幻城的时候，也曾经在仙龙乡碰到过，那是银珠与鬼仙通灵，带我们顺利通过鬼仙道，进入天坑。

如今穆小婷说这块玉佩也是夜郎巫官与鬼仙通灵的东西，这其中肯定有关联。修建迷幻城以图东山再起的巫官金，只是其中一位巫官，而在蓬莱修建仙墓的那位巫官，就是另外一位巫官，而且应该是权力最大的那位。时到今日，关于夜郎符的秘密，也算有个明朗的答案了。但是关于那个玉佩，竟然会跟夜郎王墓扯上关系，这是我没想到的。

想到这里，我对穆小婷说道："小婷，我想给你看点儿东西。"说着，我叫马骝帮我把衣服解开。

穆小婷尴尬道："金大哥，你这是……"

我笑道："别误会，我是叫你看我背上的那个图案。"

穆小婷带着一丝少女的羞涩，靠近过来，当看到我背上的那个夜郎符时，顿时"啊"地惊叫出声，连舌头都打结了："这……这……这是夜郎符！金大哥，你……你是……你是夜郎后裔？！"

我点点头，又摇摇头，说道："我也不清楚，但据说，好像也是这么回事。"

穆小婷忽然想起什么，问道："金大哥，你如果真是夜郎后裔的话，那你现在身上被种了夜郎符，岂不是他们所说的异心者？你这个夜郎符是什么时候出现的？"

我说道："既然都说开了，那我也不瞒你了。"于是，我将如何发现夜郎迷幻城，又怎么被鬼虫咬伤，后来又怎么去仙墓寻得血太岁的事简单说了一下，听得穆小婷目瞪口呆、一惊一乍，完全不敢相信我们三个竟然会经历了如此惊心动魄的事情。

最后我补充道："也许是因为这样，我才被种下了夜郎符吧。不过，小婷，我们做这些都没有什么私心，也不是想发财，所以你别把我们看成盗墓贼那样。"

穆小婷摇摇头道："没有，我知道你们的用心。要是你们真的是为了发财，当时在那陵墓里面，我这样阻拦马骝大哥，肯定早就没命了。"穆小婷说着，向马骝投去一个微笑。

马骝哈哈大笑起来："放心，我当时也只是做做样子，吓唬你一下而已。你那么漂亮可爱，我怎么舍得打你呀……"

关灵对马骝笑道："看你那猴样，该不会看上人家小姑娘了吧？"

马骝被关灵这样一说，立即尴尬起来，叫道："我……我当然看上人家了，人家看不上我而已……还是别了，所谓一个兵、一个贼，搞不到一块儿的……"

这个时候，穆小婷已经红起了脸，但也露出会心的笑容。接下来，大家又就着玉佩的问题聊了一阵，然后才动身离开。

临走前，我看见穆小婷再次看向山洞那边，眼泪又忍不住流了下来，便对她说："小婷，人死不能复生，肖建是为了救我们牺牲的，我们一定别辜负了他，要好好活下去。"

马骝也安慰道："是呀，小妹子，以后有什么困难，记得跟哥说，哥会照顾好你的。"

穆小婷努力挤出一丝坚强的笑容，对我们点点头道："我能活着，也要谢谢你们。放心吧，我会坚强的！"

关灵拉着穆小婷的手，说道："没错，要坚强！这件事情还没有结束，我们一定要找到唐教授和米娜，夺回'赶龙杖'，将他们绳之以法。"

马骝说道："对对对，罪魁祸首就是那个唐天生，要不是这家伙叫我们帮他寻墓，根本不会有这些事情出现。要是让我碰见他，我肯定把这老东西打得趴在地上求爷爷……"马骝说着，还不忘骂上几句粗口，以示自己愤怒的心情。

我对马骝说道："别骂了，人家又听不到，骂了等于没骂，还是省点儿力气吧。我们现在没有被困死，也知道了事情的真相，谅他也跑不了。"

大家一边说，一边沿着来时的山路走回去。此时的天阴沉沉的，大家深一脚浅一脚地慢慢前行，但周围浓雾缭绕，有点儿分不清方向，脚下的草地也淅淅沥沥的，似乎昨晚下了雨，稍不小心就会打滑，更令人难行。

走着走着，关灵忽然停下来说道："斗爷，我们是不是走错路了？我记得当初走的时候，好像不是这样的啊，怎么出现那么多竹子呢？"

马骝看了看周围的情景，也跟着说道："是啊，我都感觉这里很陌生，跟之前来时的路完全不同，这里应该是一片竹林，但我们好像没有走过这样的地方呀，不会又走进了什么'迷魂林'吧？"

我连忙叫穆小婷拿出指南针来，但却发现失灵了，不仅这样，连其他电子设备都失灵了，跟来时进入"迷魂林"的情况一样。但我很肯定，这里跟"迷魂林"不同，因为周围并没有看见那些巨杉，而是一片密密麻麻的竹林。

我说道："我们有可能进入了另外一个'迷魂林'了。"

穆小婷问道："那怎么办？"

我也犯愁了，道："一时半会儿，我也没想到什么法子，要不先往前走走吧，如果真的是'迷魂林'，那我们还是可以找出其中的规律的。"

就在我们刚想动身继续往前走的时候，前面突然传来一阵脚步声。我立即叫大家往旁边的一排竹丛里躲起来，过了一阵，脚步声越来越近了，能听得出来有两个人正往这边走来。这个时候，谁会进入鬼岭？普通人不可能选这个时候进山的，难道是盗墓贼？如果是盗墓贼的话，那真是注定他们倒霉了。

# 第二十九章　冤家路窄

这时，一个女人的声音突然响起："Shit！我们又走回来了……"
这声音充满了恐惧和绝望。但我们一听这声音，惊喜的同时，也非常
气愤，虽然看不清对方的面貌，但仅凭这声音，我们就猜出这女人是
米娜，而另外一个人不用说，肯定是唐教授。没想到他们逃走后，竟
然被困在这片雾竹林里，真是冤家路窄呀！

马骝握紧拳头，刚想冲出去，我急忙一把拉住他，小声道："别
打草惊蛇，先静观其变。现在他们在明，我们在暗，怎么说都是我们
占了上风。而且，你看看我伤成这样，要是斗起来，也没有胜算。"

马骝压低嗓子叫道："我屌，你不行，难道我还斗不过这洋妞？"

我说道："你忘记她身上有电子炸弹了吗？说不定还藏有什么武
器。你也知道，她真正的身份不是什么专家，而是国外那个神秘组织
的人，多多少少都有点儿本事的。要不然，一个普通的女孩子，怎么
可能一个人千里迢迢来到中国，跟我们一起寻宝？"

马骝吐了口口水，一脸怒气道："我就不信她有三头六臂……等

下我一弹弓一个，把他们全打趴在地……"马骝说着，伸手去摸口袋的弹弓，却突然发现口袋里空空如也，他吓了一跳，叫道，"我的弹弓丢了……"

我连忙捂住他的嘴，示意他小点儿声。马骝压着声音叫道："我的弹弓丢了，怎么办？"

我骂道："你也真是的，什么都没丢，偏偏把最厉害的武器弄丢了。之前又说这弹弓是你马骝的命根子，连命根子都丢了，你还好意思说打得过人家。"

马骝挠了挠脑袋说道："这怎么就丢了呢……你说会不会是在跑出那个洞的时候给弄丢了？好像没有呀……"

关灵说道："都别嚷嚷了，大家小心点儿就是。我们的目标是他们身上的'赶龙杖'，先看怎么把宝贝拿到手，然后再报咱们的被困之仇吧！"

说话间，那两人已经走了过来，距离我们不过十多米远，我们连忙收声，屏住呼吸，都想看看这两人现在到底是个什么模样。只见透过浓浓雾气，依稀可以看见米娜和唐教授两人背着背包，挂着一根树枝，头发湿漉漉的，脸上的表情既疲惫又夹着一丝绝望。看样子，他们出来之后的遭遇也并不好。

两人找了个地方，放下背包休息起来。唐教授拿出水壶，仰起头来想喝水，但水壶里已经没有什么水了，他用力晃了晃水壶，仅有的几滴水落在他的嘴唇上，他贪婪地舔了起来。看这情况，他们似乎缺水有一段时间了。

唐教授把水壶放回包里后，问道："你那里还有没有水？"

米娜拿出水壶，递给唐教授，说道："还剩几口，给你喝吧。再走不出这片雾竹林，我们只能从植物上弄水喝了，要不然，不被困死，也被渴死了。"

唐教授接过水壶，一口气喝了个底朝天，喝完后擦了擦嘴角说道："是呀，想不到跟着来时的路走，竟然也会走错，真是倒霉……本想着知道了怎么走出'迷魂林'的方法，可以畅通无阻，没想到杀出这样一片竹林来，而且从早上到现在，那些雾气都不散，真是名副其实的鬼岭呀！"

米娜叹了口气说道："看来我们当初的决定欠缺了考虑……"

唐教授问道："什么意思？"

米娜点点头道："我想，要是有金北斗在，肯定能走出这竹林。不过，我发现他已经对我们起疑心了，不这样做的话，他迟早会害死我们的。与其被他害死，那不如先下手为强。只不过啊，可惜了这么一个有本事的人，要是能说服他加入我们的组织，这探墓寻宝，根本不在话下。"

听到米娜这样赞我，我心里还是感到一点儿小激动。她没有说错，我当初确实怀疑过他们，要不是心里对考古有那么一点儿敬畏之心，我也不至于会败在他们手下，而且还差点儿被他们困死在墓里。

唐教授说道："这个金北斗确实是个人才，真的可惜了……要是没有这事，我想我们应该会成为好朋友的，算是我害了他呀。不过，还连累了关道长的孙女儿，这个事情，我也不知怎么跟他老人家解释了。"

米娜说道："这个有何难，这鬼岭的凶险他也知道，随便编个谎言就可以应付了。"

唐教授叹了口气说道："话是这样说，但我们这样做……也确实有点儿……毕竟六条人命啊！最可怜、最无辜的是我那两个学生了，是我害了他们……"

米娜好像被唐教授传染了一样，也跟着叹了口气说道："我们也是逼于无奈啊……等任务完成后，你也不用回去了，还是好好想想里面那堆金银珠宝吧，到时我们一人一半，做个隐形富豪，那是多美好的事。反正也不是我们害死他们的，这鬼岭本来就凶险，多少人能进不能出，你看之前碰到的那几个生物学家，到最后还不是要自杀，就当他们遇到危险丢了性命吧！"

唐教授沉默了片刻，摇摇头叹息起来："真是造孽啊！"

米娜"哼"了一声，冷笑道："别在这里唉声叹气了，赶紧找找出路吧。不然，他们在里面被困死，我们却在外面被困死，多么讽刺……"

就在他们站起身想走的时候，马骝再也忍不住了，一下子冲了出去。我想拦也拦不住，只见他如发了狂般冲向唐教授，唐教授还未反应过来，已经被马骝一拳头打倒在地上。

旁边的米娜大吃一惊，但反应很快，往旁边一闪，躲过马骝的攻击，突然从腰间摸出一把手枪，指着马骝用英语叫道："Don't move!"等看清楚是马骝后，她先是惊愕了一下，然后冷笑道，"原来是你！我还以为从哪里跑出来一只猴子呢……别动！再动我就开枪啦！"

# 第三十章　谈　判

唐教授从地上爬起身来，捂着被马骝打疼的脸惊叫道："你……你是怎么出来的……"忽然想起什么，四处扫视起来，说道，"还有谁……还有谁……你一个人不可能出得来的……"

我知道这个时候再躲避也没用，便从竹丛里走了出来，对唐教授喊道："教授，还有我们呢！"

唐教授一看我们，脸上的表情更加吃惊了，张大了嘴巴却说不出话来。米娜也一脸震惊，但很快就恢复了笑容，对我笑道："哎哟，我以为是谁呢？原来是我们的斗爷啊，斗爷不愧是斗爷，功夫真的是令人叹服啊！但是，怎么伤成这样啊？还有我们的关家大小姐，哟，还有你这个小姑娘，对了，你那小情郎呢？去哪里了？怎么不见他呢？"

穆小婷咬牙切齿骂道："你这个黑心的洋鬼婆，我要杀了你为肖建报仇！"说着，拔出匕首就要冲过去。

关灵连忙拉住她，夺回匕首，说道："别冲动，小婷，我们肯定会为肖建报仇的。"

251

我装作不知道情况，问他们："你们不是早就出来了吗？怎么还在这里转悠啊？"

唐教授和米娜对视了一眼，都似乎不知怎么回答我这个问题。我冷笑了一下，说道："真是报应啊，原本以为可以摆脱我们，拿走宝贝，谁知道竟然会被困死在这竹林里，你们难道不知道，鬼岭一直有首歌谣是这样唱的吗？'鸡冠鬼岭藏金银，阴阳八卦在无形。从来只有鬼神到，不见半个活人行。'你以为，能进鬼岭，就能出鬼岭吗？"

米娜用枪指着我说道："哼，我们出不去，你们也别想出去！"

我知道这种情况下，米娜想要开枪把我们几个全灭了也很容易，但她是个聪明人，如果想要走出这片雾竹林，必须要用到我。所以，就算她有枪在手，我也没感到害怕。

这时，唐教授问道："你们是怎么出来的？"

我说道："这事你就别理了，你以为把盗洞炸毁了，我们就出不来了？"

唐教授在我这里没得到答案，扭过头来看向穆小婷，问道："小婷，告诉我，肖建到底怎么了？还有陈教授，你们找到他了吗？"

穆小婷"哼"了一声，骂道："你还好意思提他们？他们都已经被你害死了……"穆小婷说着，声音都哽咽了，眼泪也控制不住地流了下来。

唐教授还假装一脸的痛心叫道："怎么会这样……怎么会这样……"

看见唐教授那个样子，真的是令人恶心，这老家伙不做演员真是浪费了人才，都事到如今了，还能装模作样。如果不知道，还以为他也是受害者。

关灵"呸"了一声，骂道："不要脸的老东西，你就别在这里猫哭耗子了。肖建又不是你儿子，还装出死了儿子般的模样，真是令人恶心。关于你们的丑事，刚才我们也听见了，而且陈教授也把真相说了出来，你们的面具戴了那么久，是时候该摘下来了。"

马骝也骂道："你们两个扑街，想把我们困死，好把宝贝占为己有，哼！想不到吧？我们没有被困死，还活着出来了。"

米娜晃了晃手枪，哈哈大笑起来，然后说道："别天真了，我就不信你们看见那么多金银财宝没有动过私心，既然你们都知道我是什么人，那你们也应该清楚这其中的厉害。你们中国不是有句话叫'识时务者为俊杰'吗？事到如今，我们要不坐下来，好好谈判一下吧，说不定大家还能好好合作合作。"

马骝吐了一口口水，叫道："合作个屁？见过鬼还不怕黑啊，之前合作，差点儿就把我们困死在墓里，现在好了，知道走不出竹林，又想打我们的主意，跟我们合作，哼，想得美！"

我扬起右手，示意马骝先别说话，然后我问米娜："你想怎么谈判？怎么合作？"

米娜笑了笑，说道："我们出不去，你们也出不去，大家与其抱在一起同归于尽，还不如各取所需。反正知道那墓里有财宝的，也就我们几个人，把那些财宝分了，也足以令大家一夜暴富，从此生活无忧无虑，这样不是很好吗？而且，我还可以向组织申请，让你们加入，凭你们的本事，绝对能闯出一番事业来。还有，马骝，我教你一个英文，Win-win，中文意思是双赢，你明白吗？"

马骝突然哈哈大笑起来，然后说道："Win-win，双赢，我当然明白，既然你说得那么好听，那我也有个要求！"

米娜连忙问道："什么要求？你尽管提出来。"

马骝露出色眯眯的眼神，说道："也不是什么要求，只是吃腻了粥粉面饭，想吃点儿西餐，解解馋。"

米娜不明其意，皱起眉问道："什么意思？吃西餐？出去后，你想吃什么都可以。"

马骝嘴角一歪，眼睛盯着米娜的胸脯，说道："我说的西餐是指你，我想要你陪我猴爷一晚，怎样？"

马骝这话说得令大家都有点儿尴尬，要是在平时，我肯定出来骂他两句。但现在这种情况，我知道马骝是有意为之，所以我也没出声制止，也想看看这个洋妞对于马骝的调戏，会做出什么反应。

只见米娜一点儿也没生气，反而笑了起来，对马骝说道："哦……原来是这个意思。你想要我陪你睡觉，这个很容易嘛，只怕你这么瘦，有可能不行哦！"

马骝想占人便宜，却反被人家将了一军，顿时气得把裤裆往前一顶，指着下面破口大骂："你既然这样看我，那好，我们现在就到一旁去，战不到三百回合，我马骝任你处置……"

我看马骝越说越离谱，连忙喊道："马骝，行了行了，别说了。她的话也不是没有道理，你也不看看现在这情况，你还没掏出枪，人家的枪口已经对准你了。按我说，米专家刚才说的条件也不是不可以考虑，人生在世，多数都是为了个'利'字而活，我们千辛万苦帮你们寻宝，还不是为了那几万美元的酬劳嘛。既然现在都这个局面了，大家干脆就合作合作吧，把那财宝一分，然后各走各的路，各有各的活，正如米专家所说，Win-win！"

其他人一听我这样说，都一起看向我，马骝更是一脸吃惊问我："斗爷，你傻啦？你说的是真的？"

关灵指着米娜，对我说道："这女人差点儿把我们害死，你现在既然为了那些财宝，跟她合作？你是不是也想学马骝那样，吃腻了中餐，想吃点儿西餐？”

我看着关灵，对她说道：“我没马骝那么好色，我喜欢吃白米饭，不喜欢吃洋垃圾。我虽然不好色，但我贪财，唐教授那么德高望重，也喜欢钱财，我这些卑微之人，做生做死，都是为了一个“钱”字。我不像你，一出生就是大小姐，我穷怕了。”

关灵气得跺了跺脚，指着我骂道：“好啊，金北斗，你……你……我……我……”

我摆摆手道：“别你你我我的了，我就是这样的人，你爱喜欢不喜欢，随你便。反正到时分了财宝，我有大把钱在手，还嫌没人要啊？到时别说中餐西餐了，吃遍全球都可以。”

关灵“哼”了一声，两行泪水从眼里流了出来，对我说了句“你有种”，然后便跑到一边抽泣起来。穆小婷也气恼地对我说道：“金大哥，我想不到你是这样的人，我也看不起你，哼！”说完，便跑过去安慰关灵。

我没理她们，扭过头来问马骝：“你怎样？站哪边？你选好，我不勉强你。”

马骝挠了挠后脑勺，支支吾吾道：“我……我也不知道……”

我说道：“别装模作样了，你那财奴的样子都露出来了，大家一起合作吧，把那批财宝搞到手，其他事就别计较了。”

马骝看了看米娜，又看看我，点点头道：“那行，斗爷你说什么是什么，我马骝跟着你就是，反正咱们也吃不惯西餐。”

米娜看见这样，拍了拍手掌，稍微把衣领拉低了一些，笑道：“哎哟，偶尔吃点儿西餐也未尝不可呀……”

我连忙打断她道：“别扯这些没用的，现在最重要的是想办法走出这片竹林，不然一切都扯淡。出去之后，必须等我养好伤，然后再进行取宝计划。"

米娜点点头道："这个当然了，你还是我们的领队，一切都听你的。"

我说道："那好，既然都听我的，那要分账的话，那个'赶龙杖'也拿出来分了吧！"

唐教授一听，立即看了眼自己的背包，说道："这个……金先生，这个不能分。你就当可怜可怜我这个老头，让给我吧。最多这样，那些财宝我一个都不要，我只要这个'赶龙杖'。"

我冷笑一下道："呵，你还真是会算数呀，这个'赶龙杖'可以说价值连城，是那些财宝根本没法儿比的。要不这样，我要这个'赶龙杖'，那些财宝我也一个都不要，全让给你。"

米娜问道："那你想怎样？"

我说道："很简单，你们拿到它也是想变现而已，到时卖出去多少钱，我们每个人都要分一份。而且，这'赶龙杖'先归我保管，我这也是买个保险，你也知道，要是我帮你们走出困境，你们到时来个过河拆桥，打完斋不要和尚的话，那我们可就亏大了。再说了，反正我都伤成这样了，不可能跑掉，你也有枪在手，我们根本跑不了。"

米娜摇摇头道："这个不行。你也放心，我知道过河拆桥是什么意思，但我不会这样做的。"

马骝忍不住说道："谁还相信你的屁话？那之前把我们困在墓里的事，不是过河拆桥，难道是个游戏吗？"

米娜尴尬了一下，说道："我承认，那是我见利忘义。因为我当时不知道你们的想法，要是你们也想分财宝的话，我也不至于冒这样的险。"

我说道："这事就别提了，我还是坚持刚才那个要求，'赶龙杖'归我保管。没个宝贝在手，我静不下心来，也就很难想到办法带大家走出去。"

米娜思索了一下，看了眼唐教授，点点头道："行，你这个要求我可以答应你，但是你要给我保证，千万别耍什么花样，你知道我的性格。还有，这东西只是暂时交给你保管，出去后要还给我。"

我点点头道："这个没问题。"

米娜转过身来，对唐教授说道："唐教授，把东西给他吧。"看她的样子，就像在下命令一样。

唐教授虽然一脸的不情愿，但也似乎不敢违抗命令，只好悻悻地从背包里拿出那支"赶龙杖"，走过来递给我，忽然压低声音说道："金先生，请帮我保管好它，我这条老命，全押在你这里了。"

我看着唐教授，一时猜不透他这样说是什么意思，便点点头道："你放心，保证毫发无损。"

大家看见我拿回了"赶龙杖"，都感到很意外。我对关灵和穆小婷说："看见了没？人家米专家都很真诚地跟我们合作，你们就别以小人之心度君子之腹了，之前发生的不愉快，就当是一场误会化解了就是。"

马骝这个时候也帮口道："没错没错，关大小姐，要是他们真的是做考古的话，我们还不能拿那些财宝呢。现在好了，大家人手一份，还管什么考古，什么文物。所谓人不为己，天诛地灭，说的就是这个道理呀！"

穆小婷一听马骝这样说，那股冲劲儿又来了，对着马骝骂道："你怎么说一套做一套？我还以为你是个正人君子，"说着又指向我，说道，"还以为你有修养，刚正不阿，没想到你们都是一路货色，骗子！都是骗子……"

马骝哈哈大笑起来，道："小妹妹，你也别装出一副正义凛然的样子，我想问问，这里谁有修养？修养养大了谁？这个社会就是那么现实，金钱当道，今天也给你上了一堂课，这堂课叫作'生意'。什么是生意？生意就是生活的意义，生命的意义，要是没钱，谈何生意？谈何生活？谈何生命？"

唐教授也劝道："小婷，我知道你热爱考古，喜欢考古这门课，但是你还年轻，涉世不深，我们这些考古人，千辛万苦去挖掘，有时候像进入这鬼岭一样，为了考古而丢了命，到头来得到了什么？我干了一辈子考古工作，我也经常这样问自己，可是，有答案吗？显然没有答案呀……"

穆小婷摇摇头道："不是这样的，不是这样的，你在胡说……你在胡说……"

一旁的关灵突然用力抓住穆小婷的手，对她摇摇头道："小婷，别说了，你说不过他们的。我告诉你吧，刚才我也想通了，你不知道，我们三人曾经发过誓，只要命还在，不管发生任何事，我们都要走在一起。既然斗爷和马骝都同意合作，那我无话可说，也只能跟他们一样，所以我也同意大家合作，走出困境。现在，你听我说，你也算是我们的人了，你就跟着我，相信我，相信斗爷，不要再想着那些繁文缛节的东西了，可以吗？"

穆小婷看了我和马骝一眼，又看了看米娜和唐教授，最后看着关灵，似乎一时不知道该如何回答。但是从关灵那坚定的眼神里，她好像读懂了什么，终于点了点头，说道："嗯，我相信你，灵姐，我也不想再有伤害出现。"

米娜拍了拍手掌，说道："好了，终于大团圆结局了。但我事先声明，今天这事只有我们六人知道，谁要是管不好自己那张嘴，泄露出去，那就别怪我不客气了。"说着，她看向我，对我露出一丝狡黠的笑容道，"斗爷，接下来就要看你了。"

# 第三十一章　反败为胜

大家谈妥之后，便开始在竹林里行走，这竹林看起来非常茂密，周围也有不少草丛，但是时不时还会出现一条路来，走起来也挺顺利的。然而走了半个多小时，我们还是在竹林里兜圈儿，回到之前走过的路，试了多次依然是这样，似乎无法走出困境。

马骝突然停下来问道："斗爷，这是怎么回事？再这样走恐怕……"

我打断道："别急，让我想想。"

这一路走来，我也相对熟悉了一下这片竹林的地形，发现这个竹林跟之前碰到的"迷魂林"不一样，这里的环境跟五行八卦完全没有关系。而唐教授和米娜之所以被困，完全有可能是因为地形和竹子生长的问题，当然，浓雾也是"帮凶"。这里的地形时高时低，迂回盘旋，而那些竹子随着地形的高低错落生长，自然而然形成了一条被认为是路的"路"，如果按照这条"路"行走，加上浓雾把可视的范围减小，就会在竹林里兜圈儿，永远也走不出去。

发现这个问题后，我立即叫马骝挖一挖地上的竹根，马骝一头雾水道："斗爷,你要挖竹根干吗?想弄点儿竹笋回去吃吗?"

我说道："要是你不嫌难拿的话,这个建议也不错。"

米娜看了我和马骝一眼,说道："你们两个别耍花样,都这个时候了,还挖什么竹笋?"

我对她说道："我叫马骝挖的是竹根,不是竹笋。之前走了那么久,我也留意了周边的环境,如果不知道这竹林的方向,我们根本走不出去。"

唐教授抹了一下额头的雾水,说道："我之前也想根据这竹子来确定方向,但是这里竹子一片连一片,竹叶的茂密稀疏也时而不同,根本无法判断。"

我说道："竹叶不行,但竹根可以。这竹根中有一条横向的,我们称之为竹鞭。这竹鞭一般横走于地下,竹鞭上有节,节上生根,侧面生芽,有的发育成笋,有的发育为新鞭。只要找到了竹鞭,就可以确认阴阳面,确认了阴阳面,就可以确认方向,这样就应该能走出这片竹林。"

这个方法是我小时候跟二叔公去竹林里挖冬笋时学到的。二叔公当时跟我说过,如果竹枝的朝向是东西方向,那么竹鞭一定是南北走向,找到了竹鞭,跟着竹鞭挖,很快就能挖到冬笋。如今没想到,时隔多年,我竟然会在这里用上了这个方法。

果然,大家根据这个方法,又走了半个多小时,之前的兜圈儿情况再也没有出现。这个时候,大家才相信我这个方法的确有用。在拐了个弯后,我突然对大家说,人有三急,要去方便一下,然后我向马骝使了个眼色,顺便叫上了马骝。

我们走到一处竹丛后面,确认他们看不见我们后,我立即拿出那支"赶龙杖"来，拆了包裹住的那条黑色方巾，然后细声对马骟说："马骟，赶紧去弄根竹子来，要跟这'赶龙杖'差不多模样的。"

马骟一听我这样说，立即猜到我要干什么，很快就搞来一支跟'赶龙杖'非常相似的竹子，然后对我说道："斗爷，你真行啊！竟然想到偷龙转凤这条妙计！到时一换，这个宝贝就是咱们的了，哈哈！"

我说道："还有很多是你想不到的呢！"

马骟问道："不过，到时要是他们发现了怎么办？"

我说道："很难说，不过我会想办法的，肯定不会让他们走得那么顺利。"

马骟稍微瞪大了眼睛，问道："斗爷，你这是什么意思？"

我说道："没什么意思，到时你就知道了。但是你要记住，只有把那个米娜控制住，咱们才能活命。"

马骟说道："我还是不明白，咱们不是商量好，一起分财宝的吗？"

我"哼"了一声，道："你想得太天真了，她那个人有多狠毒，你不是不知道吧？我告诉你，一旦走出了困境，她就会一枪一个结束了我们，你信不信？"

马骟皱起了眉头，似乎在纠结什么。等我们回到队伍后，米娜忽然翻着眼珠盯着我和马骟看了一会儿，一脸狐疑道："怎么去那么久？"

马骟说道："我屌，现在撒个尿也要你管啊？"

米娜发出一声嗤笑，马骟立即嚷嚷道："哎哎哎，你笑什么？膀胱大肯定要尿很久的啦……"

接下来，大家一边听马骟说些打趣的话，一边继续赶路。又走了大概一个小时，前面的竹子开始变得稀疏起来，不久便没有了，出现在眼前的是一片宽阔的草甸。但我知道这草甸并不是之前走过的那个地方，有可能我们是从另外一边走了出来。

看到这样的草甸，我就想起了穆小婷掉落暗洞里的情况，而眼前这个草甸，绝对隐藏着许多这样的暗洞。为了确认一下，我悄悄走到不远的一个地方试探了一下，果然发现了一个暗洞，要是不注意，绝对会一脚踩空掉落下去。

我装作若无其事地走回来，然后向关灵使了个眼色，接着说道："灵儿，现在我都带大家走出困境了，你不会还生我气吧？"

关灵翻了翻眼珠，哼了一声道："想我原谅你？没那么容易……之前你是怎么说的？你忘记了吗？要不是我们三人发过誓，遇到困难要走在一起，我才不想跟你说话呢。"

这一直走来，大家也都看见关灵没有理我，所以对我们现在这样的谈话也觉得很正常。我把关灵拉到一边，想哄一哄她，但说了不到两句，我们就开始吵了起来。吵闹声引来了米娜他们的注意，连忙走过来询问发生了什么。

我对米娜说："米专家，关灵说她爷爷非常喜欢这'赶龙杖'，说如果想她原谅我，就叫我把'赶龙杖'送给她爷爷，当作结婚的礼金，你说这气不气人？这东西是大家的，我怎么可能这样做？这不，我不答应她，她就在这里像个疯婆子一样骂街了。"

关灵"哼"了一声道："金北斗，就是你小气，有私心，想把宝贝占为己有吧？"

我板起脸，抓着用方巾包裹住的"赶龙杖"叫道："我小气，这只是一根烂竹而已，我还稀罕它能跟我结婚生小孩儿呀？把它扔了我都一点儿也不心疼……"

关灵冷笑起来："就会放炮，那你有种就扔给我看看呀。"

我往地上吐了一口口水，叫道："呸！谁稀罕这东西啊……扔就扔，你以为我不敢啊？"

米娜急忙喊了声"别扔"，但还是迟了，我看准那个暗洞，把"赶龙杖"扔了出去，不偏不倚，刚好落在那暗洞上面。

米娜用英语骂了一句，连忙跑过去想把"赶龙杖"捡起来，唐教授也想跑过去捡，我连忙一把抓住了他，不让他去。这个时候，只见米娜跑到了那地方，不料脚下突然一空，整个人瞬间连同"赶龙杖"一起掉落下去。这里除了我和关灵外，其他人都吃了一惊，这才发现那里有一个暗洞。

大家连忙过去扒开暗洞周围的草丛，用手电筒往下面照去，只见这个暗洞大概有七八米深，底下是一片淤泥，跟之前穆小婷在草甸里掉落下去的一样。米娜摔落在那片淤泥上，但很快就挣扎起身，看样子应该没有摔伤。

我连忙装作吃惊地喊下去："米专家，你没事吧？"

米娜回应道："没事，赶紧救我上去。"

我说道："好的，你等一下啊！等我们回去后，会叫警察来救你上来的。"

米娜惊叫道："金北斗！你说什么？"

大家也感到一阵意外，唐教授吃惊道："金先生，你……你这是什么意思？"

马骝也一头雾水，问道："斗爷，我们不是说好了，大家合作吗？怎么……"

我没理他们，用手电筒照着米娜的脸，冷笑道："米专家，听不懂中文是吗？那我就用英文翻译给你听，Go to hell！"

米娜被我气得发了狂般，骂道："Fuck！金北斗，你存心想害我是不是？"

我点点头道："没错，我就想把你弄死，不只我，大家都很想你死。从你把我们困在墓里的时候，你就应该知道什么是报应，什么叫有仇不报非君子，现在，我就要让你试试被困死的滋味。"

米娜叫道："你可别忘了，'赶龙杖'还在我这里。"

我笑道："那你打开看看是什么吧！"

米娜立即把黑色方巾打开，顿时气得暴跳如雷，对着洞口狂骂起来。这方巾里面包的哪是什么"赶龙杖"，只是一根与之大小相同的竹子而已。用这个方法来引米娜上当，我也是绞尽脑汁才想到的，也多亏了这些暗洞，要不然也不知道怎么把这个心狠手辣，还带有枪的米娜给控制住。

这时，一旁的唐教授急了，对我哀求道："金先生，啊不不不，斗爷，斗爷，你别把她弄死，她如果死了，我也活不了呀……"

我看了眼唐教授，问道："你这话什么意思？你不是真的被马骝说中，喜欢吃西餐，搞出感情来了吧？"

唐教授趴在地上说道："不是不是，我跟她没有感情，但她有我之前贩卖文物的证据，这次寻找'赶龙杖'，也是她威胁我的，如果我不帮她，她就会把证据交出来，到时我下半辈子就要在监狱里过了。"

米娜似乎听见了唐教授的话，从下面喊上来："唐教授，你最好把我救出来，否则我有个三长两短，组织也会把你送进监狱……"

唐教授焦急道："你们听见没有？都是她威胁我的！"

关灵"哼"了一声："活该！当初害我们的时候，你怎么没想想？你的声誉、名誉重要，我们几个人的生命就不重要？按我说，把你也推下去，让你们困死在里面就最好了。"

马骝叫道："斗爷，原来你的所谓合作是假的啊？我还以为……"

我说道："还以为什么？我金北斗是个什么人，你马骝还不了解吗？你以为我真的会为了那些财宝，跟这个贱女人合作？"

马骝一脸的尴尬，说道："那……那你和关灵吵架……"

关灵笑道："我们只不过演了一场大龙凤，开始我还真的以为斗爷变心了，后来细想之下，才明白这是缓兵之计。要是我们一开始很顺利地答应合作，那这个女人肯定会起疑心，更加提防我们，如果这样，斗爷就很难设局抓住她了。"

我对马骝说道："马骝，也幸好你长了一张贪财的脸，本色出演，要不然大家都在演戏，也很难骗过这个贱女人。"

马骝再次尴尬起来，傻笑道："我还真的相信了……"

穆小婷兴奋道："原来你们是在演戏，吓死我了，我差点儿就信了金大哥说的话，还以为你真的变心了。"

这时，唐教授趁着我们在说话，突然从背包里拿出一捆绳索来，想要扔下去救米娜。马骝眼疾手快，冲过去抢走绳索，指着唐教授的鼻子骂道："你还想救她？我看你是活腻了，信不信我把你也扔下去？"

唐教授哀求道："孙老弟，你就可怜可怜我，你刚才也听见了，如果她出了事，那个组织肯定会以为是我干的，到时我也活不了呀……"

马骝"哼"了声，叫道："去你的，谁管你是死是活，反正今天你栽在我马骝手里，就别想有好日子过了。想想你当初怎么害我们的，亏你两个学生还说你德高望重，我呸！该死的老东西！"

唐教授突然双膝跪地，一路朝我跪来，对我一边磕头一边哀求道："斗爷，你手下留情，放我一马吧，我也没做什么伤天害理的事，全

265

都是这个女人威胁我的。当初在墓里，也是她威胁我，拉上我逃走的，也是她放炸弹把你们困死在墓里的，真的不关我的事呀……没错，我是自私，我是怕死，但由始至终，我都没有害你们的心啊……"

看见唐教授那个狼狈样，我心里也很不是滋味。一位德高望重的考古教授，竟然会沦落到如此田地，真是令人感到悲哀。如他所说，他虽然是被米娜威胁，没有害我们的心，但是也不值得原谅。

我对他说："唐教授，你这叫作咎由自取，我们可以放过你，但是法律不会放过你，你还是跟我们回去自首吧！"

唐教授一听我叫他去自首，一下子站起身来，后退了几步，摇摇头道："不行，不不不……不可能去自首……我死也不会跟你回去的……"

说完，突然转身就往竹林里跑去，等马骝反应过来追上去的时候，唐教授已经逃得无影无踪，消失在浓雾里了。马骝跑回来对我们说道："这老东西，逃起命来，跑得比我马骝还要快，一下就没影儿了。"

关灵说道："别理他了，反正也逃不了多久。这是他自己选的路，就让他自生自灭吧！"

穆小婷指着暗洞问道："那她……怎么办？"

我说道："就让她留在这里吧，让她明白一个道理，什么叫作'天作孽犹可恕，自作孽不可活'。"

大家于是收拾心情，重新启程。走了很远，还能听见暗洞里传来米娜绝望的哭叫声……

回去之后，我们便报了警，但由于我们的身份问题，这一切都交由穆小婷去处理。据传回来的消息说，当警察们找到米娜的时候，发现她已经开枪自杀了。在米娜的背包里，找到了一些重要资料，证实了唐天生和陈国平两人曾经利用职务之便，进行过文物交易。而至于唐教授，大家在鬼岭搜寻了好几天，也没有找到他，最终以失踪结案。

得知这些情况后，上级非常重视，派了一支真正的考古队过来，并由穆小婷带领进入陵墓，历时好几个月，才把整座陵墓的考古工作做完。然而，陈国平和肖建的尸体已经找不到了，那些怪虫除了被炸死的几只外，其他全部逃走了，消失在茫茫林海里。但令人最疑惑不解的是，考古队始终没有发掘到这座陵墓的墓志铭，也就是说，这座陵墓的主人是谁，至今还是个谜。专家们的推测跟民间传说一样，也是有好几个版本。但不管怎样，这座陵墓也算是震惊了整个考古界。